¡Mira los arlequines!

Vladimir Nabokov

¡Mira los arlequines!

Traducción de Enrique Pezzoni

EDITORIAL ANAGRAMA
BARCELONA

Título de la edición original:
Look at the Harlequins!
McGraw-Hill International Inc.
Nueva York, 1974

Ilustración: © Marta Font

Primera edición: octubre 2023

Diseño de la colección: Julio Vivas y Estudio A
© De la traducción, Herederos de Enrique Pezzoni, 1976, 2023
© Dmitri Nabokov, 1974
© EDITORIAL ANAGRAMA, S. A., 2023
   Pau Claris, 172
   08037 Barcelona

ISBN: 978-84-339-2130-7
Depósito legal: B. 11495-2023

Printed in Spain

Liberdúplex, S. L. U., ctra. BV 2249, km 7,4 - Polígono Torrentfondo
08791 Sant Llorenç d'Hortons

A Véra

OTROS LIBROS DEL NARRADOR

En ruso:

Tamara, 1925
El peón se come a la reina, 1927
Plenilunio, 1929
Camera Lucida («Matanza bajo el sol»), 1931
El sombrero de copa rojo, 1934
El audaz, 1950

En inglés:

Véase «Realidad», 1939
Esmeralda y su Parandro, 1941
La doctora Olga Repnin, 1946
Exilio de Mayda, 1947
Un reino junto al mar, 1962
Ardis, 1970

Primera parte

I

Conocí a la primera de mis tres o cuatro sucesivas mujeres en circunstancias bastante extrañas, cuyo acaecer hacía pensar en una burda intriga plagada de detalles absurdos y urdida por un conspirador no solo ignorante del fin perseguido, sino también empeñado en torpes maniobras que parecían excluir toda posibilidad de éxito. Fueron precisamente esos errores, sin embargo, los que acabaron tejiendo una red que, con ayuda de otras meteduras de pata mías, me envolvió y me hizo cumplir el destino final de la trama.

En algún momento del semestre académico de Pascua, durante el último año que pasé en Cambridge (1922), fui consultado «en mi condición de ruso» acerca de algunos pormenores para la caracterización de los personajes de *El inspector*, de Gógol, que el Grupo Glowworm –dirigido por Ivor Black, un buen actor aficionado– deseaba representar en inglés. Él y yo teníamos el mismo tutor en el Trinity College y Black me sacó de quicio con su tediosa imitación de las remilgadas maneras de aquel viejo (actuación que se prolongó durante casi todo nuestro almuerzo en el Pitt). La breve conversación sobre el motivo de nuestro encuentro fue aún menos agradable. Ivor Black quería que el alcalde de Gógol apareciera en batín, pues «cuanto ocurría en la obra ¿acaso no era solamente una pesadilla del viejo pillo, y el título en ruso, *Revizor*, no provenía del francés "*rêve*", "sueño"?». Le dije que la idea me parecía insensata.

Si es que hubo ensayos, no participé de ellos. En realidad, ahora que lo pienso, nunca llegué a saber si el proyecto vio alguna vez la luz.

Poco tiempo después me encontré por segunda vez con Ivor Black en una reunión, durante la cual nos invitó a mí y a otros cinco individuos a pasar el verano en una villa de la Costa Azul que, según explicó, acababa de heredar de una anciana tía. En esa ocasión, Ivor estaba muy borracho y pareció muy sorprendido cuando, alrededor de una semana después, en vísperas de su partida, le recordé la eufórica invitación que, según comprobé, yo era el único que había aceptado. Ambos éramos huérfanos, teníamos muy pocos amigos y, le observé, nos convenía apoyarnos mutuamente.

Una enfermedad me retuvo en Inglaterra durante el mes siguiente y fue solo a principios de julio cuando mandé a Ivor una cortés tarjeta postal para anunciarle que llegaría a Cannes o a Niza durante la semana siguiente. Estoy casi seguro de que mencioné la tarde del sábado como fecha más probable.

Mis intentos de telefonear desde la estación fueron vanos: la línea permanecía ocupada y no soy de los que persisten en la lucha contra las defectuosas abstracciones del espacio. Pero ya se me había envenenado la tarde, y la tarde es mi momento preferido. Al iniciar mi viaje me había convencido a mí mismo de que me sentía muy bien; para entonces me sentía espantosamente mal. A pesar del verano, el día era sombrío, húmedo. Las palmeras solamente son atractivas en los espejismos. Por algún motivo, como en un mal sueño, era imposible conseguir un taxi. Al fin me metí en un pequeño autobús maloliente, pintado de azul. El artefacto subió por un camino tortuoso, con tantas curvas como «paradas solicitadas», y me depositó en mi destino al cabo de veinte minutos: casi el lapso que me habría tomado llegar a ese sitio caminando desde la costa por un atajo que después llegaría a conocer de memoria, piedra por piedra, arbusto a arbusto, en el curso de aquel mágico verano. ¡Mágico no era un buen término en aquel lúgubre trayecto! La razón principal que me había hecho ir a ese sitio era la esperanza de calmar con la «brillante salazón» (¿Bennett? ¿Barbellion?) una enfermedad de los nervios que casi rayaba en la locura. Del lado izquierdo de mi cabeza, el dolor era como un frenético juego de bolos. Frente a mí, por encima del hombro de su madre y el respaldo del asiento, un niño me clavaba su mirada inexpresiva. Yo estaba sentado junto a una mujer toda vestida de negro y llena de verrugas, sofocando las náuseas que me provocaban los tumbos del autobús entre el mar verde y las rocas grises. Cuando al fin llegamos a la aldea de Carnavaux (troncos de plátanos moteados, casuchas pintorescas, una oficina de correos, una iglesia), todos mis sentidos convergían en una imagen dorada: la botella de whisky que traía para Ivor en mi bolsa de mano y que me juré probar antes de que él pudiera echarle siquiera una mirada. El conductor ignoró la pregunta que le hice, pero un sacerdote minúsculo, semejante a una tortuga y de pies tremendos, que bajaba antes que yo, señaló sin mirarme una avenida transversal. Villa Iris, me dijo, quedaba a tres minutos de marcha. Cuando me disponía a remontar esa calle acarreando mis dos maletas y en dirección a una zona súbitamente iluminada por el sol, mi presunto huésped apareció en la acera opuesta. Recuerdo –¡medio siglo después!– que durante un segundo me pregunté si habría puesto en mis maletas la ropa adecuada. Ivor vestía pantalones de golf, pero, cosa incongruente, no llevaba calcetines y la franja de piel que exhibía era penosamente rosada. Se dirigía –o fingió que se dirigía– hacia la oficina de correos, para enviarme un telegrama y sugerirme que postergara mi visita hasta agosto, fecha en que un empleo que tenía en Cannice ya no amenazaría con entorpecer nuestras diversiones. Esperaba, además, que Sebastian –fuera quien fuese– llegara para la estación de la vendimia o la fiesta de la lavanda. Murmurando todo eso en voz baja, tomó la más pequeña de mis maletas –la que contenía los objetos de tocador, los medicamentos y una colección casi completa de sonetos que pensaba enviar a una revista de *émigrés* rusos en París–. Después alzó mi bolsa de mano, que yo había depositado en el suelo para llenar la pipa. La profusión con que registro tantos detalles triviales quizá se explique porque ocurrieron en vísperas de un acontecimiento muy importante. Ivor rompió el silencio para agregar, frunciendo el ceño, que le encantaba recibirme en su casa, pero que debía prevenirme acerca de algo que tal vez debería haberme anticipado en Cambridge. Quizá hacia finales de semana estuviera ya tremendamente aburrido por culpa de un acontecimiento muy melancólico. La señorita Grunt, su antigua institutriz, dama muy severa pero inteligente, se complacía en repetir que la hermana menor de Ivor nunca faltaría a la regla «Los niños no deben ser escuchados» y en verdad jamás oiría decírselo a nadie más. El hecho melancólico era que su hermana... Pero quizá sería mejor postergar la explicación del caso hasta que las maletas y nosotros estuviéramos más o menos instalados.

II

—¿Cómo fue *tu* niñez, McNab?

(Ivor insistía en llamarme así porque, según él, yo me parecía al joven actor, macilento pero apuesto, que adoptó ese nombre en los últimos años de su vida o al menos de su fama.) Atroz, intolerable. Debería existir una ley natural, internatural, contra comienzos tan inhumanos. Si al cumplir nueve o diez años mis morbosos terrores no hubieran cedido su puesto a urgencias más abstractas y triviales (problemas del infinito, la eternidad, la identidad, etc.), habría perdido la razón antes de encontrar mis rimas. No era un problema de cuartos oscuros, o torturantes ángeles con una sola ala, o largos pasillos, o espejos de pesadillas con reflejos que rebalsaban en turbios estanques sobre el suelo; no era *esa* cámara de horrores, sino algo más simple y mucho más horrible: cierta insidiosa e implacable relación con otros estados del ser que no eran exactamente «previos» o «futuros», sino que estaban fuera de todo límite, mortalmente hablando. Solo varias décadas después habría de aprender mucho, mucho más acerca de esos dolorosos vínculos; por lo tanto «no nos anticipemos», como dijo el condenado a muerte al rechazar el sucio trapo con que pretendían vendarle los ojos.

Las delicias de la pubertad me aseguraron un alivio temporal. No debí pasar por la hosca etapa de la autoiniciación. Bendito sea mi primer, dulce amor, una niña en un huerto, los juegos de exploración, y sus cinco dedos extendidos, manando perlas de sorpresa. Mi tutor particular me dejó compartir con él a la ingenua en el teatro privado de mi tío abuelo. En cierta ocasión dos jóvenes damas lascivas me ataviaron con un camisón de encaje y una peluca de sirena, y me acostaron a dormir entre ellas («tímido, inocente primito»), como en una novela libertina, mientras sus maridos roncaban en el cuarto contiguo después de la cacería del jabalí. Las grandes casas de varios parientes con los cuales pasé algunos periodos durante mi pubertad, bajo los pálidos cielos estivales de tal o cual provincia de la vieja Rusia, me depararon tantas complacientes criadas y tantos refinados galanteos como los que se me habrían ofrecido, un par de siglos antes, en tocadores y cenadores. En una palabra, si los años de mi niñez ofrecían material para una docta tesis capaz de fundamentar la gloria de un psicopedagogo, mi pubertad se abría, y en verdad cedió, a una larga serie de pasajes eróticos, desperdigados como ciruelas podridas y peras oscurecidas en los libros de un novelista senil. Lo cierto es que buena parte del interés de las presentes memorias se basa en el hecho de que son un *catalogue raisonné* de las raíces, simientes y extraños canales que originaron muchas de las imágenes que aparecen en mis novelas rusas y, sobre todo, inglesas.

Veía muy poco a mis padres. Ambos se habían divorciado, habían vuelto a casarse y a divorciarse con ritmo tan acelerado que de no haber sido los custodios de mi fortuna tan vigilantes, habría ido a parar yo al cuidado de un par de extraños de origen sueco o escocés, con tristes bolsas bajo los ojos voraces. Una tía abuela extraordinaria, la baronesa Bredov –Tolstói de soltera– reemplazó ampliamente un parentesco más estrecho. Cuando yo andaba por los siete u ocho años y ya abrigaba los secretos de un demente sin remedio, incluso a esa tía (que distaba mucho de ser normal) le parecía yo insólitamente huraño e indolente. Desde luego me pasaba el día sumido en las más estrafalarias ensoñaciones.

–¡Anímate un poco! –exclamaba mi tía–. ¡Mira los arlequines!

—¿Qué arlequines? ¿Dónde están?
—Oh, en todas partes. A tu alrededor. Los árboles son arlequines. Las palabras son arlequines, como las situaciones y las sumas. Junta dos cosas (bromas, imágenes) y tendrás un triple arlequín. ¡Vamos! ¡Juega! ¡Inventa el mundo! ¡Inventa la realidad!

Lo hice. Por Dios que lo hice. Inventé a mi tía abuela durante mis ensoñaciones y he aquí que ahora ella baja los escalones marmóreos del portal de mi memoria: baja lentamente, de lado, pobre dama inválida, tanteando el borde de cada escalón con la puntera de goma de su bastón negro.

(Cuando mi tía exclamaba esas tres palabras, surgían de sus labios como un límpido heptasílabo; el primer acento, en la *i* de «mira», introducía con protectora ternura el otro acento en la *i* de esos «arlequines» que irrumpían con alegre fuerza: una líquida cascada de vocales que centelleaban como lentejuelas.)

Tenía dieciocho años cuando explotó la revolución bolchevique. (Admito que «explotó» es un verbo demasiado fuerte y anómalo, que uso aquí solo en aras del ritmo narrativo.) La reiteración de mis perturbaciones infantiles me mantuvo en el Sanatorio Imperial de Zarskoe durante la mayor parte del invierno y la primavera siguientes. En julio de 1918 me encontré convaleciendo en el castillo de un terrateniente polaco, Mstislav Charnetski (1880-¿1919?), pariente lejano mío. Un atardecer de otoño, la joven amante del pobre Mstislav me enseñó un sendero de cuentos de hadas que serpenteaba a través de un gran bosque donde los últimos uros habían sido alanceados por un primer Charnetski bajo el reinado de Juan III (Sobieski). Eché a andar por ese sendero con una mochila al hombro y —por qué no decirlo— con un temblor de ansiedad y remordimiento en mi joven corazón. ¿Hacía bien en abandonar a mi primo en la hora más negra de la negra historia de Rusia? ¿Sabría yo cómo subsistir por mí mismo en tierras extrañas? El diploma que había recibido después de pasar examen ante un jurado especial (presidido por el padre de Mstislav, un venerable y corrupto matemático) y que me graduaba en todas las asignaturas de un bachillerato ideal al que jamás había asistido físicamente, ¿bastaría para permitirme entrar en Cambridge sin afrontar un infernal examen de ingreso? Caminé toda la noche a través de un laberinto iluminado por la luz de la luna, imaginando susurros de animales extinguidos. Por fin el amanecer alumbró mi antiguo mapa. Pensaba que había cruzado la frontera cuando un soldado del Ejército Rojo, de rasgos mogoles y cabeza descubierta, que recogía arándanos junto al camino, me espetó mientras tomaba su gorra depositada sobre un tronco: «Adónde vas, rodando (*kotishsya*), manzanita (*yablochko*)? *Pokazyvay-ka dokumentiki* (Muéstrame tus documentos)».

Hurgué en mis bolsillos, encontré lo que necesitaba y le pegué un tiro en el instante en que se arrojaba sobre mí. Cayó boca abajo, como fulminado por la insolación en la plaza de armas ante los pies de su rey. Ninguno de los troncos dispuestos en apretadas filas reparó en él y yo huí, aferrando el encantador y pequeño revólver de Dagmara. Solo media hora después, cuando al fin llegué a otra parte del bosque en una república más o menos convencional, solo entonces dejaron de temblarme las rodillas.

Tras pasar algún tiempo holgazaneando en ciudades alemanas y holandesas que ya no recuerdo, crucé a Inglaterra. El Rembrandt, un hotelito de Londres, fue mi inmediato destino. Los dos o tres diamantes que llevaba en una bolsita de gamuza se diluyeron más rápido que piedras de granizo. En la víspera gris de la pobreza, quien escribe estas líneas, por entonces un joven autoexiliado (transcribo de un viejo diario), descubrió a un inesperado protector en la persona del conde Starov, un grave y anticuado masón que había ornamentado varias embajadas importantes durante un lapso prolongado y que desde 1913 residía en Londres. Hablaba su lengua materna con pedante precisión, aunque sin desdeñar las rotundas expresiones vernáculas. No tenía el menor sentido del humor. Su asistente era un joven maltés (yo odiaba el té, pero no me atrevía a pedir coñac). Según se rumoreaba, Nikifor Nikodimovich, por usar el destrabalenguas que era el nombre de pila *cum* patronímico del conde, había sido durante años un admirador de mi hermosa y extravagante madre, a quien yo solo conocía a través de unas cuantas frases depositadas en unas memorias anónimas. Una *grande passion* puede ser una máscara conveniente, pero por otro lado solo una caballeresca devoción a su recuerdo puede explicar que el conde Starov costeara mi educación en Inglaterra y que me dejara, después de su muerte, en 1927, un modesto subsidio (el *coup* bolchevique lo había arruinado, como a todo nuestro clan). Debo admitir, sin embargo, que me perturbaban algunas súbitas, vivaces miradas de sus ojos que, por lo común, parecían muertos en su ancha cara digna y pastosa, ese tipo de cara que los escritores rusos solían describir como «cuidadosamente afeitada» (*tshchatel'no vybritoe*), sin duda porque era preciso apaciguar, en la presunta imaginación de los lectores (muertos ya hace muchos años), a los espectros de barbas patriarcales. Yo hacía todo lo posible por interpretar esos destellos interrogadores como la búsqueda de algunos rasgos de aquella mujer exquisita a quien el conde, en otras épocas, ofrecía la mano para ayudarla a subir a una *calèche*, el delicado vehículo al que se encaramaba pesadamente una vez que la dama, ya instalada en su asiento, hubiese abierto su sombrilla. Pero al mismo tiempo no podía sino preguntarme si el viejo gran señor habría escapado a una perversión tan habitual en los llamados círculos de la alta diplomacia. N. N. permanecía sentado en su butaca como en una voluminosa novela, con una de sus manos regordetas apoyada en el grifo que ornamentaba el brazo del sillón y la otra, en la cual lucía el anillo de sello, tanteando en la mesa turca que tenía a su lado en busca de lo que parecía una tabaquera de plata, pero que en realidad contenía una serie de pastillas, o más bien grageas como para la tos, de color lila, verde o, según creo, coral. Debo agregar que cierta información obtenida después me reveló que me equivocaba de manera absurda al conjeturar que al conde Starov lo animaba algo distinto al mero interés paternal hacia mí, así como hacia otro joven, hijo de una conocida cortesana de San Petersburgo que prefería el coche eléctrico a una *calèche*. Pero basta ya de estas perlas comestibles.

III

Volvamos a Carnavaux, a mi equipaje, a Ivor Black, que lo acarreaba con gran despliegue de esfuerzo, murmurando frases de comedia barata.

El sol ya había retomado su esplendor cuando entramos en un jardín separado del camino por un muro de piedra y una fila de cipreses. Lirios emblemáticos rodeaban un estanque verde, presidido por una rana de bronce. Al pie de una ensortijada encina nacía un sendero de grava que corría entre dos naranjos. A un extremo del jardín, un eucalipto proyectaba su estriada sombra sobre la lona de una tumbona. Esta no es la arrogancia de la memoria total, sino el producto de una tierna reconstrucción a partir de unas cuantas fotos guardadas en una caja de bombones con un lirio en la tapa.

Era inútil subir los tres escalones de la entrada «arrastrando dos toneladas de piedras», dijo Ivor Black: había olvidado la llave, los sábados por la tarde no quedaban sirvientes que respondieran al timbre y, como ya me había explicado, no podía comunicarse por medios normales con su hermana, que, sin embargo, estaría en algún lugar de la casa, casi sin duda en su dormitorio, llorando, como solía hacer cuando se esperaba la llegada de huéspedes, en especial los visitantes de fin de semana con quienes podía toparse a cualquier hora y que a veces prolongaban su estancia hasta el martes. De manera que dimos la vuelta a la casa, sorteando unas chumberas cuyas espinas se prendían al impermeable que llevaba doblado sobre mi brazo. De repente oí un horrible grito infrahumano y miré a Ivor, pero el muy canalla se limitó a sonreír.

Era un gran guacamayo de plumaje índigo, con el pecho limón y las mejillas a rayas blancas, que chillaba a intervalos desde su desolada percha, junto a la entrada trasera de la casa. Ivor le había dado el nombre de Mata Hari en parte por el acento del ave, pero sobre todo por su pasado político. Su difunta tía, lady Wimberg, cuando ya estaba medio chocha, hacia 1914 o 1915, había dado amparo a ese trágico y viejo pajarraco, presuntamente abandonado por un borroso extranjero de monóculo y cicatriz en la cara. El guacamayo sabía decir «hola», «Otto» y «pa-pa», modesto vocabulario que de algún modo sugería una reducida y vehemente familia en algún país cálido y remoto. A veces, cuando trabajo hasta muy tarde y los espías del pensamiento dejan de enviarme sus mensajes, una palabra inexacta que se ha puesto en movimiento me hace pensar en el seco bizcocho que un loro sostiene en su lenta garra.

No recuerdo si vi a Iris antes de la cena (aunque tal vez la haya vislumbrado de espaldas hacia mí, a través de los vidrios de colores de una ventana que daba a la escalera, en el instante en que yo atravesaba el descansillo, tras salir de la *salle d'eau* y sus vacilaciones, rumbo a mi ascético cuarto). Ivor se había encargado de advertirme que era sordomuda y tan tímida que aun entonces, a los veintiún años, no se atrevía a leer palabras de labios masculinos. Eso me pareció extraño. Siempre había pensado que ese tipo de invalidez confinaba a sus pacientes en un caparazón infinitamente seguro, límpido y resistente como el cristal irrompible dentro del cual no podían existir la vergüenza ni el disimulo. Hermano y hermana conversaban mediante un lenguaje visual cuyo alfabeto habían inventado durante su niñez y que había pasado por varias ediciones revisadas. La versión actual consistía en una serie de gestos absurdos y complicados que en el bajorrelieve de una pantomima imitaba las cosas, en vez de simbolizarlas. Yo mismo contribuí con alguna grotesca parodia, pero Ivor me pidió enérgicamente que no hiciera el tonto porque Iris se ofendía con gran facilidad. Toda esa conversación entre los dos hermanos (con la presencia, al margen de la escena, de una hosca criada, una vieja *canniçoise* que arrojaba los platos en la mesa) pertenecía a otra vida, a otro libro, a un mundo de juegos vagamente incestuosos que yo no había inventado todavía de forma consciente.

Ambos jóvenes eran bajos, pero de proporciones perfectas, y el parecido que existía entre ellos saltaba a la vista, aunque Ivor no era demasiado atractivo, con su pelo pajizo y sus pecas, y ella era una belleza bronceada, de corta melena negra y ojos como miel clara. No recuerdo qué vestido llevaba durante nuestro primer encuentro, pero sé que tenía desnudos los delgados brazos y que aguijoneaba mis sentidos cada vez que esbozaba en el aire una isla infestada de medusas o un palmar, mientras su hermano me traducía esos diseños en imbéciles apartes. Después de cenar pude tomarme el desquite. Ivor se fue en busca de mi whisky. Iris y yo salimos a la terraza, al crepúsculo angelical. Estaba encendiendo mi pipa mientras ella rozaba la balaustrada con su cadera y señalaba con ondulaciones de sirena –que pretendían imitar las olas– las trémulas luces de la costa, en una apertura entre las colinas como de tinta china. En ese instante sonó el teléfono en la sala, a nuestras espaldas; Iris se volvió rápidamente, pero con admirable presencia de ánimo transformó su impulso en una lánguida danza de los velos. En el ínterin, Ivor ya se había deslizado sobre el parqué rumbo al teléfono, para informarse de lo que Nina Lecerf u otra vecina deseaba. En la intimidad que después nos unió, Iris y yo nos complaciamos muchas veces en recordar la escena de aquella revelación, con Ivor llevándonos bebidas para brindar por la milagrosa recuperación de su hermana mientras ella, sin hacer caso de su presencia, apoyaba la leve mano sobre mis nudillos: yo permanecí agarrado de la balaustrada, exageradamente ofendido, y no fui lo bastante rápido, necio de mí, como para admitir sus disculpas besándole la mano en el mejor estilo europeo.

IV

Un síntoma habitual de mi enfermedad –no el más grave, pero sí el más difícil de superar después de cada recaída– pertenece a lo que Moody, el especialista londinense, bautizó como «síndrome del nimbo numérico». Su informe acerca de mi caso acaba de reimprimirse en la edición de sus obras completas. Abunda en inexactitudes ridículas. Eso de «nimbo» no significa nada. «El señor N., un noble ruso», *jamás* manifestó «señales de degeneración». No tenía «treinta y dos años», sino veintidós cuando consultó a esa fatua celebridad. Lo más grave de todo es que Moody me pone en el mismo saco que cierto señor V. S. que no es tanto una posdata a la descripción abreviada de *mi* «nimbo», cuanto un intruso cuyas sensaciones se mezclan con las mías en el trascurso de ese docto informe. Debo confesar que el síntoma en cuestión no es fácil de describir, pero creo que yo puedo hacerlo mejor que el profesor Moody o que mi vulgar y voluble compañero de dolencia.

En su peor momento, se manifestaba de la siguiente manera: más o menos una hora después de dormirme (por lo general, ya bien pasada la medianoche y con la humilde ayuda de un trago de Old Mead o de Chartreuse) me despertaba (o más bien se despertaba en mí) un acceso de momentánea locura. El más débil rayo de luz desataba en mi cerebro un dolor insoportable. Y por más esmero que pusiera en completar los bien intencionados esfuerzos de un sirviente uniéndome a su estrategia con persianas y cortinas, siempre quedaba alguna maldita rendija, algún átomo, algún crepúsculo de luz artificial proveniente de la calle o de la claridad natural proyectada por la luna, que señalaban un peligro inexpresable cada vez que, para tomar aire, yo asomaba la cabeza sobre la superficie de una pesadilla sofocante. A lo largo de la tenue rendija viajaban, a terribles intervalos preñados de amenazas, una serie de puntos brillantes. Esos puntos correspondían, quizá, a los rápidos latidos de mi corazón o estaban ópticamente relacionados con el batir de mis húmedas pestañas. Pero la causa que los producía carece de importancia. Lo temible era que, al verlos, yo comprendía con ingobernable pánico que había sido lo bastante necio como para no prever su aparición: una aparición ineluctable, que representaba un fatídico problema de cuya solución dependía mi vida. Y en verdad, habría sido capaz de resolverlo, si le hubiese concedido la suficiente atención o hubiese estado menos dormido, menos embotado, en ese momento trascendental. El problema era de índole numérica: era preciso calcular ciertas relaciones entre esos puntos titilantes. Pero en mi caso se trataba más bien de adivinarlas, puesto que mi torpor me impedía contarlas con exactitud, sin hablar ya de la posibilidad de recordar cuál era el número salvador. El error significaba el castigo inmediato: la decapitación en manos de un gigante o algo peor aún. El acierto, por el contrario, me permitiría huir hacia una región encantada que se extendía más allá de la abertura a través de la cual yo debía deslizarme mediante esa ardua conjetura; una región que en su idílica abstracción se parecía a los minúsculos paisajes grabados como sugerentes viñetas —un arroyo, un *bosquet*— junto a esas mayúsculas de diseño tétrico y feroz (una «s» gótica, por ejemplo) que inician un capítulo en los viejos libros para niños asustadizos. Pero ¿cómo podía yo saber, en mi torpor y en mi pánico, que *esa* era la simple solución, que el arroyo y la fronda y la belleza de ese Más Allá empezaban con la inicial de Ser?

Había noches, desde luego, en que recuperaba de inmediato la razón y después de correr las cortinas me dormía enseguida. Pero en ocasiones más críticas, cuando mi condición distaba mucho de ser normal y experimentaba ese «nimbo» del noble ruso, debía luchar durante varias horas para suprimir el espasmo óptico que ni siquiera la luz del día era capaz de superar. La primera noche que paso en un lugar desconocido es siempre terrible para mí y el día que la sigue es angustioso. Desperté en Villa Iris atormentado por la neuralgia, nervioso, pustuloso, sin afeitar, y rehusé acompañar a los Black a una fiesta playera a la que, según ellos, también yo había sido invitado. Lo cierto es que aquellos primeros días en Villa Iris aparecen tan distorsionados en mi diario y tan confusos en mi mente, que no estoy seguro de si Iris e Ivor estuvieron fuera hasta mediados de la semana. Recuerdo, eso sí, que tuvieron la amabilidad de concertar una entrevista con un médico de Cannice. Se presentaba como una magnífica oportunidad de cotejar la ineficacia de mi luminaria londinense respecto a una local.

La entrevista era con el profesor Junker, un personaje doble: marido y mujer. El matrimonio había trabajado en equipo durante treinta años y todos los domingos, en un rincón de la playa apartado, y por ende muy sucio, ambos se analizaban mutuamente. Sus pacientes consideraban que los lunes la pareja estaba especialmente lúcida; pero ese lunes yo no lo estaba, porque me había pescado una borrachera tremenda en uno o dos bares antes de llegar al mísero barrio donde vivían los Junker y, como creí deducir, otros médicos. La entrada de la casa no estaba mal, enmarcada por las flores y la fruta de un mercado. Pero había que ver la parte trasera... Me recibió el miembro femenino del equipo, una especie de gnomo con pantalones, cosa deliciosamente atrevida para 1922. Esa aparición se vinculó de inmediato con el espectáculo que vi desde la ventana del baño (donde tuve que llenar un absurdo frasco cuyo tamaño se adecuaba a las intenciones de un médico, pero no a las mías): el juego que estaba dando la brisa en una calle lo bastante estrecha como para que tres pares de calzoncillos largos la cruzaran sobre una cuerda en otros tantos saltos o pasos. Hice un comentario acerca de eso y de un vitral que había en el consultorio, en el cual se veía una dama de color malva, exactamente igual a la de la ventana en las escaleras de Villa Iris. La señora Junker me preguntó si me gustaban los muchachos o las muchachas, y yo miré a mi alrededor, diciendo en tono cauteloso que no sabía qué podía ofrecerme. Ella no rió. La consulta no fue un éxito. Antes de diagnosticar neuralgia del maxilar, quería que fuera a ver a un dentista cuando estuviera sobrio. Vivía justo enfrente, me dijo. Sé que lo llamó por teléfono para pedirle hora, pero no recuerdo si fui a su consulta esa misma tarde o al día siguiente. El dentista se llamaba Molnar, con una *n* como un corpúsculo en una caries. Cuarenta años después lo utilicé para *Un reino junto al mar*.

Una muchacha que tomé por la ayudante del dentista (aunque su vestido parecía demasiado festivo para un consultorio) estaba sentada en el pasillo, con las piernas cruzadas y hablando por teléfono. Sin interrumpir su ocupación, se limitó a señalarme una puerta con el cigarrillo que sostenía. Me encontré en un cuarto trivial y silencioso. Los mejores asientos ya estaban ocupados. Sobre una estantería en completo desorden pendía un óleo grande y convencional, que representaba un torrente alpino atravesado por un árbol caído. Durante alguna hora de consulta anterior, unas cuantas revistas habían ido a parar de la estantería a una mesa oval que sostenía adornos harto modestos, tales como un florero vacío y un *casse-tête* del tamaño de un reloj. Era un laberinto circular, con cinco bolitas plateadas en el interior que mediante hábiles movimientos de la mano debían meterse en el centro de la hélice. Para los niños que esperaban turno.

No había ninguno en ese momento. En un rincón, una silla contenía a un individuo gordo con un ramo de claveles apoyado en los muslos. Dos damas maduras estaban instaladas en un sofá marrón: eran extrañas la una para la otra, a juzgar por el urbano intervalo que las separaba. A leguas de distancia, sentado en un taburete con almohadones, un muchacho de aire culto, quizá un novelista, sostenía un cuaderno de notas en el cual escribía a lápiz frases aisladas, sin duda la descripción de varios objetos que sus ojos examinaban entre frase y frase: el cielo raso, el papel de la pared, el cuadro, la nuca peluda de un hombre de pie frente a la ventana, con las manos tomadas a sus espaldas y la mirada perdida, más allá de la ropa interior colgada, más allá de la ventana malva del baño de los Junker, más allá de los tejados y las colinas, en una distante cadena de montañas donde —pensé distraídamente— quizá aún existía el pino caído que atravesaba el torrente.

Al fin, en el extremo del cuarto se abrió una puerta con un chirrido risueño y entró el dentista: un hombre de tez sonrosada, con pajarita, traje mal cortado de un gris muy alegre y un brazalete negro bastante llamativo. Siguieron apretones de manos y felicitaciones. Empecé a hablar para recordarle nuestra cita, pero una dama de aire muy digno en quien reconocí a madame Junker me interrumpió para decir que el error era de ella. Mientras tanto, Miranda, la hija del dentista a quien yo había visto hacía instantes, introdujo los largos y pálidos tallos de los claveles en un delgado florero sobre la mesa, que para entonces ya estaba milagrosamente cubierta por un mantel. Una criada de comedia depositó en ella, entre grandes aplausos, una tarta de color crepúsculo con la cifra «50» dibujada con crema caligráfica.

—¡Qué detalle tan encantador! —exclamó el viudo.

Sirvieron el té; unas cuantas personas se sentaron y otras permanecieron de pie, vaso en mano. Iris me advirtió en un tibio susurro que era zumo de manzana con canela, sin alcohol, de manera que retrocedí con las manos en alto ante la bandeja que me adelantaba el novio de Miranda, el joven a quien había sorprendido ocupando su espera en la comprobación de ciertos detalles de la dote.

—No te esperábamos —dijo Iris, resignándose a la verdad, pues esa no podía ser la *partie de plaisir* a que me habían invitado («Tienen una casa maravillosa sobre una roca»).

No, creo que muchas de las confusas impresiones que registro aquí en relación con médicos y dentistas deben considerarse como una experiencia onírica durante una siesta después de una borrachera. Mi manuscrito lo corrobora. Al revisar las anotaciones más antiguas en mis agendas —donde números telefónicos y nombres se codean con la mención de acontecimientos reales o más o menos ficticios—, advierto que los sueños y otras distorsiones de la «realidad» están escritos con una letra peculiar, inclinada hacia la izquierda. Por lo menos eso ocurre en las primeras anotaciones, antes de que renunciara a respetar las distinciones admitidas. Muchos de los sucesos pre-Cambridge corresponden a esa letra (pero es verdad que el soldado se desplomó en el sendero del rey fugitivo).

V

Sé que muchos me consideran un búho pomposo, pero detesto las bromas pesadas y me muero de aburrimiento («Solo las personas sin sentido del humor usan esa expresión», dice Ivor) cuando oigo una incesante retahíla de insultos chistosos y juegos de palabras vulgares («Morirse de aburrimiento es mejor que morirse de tristeza»: Ivor de nuevo). Sin embargo, Ivor era un buen tipo y si me alegraban sus ausencias durante la semana, no era en realidad porque descansara de sus chistes. Ivor trabajaba en una agencia de viajes cuyo dueño era el antiguo *homme d'affaires* de su tía Betty: otra excéntrica que había prometido a Ivor como aguinaldo un faetón de Ícaro si se portaba bien.

Mi salud y mi letra pronto volvieron a ser normales y empecé a disfrutar del sur. Iris y yo pasábamos horas enteras (ella en traje de baño negro; yo con pantalones de franela y blazer) en el jardín, que al principio, antes de la inevitable seducción de los baños de mar, prefería a la carne de la *plage*. Traduje para ella varios poemas breves de Pushkin y Lérmontov, parafraseándolos y retocándolos para lograr mejor efecto. Le conté con dramáticos pormenores mi huida de mi país. Mencioné a grandes exiliados de otros tiempos. Iris me escuchaba como Desdémona.

—Me fascinaría aprender ruso —me dijo con la cortés ansiedad acorde con esa confesión—. Mi tía nació en Kiev, y a los setenta y cinco todavía recordaba algunas palabras en ruso y en rumano. Pero yo soy terrible para los idiomas. ¿Cómo se dice «eucalipto» en ruso?

—*Evkalipt.*

—Oh, parece un buen nombre para un personaje de un cuento. «E. Clipton.» Wells tiene un personaje llamado «Snooks» y resulta que ese nombre deriva de «Seven Oaks».* Adoro a Wells. ¿Y tú?

Le dije que era el mejor novelista y mago de nuestro tiempo, pero que no podía soportar su cháchara sociológica.

Ella tampoco. Y me preguntó si yo recordaba lo que Stephen decía en *Amigos apasionados* al salir del cuarto —el cuarto neutral— donde le habían permitido ver a su amante por última vez.

—Puedo responderte. Los muebles estaban cubiertos con fundas y Stephen dijo: «Es por las moscas».

—¡Sí! ¿No es maravilloso? Eso es decir lo primero que se le pasa a uno por la cabeza para no echarse a llorar. Me hace pensar en la mosca que un pintor de otros tiempos pondría

---

* «Siete robles» en inglés. *(N. del T.)*

sobre la mano de alguien sentado, para indicar que esa persona habría muerto entre una y otra pose.

Dije que siempre prefería el sentido literal de una descripción al símbolo oculto tras ella. Iris asintió con aire pensativo, pero no pareció convencida.

¿Y quién era nuestro poeta favorito entre los modernos? ¿Qué opinábamos de Housman? Yo lo había visto muchas veces de lejos y una vez de cerca. En la biblioteca del Trinity College. Estaba de pie, sosteniendo un libro abierto pero con los ojos fijos en el cielo raso, como tratando de recordar algo, quizá el modo en que otro autor había traducido ese verso.

Iris dijo que en mi caso ella se habría sentido «terriblemente impresionada». Murmuró esas palabras adelantando la carita vehemente y agitando el brillante flequillo.

—Deberías sentirte impresionada *ahora*. Después de todo, estoy *aquí*, este es el verano de 1922, esta es la casa de tu hermano...

—No lo es —dijo Iris, ignorando mi frase (y ante el nuevo giro que ella dio a la conversación, sentí como si la trama del tiempo se hubiera vuelto sobre sí misma y lo que estaba ocurriendo ya hubiese ocurrido antes o pudiese ocurrir una vez más)—. Es *mi* casa. Tía Betty me la dejó a *mí*. También me dejó algún dinero, pero Ivor es demasiado estúpido o demasiado orgulloso para dejarme pagar sus tremendas deudas.

La sombra del reproche que yo le había hecho era más que una sombra. Aun entonces, con mis veinte años ya bien cumplidos, estaba de veras convencido de que a mediados del siglo llegaría a ser un autor libre y famoso que viviría en una Rusia libre y universalmente respetada, en el muelle inglés del Neva o en una de mis fabulosas propiedades campestres, donde escribiría prosa y verso en la lengua, infinitamente maleable, de mis antecesores: entre ellos, figuraban una de las tías abuelas de Tolstói y dos de los alegres compañeros de Pushkin. El sabor anticipado de la fama era tan embriagador como los viejos vinos de la nostalgia. Era un recuerdo invertido, un gran roble junto a un lago reflejado de manera tan pintoresca en aguas a tal punto claras que sus ramas parecían en la superficie raíces gigantescas. Sentía esa fama futura en los pies, en la punta de los dedos, en el pelo, así como sentimos el estremecimiento causado por una tormenta eléctrica, o por la moribunda belleza de la oscura voz de una cantante justo antes del trueno, o por un verso de *El Rey Lear.* ¿Por qué las lágrimas empañan ahora los vidrios de mis gafas, cuando evoco ese espectro de la fama que hace cinco décadas me tentaba y me torturaba? Su imagen era inocente, su imagen era genuina, y la diferencia con lo que habría de llegar a ser en la realidad me destroza el corazón como la angustia de la despedida.

Ni ambiciones ni honores maculaban ese futuro soñado. El presidente de la Academia de Letras de Rusia avanzaba hacia mí al ritmo de una música lenta, con una guirnalda sobre el cojín que sostenían sus manos; pero debía retroceder humillado al verme sacudir la cabeza entrecana. Me veía a mí mismo corrigiendo las pruebas de imprenta de una nueva novela que habría de cambiar el destino de la literatura rusa con su nuevo estilo (*mi* estilo, ante el cual yo mismo no sentía presunción, complacencia, ni sorpresa) y reelaborando a tal punto el texto en los márgenes (donde la inspiración encuentra el trébol más fragante) que el tipógrafo debía recomponerlo por entero. Una vez aparecido el demorado libro, en mi apacible madurez, disfrutaría agasajando a unos pocos amigos íntimos y aduladores en la glorieta de mi finca preferida, en Marevo (donde «había mirado los arlequines» por primera vez), con sus avenidas de surtidores y ante el panorama de un tramo virginal de las estepas del Volga bañadas por la luz de la luna.

Desde mi frío lecho en Cambridge dominaba todo un periodo de la literatura rusa. Preveía la estimulante presencia de críticos enemigos pero deferentes que en las revistas literarias de San Petersburgo me reprocharían mi patológica indiferencia hacia la política, las grandes ideas de los espíritus pequeños y ciertos problemas tan vitales como el exceso de población en los centros urbanos. No menos divertido era imaginar la inevitable manada de canallas e imbéciles que injuriarían el sonriente mármol y que, enfermos de envidia, enfurecidos por su propia mediocridad, se precipitarían al mar en tumultuosas hordas como los lemmings hacia el suicidio en masa, pero solo para regresar enseguida por el otro lado del escenario sin haber logrado descubrir el sentido de mi libro ni su roedora Gadara.

Los poemas que empecé a componer cuando conocí a Iris procuraban describir sus rasgos verdaderos, únicos: el modo en que se le arrugaba la frente cuando levantaba las cejas, esperando que yo entendiera alguna de sus bromas, o los pliegues totalmente distintos que se le formaban cuando fruncía el ceño sobre el Tauchnitz en el cual buscaba un pasaje que deseaba compartir conmigo. Pero mi instrumento era demasiado torpe e inmaduro: no podía expresar los divinos detalles y *sus* ojos, *su* pelo, aparecían lamentablemente comunes en mis estrofas, por lo demás bien construidas.

Ninguna de esas composiciones descriptivas (y, seamos francos, triviales) merecía que se la mostrara a Iris, sobre todo en austeras versiones inglesas, sin rima ni traición. Además, una extraña timidez que nunca había sentido hasta entonces, en los efervescentes preliminares de mi lasciva juventud, me impedía someter a Iris a un catálogo de sus encantos. Sin embargo, la noche del 20 de julio escribí un poema menos directo, más metafísico, que decidí leerle durante el desayuno en una traducción literal que me costó más tiempo de escritura que el original. El título bajo el cual apareció en un diario *émigré* de París (el 8 de octubre de 1922, después de varias reclamaciones por mi parte y de una carta en que solicité la devolución del manuscrito) era y es, en las diversas antologías y colecciones que habrían de reimprimirlo durante los cincuenta años que siguieron, *Vlyublyonnost'*, melodioso término que condensa lo que en otras lenguas exige más palabras para expresarse.

My zabyváem chto vlyublyonnost'
Ne prósto povorót litsá,
A pod kupávami bezdónnost',
Nochnáya pánika plovtsá.

Pokúda snítsya, snis', vlyublyónnost',
No probuzhdéniem ne múch',
I lúchshe nedogovoryónnost'
Chem éta shchél' i étot lúch.

Napomináyu chto vlyublyónnost',
Ne yáv', chto métiny ne té,
Chto mózeht-byt' potustorónnost'
Priotvorílas' v temnoté.

—Delicioso —dijo Iris—. Suena como un encantamiento. ¿Qué significa?

—En el reverso está la traducción. Dice así: Olvidamos (o más bien tendemos a olvidar) que estar enamorados (*vlyublyonnost'*) no depende del ángulo facial de la amada; es un abismo sin fondo bajo los nenúfares, el pánico de un nadador en la noche, como dice el tetrámetro yámbico que

cierra la primera estrofa: *nochnáya pánika plovtsá*. La segunda estrofa: Mientras soñar sea placentero (en el sentido de «mientras soñar sea posible»), sigue apareciéndote en nuestros sueños, *vlyublyonnost'*, pero no nos atormentes despertándonos o diciéndonos demasiado; la reticencia es mejor que esa hendidura o ese rayo de luna. Y ahora, la última estrofa de este poema de amor filosófico.
—¿Este qué?
—Poema de amor filosófico. *Napomináyu*, te recuerdo, que *vlyublyonnost'* no es la realidad de la vigilia, que las cosas se nos aparecen siempre distintas (por ejemplo: un cielo raso iluminado por la luna no es la misma clase de realidad que un cielo raso durante el día) y que el futuro quizá empiece a vislumbrarse en la oscuridad. *Voilà*.
—La chica que te ha inspirado ese poema debe divertirse mucho contigo —observó Iris—. Ah, aquí llega el sostén del hogar. *Bonjour*, Ives. Me temo que no quedan tostadas. Creíamos que ya habías salido.

Durante un instante apoyó la palma de la mano sobre el vientre de la tetera. Y todo eso quedó registrado para siempre en las páginas de *Ardis*, mi pobre amor muerto.

VI

Después de cincuenta veranos o diez mil horas de baños de sol en diferentes países, en playas, bancos, techos, rocas, barcos, cornisas, jardines, tinglados y balcones, tal vez sería incapaz de evocar mi noviciado y todas mis sensaciones físicas de entonces si no existieran estas viejas notas mías: son un gran alivio para un pedante autor de memorias empeñado en registrar sus enfermedades, sus matrimonios y los pormenores de su vida literaria. Hincada junto a mí, la arrulladora Iris me pasaba por la espalda enormes cantidades de crema, mientras permanecía echado boca abajo sobre una áspera toalla, en el resplandor de la *plage*. Tras mis párpados, apretados contra mi antebrazo, fluctuaban purpúreas formas fotomáticas. «Entre la prosa de mis quemaduras solares se deslizaba la poesía de su roce», así leo en mi cuaderno de notas, pero puedo mejorar mi juvenil preciosismo. Sobre el escozor de mi piel –en realidad aderezado por ese escozor hasta alcanzar un exquisito grado de placer bastante ridículo–, el roce de la mano de Iris en mis omóplatos y a lo largo de mi columna vertebral se parecía demasiado a una caricia deliberada para no ser la deliberada imitación de una caricia. Y yo era incapaz de contener mi oculta reacción cuando esos hábiles dedos, en un último, superfluo revoloteo, descendían hasta mi coxis antes de alejarse.

—Ya está –dijo Iris, exactamente con la misma entonación que empleaba, al final de tratamientos mucho más especiales, una de mis amigas de Cambridge, Violet McD., virgen compadecida y experta.

Iris había tenido varios amantes; y cuando yo abría los ojos y me volvía hacia ella y la miraba y veía, más allá, los diamantes bailando en la verde concavidad de cada ola que avanzaba para desplomarse, cuando veía los húmedos guijarros negros en la orilla reluciente de espuma muerta que esperaba la espuma viva –oh, ya se acerca la vanguardia del oleaje, trotando como un tropel de blancos caballos circenses–, cuando miraba a Iris recortada contra ese telón, comprendía cuántos amantes habían contribuido a formar y perfeccionar la impecable tersura de su piel, la certeza de sus altos pómulos, la elegancia del hueco debajo de ellos, la diestra coquetería de su *accroche-coeur*.

—A propósito –dijo Iris, tendiéndose en la arena y recogiendo las piernas–: aún no te he pedido disculpas por mi tonta observación acerca de ese poema. He releído cien veces tu... ¿cómo es el título en ruso? *Vlyublyonnost*... Lo he releído en inglés para captar el sentido y en ruso para oír la melodía. Creo que es una obra maravillosa. ¿Me perdonas? Junté los labios para besar la dorada rodilla iridiscente que tenía junto a mí, pero su mano, como calculando la fiebre de un niño, se posó en mi frente y detuvo su avance.

—Nos observan mil ojos que parecen mirar a todos lados, salvo en nuestra dirección —dijo Iris—. Esas dos simpáticas maestras inglesas que están a mi derecha, a unos veinte pasos, ya me han dicho que tu parecido con la fotografía de Rupert Brooke con el cuello de la camisa abierto es *a-houri-sang*.* Saben un poco de francés... Si intentas besarme de nuevo, a mí o a mi pierna, te pediré que te vayas. Ya me han ofendido bastante en la vida.

Hubo una pausa. La iridiscencia provenía de átomos de cuarzo. Cuando una muchacha se pone a hablar como la heroína de una novela, solo hay que tener un poco de paciencia.

¿Había enviado ya mi poema a ese periódico *émigré*? Todavía no. Antes debía mandar mi colección de sonetos. Las dos personas (dicho en voz más baja) que tenía a mi derecha también eran emigrados, a juzgar por algunos detalles.

—Sí —dijo Iris—. Prácticamente se han puesto de pie para atender cuando empezaste a recitar esa cosa de Pushkin sobre las olas que se prosternan adorando los pies de la amadas. ¿Qué otros detalles?

—Él se acaricia lentamente la barba mientras mira el horizonte y ella fuma un cigarrillo con boquilla de cartón.

Había además una niña de unos diez años que acunaba en sus brazos desnudos una enorme pelota de goma amari-

---

* Deformación paródica del vocablo francés *ahurissant* («asombroso»). *(N. del T.)*

lla. No parecía vestir más que una especie de vaporoso corpiño y una falda plisada que dejaba al aire sus muslos bruñidos. Era lo que años después los aficionados llamarían una «nínfula». Cuando advirtió mi mirada, me sonrió con dulce lascivia por encima de nuestro globo soleado y por debajo de su flequillo castaño.

—A los once o doce años —dijo Iris— yo era más linda que esa huérfana francesa. La que está sentada allá, sobre las páginas extendidas del *Cannice-Matin*, vestida de negro y tejiendo, es su abuela. Yo permitía que los caballeros malolientes me acariciaran. Jugaba con Ivor a juegos indecentes... Oh, nada demasiado insólito. Por lo demás, ahora él prefiere los caballeros a las damas. Al menos, eso dice.

Me habló un rato de sus padres que, por una fascinante coincidencia, habían muerto el mismo día: ella a las siete de la mañana, en Nueva York; él, al mediodía, en Londres, hacía apenas dos años. Se habían divorciado poco después de la guerra. Ella era norteamericana y horrible. No hay que hablar así de las madres. Pero en verdad era horrible. Papá era vicepresidente de la Compañía de Cemento Samuels. Provenía de una familia respetable y tenía «buenas relaciones». Pregunté a Iris qué tenía Ivor en contra de la «buena sociedad» y viceversa. Iris respondió vagamente que Ivor detestaba a «los amantes de la caza del zorro» y a los «jóvenes deportistas náuticos». Le dije que esas eran abominables frases hechas que solo empleaban los filisteos. En mi medio, en mi mundo, en la opulenta Rusia de mi adolescencia, estábamos tan por encima de todo concepto de clase que nos limitábamos a reír o a bostezar cuando leíamos algo sobre los «barones japoneses» o los «patricios de Nueva Inglaterra». Pero lo curioso era que Ivor dejaba de conducirse como un payaso y se convertía en un individuo serio y normal solo cuando montaba su viejo poni moteado y empezaba a burlarse del inglés hablado por las «clases superiores», sobre todo de su pronunciación. Objeté que era un acento de calidad muy superior a la del mejor francés parisino, y aun al del ruso de San Petersburgo: un relincho deliciosamente modulado que tanto él como Iris imitaban muy bien –aunque de manera inconsciente– en sus conversaciones diarias, cuando no ridiculizaban inexorablemente el inglés pomposo o anticuado de algún indefenso extranjero. Entre paréntesis, ¿de qué nacionalidad sería ese viejo bronceado, de hirsuto pecho canoso, que salía del mar precedido de su perro chorreante? Su cara me era familiar.

Era Kanner, dijo Iris, el gran pianista y cazador de mariposas. Su rostro y su nombre aparecían en todas las columnas del *Morris*. Ella compraría entradas por lo menos para dos de sus conciertos. Y allí, junto a él, donde se sacudía su perro, solía tomar el sol la familia de P. (un antiguo apellido muy ilustre), en junio, cuando el lugar estaba casi desierto. El joven P. había negado el saludo a Ivor, aunque ambos se conocían desde la época del Trinity College. Ahora la familia se había trasladado a otro sitio. Un lugar mucho más elegante. Aquella mancha amarilla que se veía a lo lejos era su toldo. Al pie del Mirana Palace. No dije nada, pero también yo conocía al joven P. y no le tenía la menor simpatía.

El mismo día. Encuentro casual con el joven P. en el baño para caballeros del Mirana. Efusivo saludo. ¿No quería conocer a su hermana? ¿Al día siguiente, quizá? Sábado. Ambos podrían ir caminando, por la tarde, hasta el pie del Victoria. Una especie de ensenada, a mi derecha. Estoy siempre allí, con amigos. Desde luego, ya conoces a Ivor Black. El joven P. acudió puntualmente a la cita acompañado de su encantadora hermana, de brazos y piernas esbeltos. Ivor, tremendamente grosero. Vamos, Iris, has olvidado que tomaremos el té con Rapallovich y Chicherini. Esa clase de tonterías. Absurdas enemistades. Lydia P. estalló de risa.

Cuando descubrí los efectos de esa crema milagrosa, en mi etapa de langosta hervida, cambié mi tradicional *caleçon de bain* por una variedad más sucinta (aún proscrita, por entonces, en paraísos más estrictos). El tardío cambio redundó en una extraña estratificación de mi bronceado. Recuerdo que me deslicé en el cuarto de Iris para contemplarme en un espejo de cuerpo entero –el único de la casa–, una mañana en que ella resolvió ir a un salón de belleza (al cual telefoneé para cerciorarme de que estaba allí y no en brazos de un amante). Con excepción de un joven provenzal que lustraba los pasamanos, no había nadie en la casa. Eso me permitió entregarme a uno de mis placeres más arraigados y traviesos: pasearme totalmente desnudo por una casa ajena.

El retrato de cuerpo entero no fue lo que podría decirse un éxito; lo inspiraba una veleidad no extraña a los espejos y las imágenes medievales de animales exóticos. La cara era marrón; el torso y los brazos, caramelo; una línea ecuatorial carmesí subrayaba el caramelo; seguía una zona blanca, más o menos triangular, con el vértice hacia el sur, limitada por el redundante carmesí a ambos lados; y (a causa de los pantalones cortos que usaba durante el día entero) las piernas, tan marrones como la cara. Apicalmente, la blancura del abdomen exhibía en un estremecedor *repoussé*, con una fealdad que nunca había advertido hasta entonces, un zoológico portátil, un conjunto simétrico de atributos animales: la trompa del elefante, los erizos de mar gemelos, el gorila recién nacido trepando por la base de mi vientre, con la espalda vuelta hacia el público.

Un estremecimiento de alarma sacudió mi sistema nervioso. Los demonios de mi incurable enfermedad, «la conciencia desollada», ahuyentaban a mis arlequines. Busqué auxilio inmediato distrayéndome con las fruslerías que había en el dormitorio, perfumado de lavanda, de mi amor: un oso de felpa violeta, una curiosa novela francesa (*Du côté de chez Swann*) que le había regalado yo, una impecable pila de ropa recién lavada en un moisés, una fotografía en color de dos muchachas, con marco ornamentado y una dedicatoria en diagonal: «Lady Crésida y tu dulce Nell. Cambridge, 1919».

Creí que la primera sería Iris con peluca dorada y maquillaje rosa; un examen más minucioso me reveló que era Ivor en el papel de esa muchacha tan irritante que va y viene por la imperfecta farsa de Shakespeare. Pero hasta el cromodiascopio de Mnemosina puede llegar a ser algo muy aburrido.

En el cuarto de música, el joven provenzal limpiaba cacofónicamente las teclas del Bechstein mientras yo reanudaba, con brío mucho menor, mi paseo nudista. Me preguntó algo que sonó como «¿Hora?» y le mostré la muñeca para exhibirle solo un pálido espectro de reloj y de correa de reloj. El muchacho interpretó equivocadamente mi ademán y se volvió, sacudiendo la estúpida cabeza. Era una mañana de errores y fracasos.

Fui hacia la despensa en busca de uno o dos vasos de vino, el mejor desayuno en momentos de angustia. En el pasillo pisé un pedazo de loza rota (la víspera habíamos oído el estrépito) y bailé sobre un pie, maldiciendo, mientras procuraba examinar el imaginario tajo en mi planta.

El litro de *rouge* que había imaginado estaba, en efecto, en la despensa, pero no pude encontrar un sacacorchos por ningún sitio. Entre el ruido de los cajones que abría y cerraba, me llegaban las monótonas vulgaridades que decía el guacamayo. El cartero había llegado y se había ido. El editor de *La nueva Aurora* (*Novaya Zarya*) temía (qué estúpidos cobardes son estos editores) que su «modesta aventura (*nachinanie*) *émigrée*» no pudiera, etc. Un arrugado «etc.»

que voló al cubo de la basura. Sin vino, furioso, con el *Times* de Ivor bajo el brazo, subí a saltos la escalera de servicio rumbo a mi habitación sofocante. Ya había estallado el tumulto en mi cerebro.

Fue entonces cuando resolví, sollozando convulsivamente en mi almohada, prolongar la oferta de matrimonio proyectada para el día siguiente con una confesión que tal vez la haría inaceptable para mi Iris.

VII

Desde el portal de nuestro jardín, más allá de la avenida de asfalto, estriada de sombras, que llevaba hacia la aldea, unos doscientos pasos hacia el este, se veía el cubo rosado de la minúscula oficina de correos, con su banco verde al frente y su bandera arriba, todo ello iluminado por el frío brillo de una diapositiva en colores, entre los dos últimos plátanos de la doble fila que marchaba a ambos lados del camino.

A la derecha de la avenida (mirando hacia el sur), cruzando una acequia marginal cubierta de zarzas, los intervalos entre los troncos jaspeados revelaban campos de lavanda o de alfalfa y, más lejos, el bajo muro blanco de un cementerio que corría paralelo a nuestro camino, como suele suceder. En la parte izquierda (norte), entre análogos intervalos, se vislumbraba un tramo de terreno ondulado, un viñedo, una granja lejana, un pinar y el perfil de las montañas. En el penúltimo tronco alguien había pegado un anuncio incoherente que otra persona había arrancado parcialmente.

Iris y yo caminábamos por esa avenida casi todas las mañanas rumbo a la plaza de la aldea y desde allí, por encantadores atajos, hacia Cannice y el mar. De cuando en cuando, Iris insistía en volver a pie: era una de esas muchachas menudas pero fuertes, capaces de saltar obstáculos y jugar a hockey y trepar rocas y después bailar hasta la pálida y frenética hora (*do bezúmnogo blédnogo chása*), por citar del primer poema que le dediqué sin disimulo. Iris solía llevar su vestido «indio», una especie de túnica transparente sobre el sucinto traje de baño; yo la seguía a corta distancia, y enardecido por la soledad, la impunidad, la tolerancia de mis sueños, me costaba mucho caminar en mi estado bestial. Por fortuna, no era tanto la soledad (no demasiado impune) lo que me retenía, cuanto una decisión moral de confesarle algo muy grave antes de tomarla en mis brazos.

Visto desde esos declives, el mar se extendía en majestuosos pliegues; la distancia y la altura hacían que la reiterada línea de espuma pareciera avanzar con curiosa lentitud. Iris y yo conocíamos muy bien su vigoroso ritmo; y ahora esa contención, esa imponencia...

De pronto oímos un rugido de éxtasis extraterrenal entre la vegetación que nos rodeaba.

—Santo Dios —dijo Iris—, espero que no sea algún dichoso fugitivo del Circo Kanner. —Ninguna relación, al parecer, con el pianista.

Seguimos andando, ahora el uno junto al otro: nuestro camino se ensanchaba después del primer cruce con la sinuosa carretera, que lo atravesaba once veces más. Ese día, como de costumbre, discutí con Iris acerca de los nombres de las pocas plantas que podía identificar: heliantemos y griseldas en flor, agaves (que Iris llamaba «centurias»), retamas y euforbios, mirtos y madroños. Mariposas multicolores iban y venían como rápidas manchas de sol en los ocasionales túneles entre el follaje; de pronto, un tremendo ejemplar oliváceo y con una especie de rosado fulgor interior se posó durante un instante en un abrojo. No sé nada de mariposas ni tengo el menor interés por las velludas especies nocturnas.

Me horrorizaría que cualquiera de ellas me rozara: hasta las más bonitas me producen el mismo desagradable estremecimiento que una telaraña flotante o esas cochinillas que son una plaga en los cuartos de baño de la Riviera.

Ese día que ahora evoco, memorable por hechos más importantes, pero también pródigo en toda suerte de trivialidades sincrónicas adheridas a él como un capullo o incrustadas como un conjunto de parásitos marinos, Iris y yo distinguimos una red para cazar mariposas que se movía entre las rocas adornadas de flores y al fin vimos aparecer al viejo Kanner, con el panamá pendiendo de un cordón ligado al botón del chaleco, los rizos blancos fluctuando en la frente escarlata y envuelto aún por una nube de éxtasis que irradiaba de todo su ser y cuyo eco, sin duda, habíamos oído un minuto antes.

Iris le describió la espectacular mariposa verde que acabábamos de ver, pero Kanner la desestimó enseguida como una «Pandora» (esta es, por lo menos, la palabra que encuentro apuntada en mi diario), una *Falter* (mariposa) muy común en el sur. Después, levantando el índice, tronó:

—*Aber* (pero) si quieren ustedes ver una rareza absoluta, jamás observada al oeste de la Baja Austria, les mostraré lo que acabo de atrapar.

Apoyó su red contra una roca (la red cayó de inmediato e Iris la levantó en actitud reverencial) y con profusos agradecimientos (¿dirigidos a Psique, a Belcebú, a Iris?) que resonaban como un acompañamiento musical, extrajo de su bolsa un pequeño sobre para estampillas: lo sacudió levemente e hizo caer en la palma de su mano una mariposa con las alas plegadas.

Una sola mirada bastó a Iris para decir a Kanner que esa no era más que una pequeña, una minúscula mariposa de la col. (Iris sostenía la teoría de que las moscas, por ejemplo, *crecen*.)

—Miren ustedes con atención —dijo Kanner, ignorando la singular observación de Iris y señalando con unas pinzas el insecto triangular—. Lo que ven ustedes es el reverso, el blanco interno de la *Vorderflügel* (ala anterior) izquierda y el amarillo interno de la *Hinterflügel* (ala posterior) izquierda. No abriré las alas, pero supongo que creerán lo que voy a decirles. En el anverso, que ustedes no pueden ver, esta especie comparte con sus más allegadas, la mariposa de la col y la mariposa de Mann, ambas muy comunes aquí, las típicas manchas del ala anterior: un punto negro en los machos y un *Doppelpunkt* (dos puntos) negro en la hembra. En las especies emparentadas con esta, la puntuación se reproduce en el reverso, pero solo en las especies de la cual ven ustedes un ejemplar en la palma de mi mano existe un espacio en blanco en el reverso del ala: ¡un capricho tipográfico de la naturaleza! *Ergo*, esta es una Ergana.

Una de las patas de la mariposa reclinada se estremeció.

—¡Oh, está viva! —exclamó Iris.

—No puede escaparse: con un pinchazo basta —la tranquilizó Kanner mientras deslizaba nuevamente el ejemplar en su traslúcido infierno. Después, blandiendo los brazos y la red en una triunfante despedida, reanudó su escalada.

—¡Qué bruto! —gimió Iris.

La horrorizaba pensar en los millares de insectos que habría torturado el pianista. Pero a los pocos días, cuando Ivor nos invitó a un concierto de Kanner (una versión muy poética de *Les Châteaux*, la suite de Grünberg), Iris encontró cierto alivio al oír una desdeñosa observación de Ivor: «Todo ese cuento de las mariposas no es más que un truco publicitario». Yo, por desgracia, más avezado en ese tipo de locuras, no me dejé convencer tan fácilmente.

Cuando llegamos a nuestro lugar habitual en la playa, todo lo que debí hacer para poder tomar el sol fue quitarme la camisa, los pantalones cortos y las zapatillas. Iris se despojó de la túnica y se tendió en la arena, con los brazos y las piernas desnudos, sobre una toalla junto a la mía. Yo ensayaba mentalmente el discurso que tenía preparado. Esa mañana el perro del pianista estaba a cargo de la cuarta Frau Kanner, una dama muy hermosa. Dos muchachones enterraban a la nínfula en la arena caliente. La dama rusa leía un periódico *émigré*. Su marido contemplaba el horizonte. Las dos inglesas se mecían en las olas del mar deslumbrante. Una vasta familia francesa de albinos ligeramente arrebolados procuraba inflar un delfín de goma.

—Ha llegado el momento de la zambullida —dijo Iris.

Tomó del bolso de playa (que le guardaba el conserje del Victoria) una gorra de baño amarilla y ambos trasladamos nuestras toallas y ropas a la relativa quietud de un muelle en desuso donde a Iris le gustaba secarse después de nadar.

Ya dos veces, en mi joven vida, un calambre *total* —el equivalente físico de la locura fulmínea— me había paralizado en el pánico y la tiniebla de las aguas sin fondo. Me veo a mí mismo, a los quince años, nadando en el atardecer en un río estrecho pero profundo, en compañía de un primo atlético. Ya empieza a dejarme atrás, cuando al cabo de un esfuerzo supremo siento que me invade una euforia inexpresable que me promete milagros de propulsión y fantásticos trofeos en fantásticas repisas. Pero en su satánico clímax, a la euforia sucede un intolerable espasmo, primero en una pierna, después en la otra, después en el tórax y en ambos brazos. Años después intenté muchas veces explicar a sabios e irónicos médicos la extraña, horrible índole *segmental* de esas atroces pulsaciones que hacían de mí un inmenso gusano, con los miembros transformados en sucesivos anillos de dolor. La suerte quiso que un tercer nadador, un desconocido, estuviera detrás de mí y me ayudara a librarme de una abismal maraña de nenúfares.

La segunda vez fue un año después, en la costa del mar Negro. Había bebido en compañía de doce camaradas mayores que yo, para festejar el cumpleaños del hijo del gobernador del distrito. A eso de la medianoche Allan Andoverton, un muchacho inglés muy fogoso (¡que habría de ser, en 1939, mi primer editor británico!), sugirió que nadáramos a la luz de la luna. Mientras no nos aventuráramos mar adentro, la experiencia prometía ser muy agradable. El agua estaba tibia; la luna se reflejaba benévola en la camisa almidonada de mi primer traje de etiqueta, tendido en la playa rocosa. Oía voces alegres a mi alrededor. Recuerdo que Allan no se había tomado la molestia de desvestirse y jugueteaba con una botella de champán en la rompiente. De pronto una nube nos hundió en la oscuridad, una ola inmensa se hinchó y me arrastró, y al poco rato ya no supe si iba en dirección a Yalta o a Tuapse. El terror abyecto dio rienda suelta al dolor que ya conocía y me habría ahogado ahí mismo si la ola siguiente no me hubiera alzado para depositarme junto a mis pantalones.

La sombra de esos recuerdos desagradables y casi incoloros (el peligro mortal es incoloro) me acompañó siempre durante mis «zambullidas» y «chapuzones» (las palabras son suyas) junto a Iris. Ella se resignó a mi hábito de permanecer en cómodo contacto con el fondo mientras la miraba ejecutar sus *crawls*, si es que en los años veinte se llamaban así esos movimientos con los brazos. Pero aquella mañana estuve a punto de cometer una estupidez.

Flotaba apaciblemente en línea paralela a la costa, hundiendo de cuando en cuando un cauteloso pie para asegurarme de que podía sentir el fondo cenagoso, con su vegetación poco grata al tacto pero, en general, amistosa, cuando advertí que el paisaje marino había cambiado. A cierta distancia, una lancha marrón conducida por un muchacho en quien reconocía a L. P. describió un espumoso semicírculo y se detuvo junto a Iris. Ella se agarró al reluciente borde. Él le habló e hizo un ademán como para alzarla a la lancha. Pero Iris se escabulló y L. P. se alejó, riendo.

Todo eso debió durar apenas un par de minutos, pero si ese canalla con perfil de gavilán y pullóver blanco de ochos hubiese permanecido unos segundos más, o si mi Iris se hubiese dejado raptar por su nuevo galán entre el fragor de la lancha y el remolino de espuma, yo habría muerto. Porque mientras transcurría la escena, cierto instinto viril se sobrepuso en mí al de conservación y me impulsó a nadar unos cuantos, insensibles metros. Al fin, cuando readquirí la posición vertical para cobrar aliento solo encontré agua bajo los pies. Me volví y empecé a nadar hacia la costa, sintiendo ya el amenazador augurio, la extraña, indescriptible aura del calambre total que crecía en mí y sellaba su pacto mortal con la gravedad. De pronto rocé con la rodilla la bendita arena y el suave oleaje me ayudó a ganar la playa a gatas.

VIII

–Tengo que confesarte algo, Iris. Es acerca de mi salud mental.
–Espera un minuto. Tengo que quitarme esto de los hombros y bajármelo hasta... hasta donde la decencia me lo permita.

Estábamos acostados –yo boca arriba, ella boca abajo– en el muelle. Iris se había arrancado la gorra de baño y luchaba por quitarse de los hombros los tirantes del traje de baño empapado y exponer, así, toda la espalda al sol. Al mismo tiempo, libraba una segunda batalla en la vecindad de su oscura axila, en el vano intento de no exhibir la blancura de un pequeño seno en la delicada unión con las costillas.

Cuando logró adquirir un decoro aceptable, se echó un poco hacia atrás, sosteniéndose el traje de baño negro contra el pecho mientras ejecutaba con la otra mano esos deliciosos movimientos de mono hurgador que hace una muchacha cuando busca algo en su bolso: en esa ocasión, un paquete malva de Salammbôs baratos y un lujoso encendedor. Cuando los encontró volvió a apretar el pecho contra la toalla extendida. Un rojo lóbulo resplandecía a través de su Medusa —así se llamaba esa corta melena «a lo *garçon*» en los años veinte— recién liberada de la gorra. El relieve de su espalda bronceada, con un lunar bajo el omóplato izquierdo y el largo canal de la columna vertebral, que redimía todos los errores de la evolución humana, me distrajo penosamente de mi decisión: prolongar mi oferta de matrimonio con una confesión especial, terriblemente importante. Aún brillaban unas cuantas aguamarinas en el lado interior de sus muslos, con sus fuertes pantorrillas doradas; en sus tobillos, más rosados, aún quedaban adheridos unos granos de arena. Si he descrito tantas veces en mis novelas norteamericanas (*Un reino junto al mar*, *Ardis*) la irresistible belleza de la espalda de una muchacha, es sobre todo a causa de Iris. Sus nalgas pequeñas y compactas (el encanto más pleno, más dulce, más atormentador de su belleza pueril) eran todavía sorpresas depositadas al pie del árbol de Navidad.

Cuando volvió a ofrecerse al sol que la aguardaba, después de esos breves momentos de agitación, Iris adelantó el grueso labio inferior al exhalar el humo y me dijo:

—Creo que tu salud mental es estupenda. A veces eres extraño y hosco. Y muchas veces pareces tonto. Pero eso es característico de *ce qu'on appelle* un genio.

—¿Qué entiendes por «genio»?

—Bueno... la capacidad de ver cosas que los demás no ven. O más bien, de descubrir lazos invisibles entre las cosas.

—Yo hablo de otra cosa, entonces: de una modesta condición morbosa que nada tiene que ver con el genio. Empezaremos con un ejemplo concreto y un decorado auténtico. Por favor, cierra los ojos un momento. Visualiza ahora la avenida que va desde el correo hasta tu villa. ¿Ves los plátanos que convergen en la perspectiva y el portal del jardín entre los dos últimos?

—No —dijo Iris—. Han reemplazado el último de la derecha por un farol. Es difícil darse cuenta desde la plaza de la aldea, pero en realidad es un farol cubierto de hiedra.

—Bueno, es lo mismo. Lo importante es imaginar que miramos desde *aquí*, desde la aldea, hacia *allá*, hacia el jardín. Debemos tener bien presente qué es «aquí» y «allá» en nuestro problema. Por ahora, «aquí» es el rectángulo de luz verde en el portal semiabierto. Ahora empezamos a caminar por la avenida. En el segundo tronco de la derecha advertimos huellas de una proclama local...

—Fue una proclama de Ivor. Declaró que las cosas habían cambiado y que los protegidos de tía Betty debían interrumpir sus visitas semanales.

—Magnífico. Seguimos caminando hacia el portal del jardín. Podemos distinguir intervalos de paisajes entre los árboles, a ambos lados. A tu derecha... por favor, cierra los ojos, verás mejor. A tu derecha hay un viñedo; a tu izquierda un cementerio. Puedes ver su muro largo, bajo, muy bajo...

—Tu descripción es bastante siniestra. Quiero agregar algo. Entre las zarzamoras, Ivor y yo descubrimos una vieja lápida derruida con la inscripción «¡Duerme, Médor!» y solo la fecha de la muerte: 1889. Un perro rescatado, sin duda. Está justo antes del último árbol de la izquierda.

—Bien, ahora llegamos al portal del jardín. Estamos a punto de entrar. De repente, te detienes: te has olvidado de comprar esas bonitas estampillas nuevas para tu álbum. Decidimos volver a la oficina de correos.
—¿Puedo abrir los ojos? Tengo miedo de quedarme dormida.
—Al contrario: ahora es el momento de cerrar los ojos con fuerza y concentrarse. Quiero que te imagines volviendo sobre tus talones, de manera que «derecha» se convierta en «izquierda» y al instante veas «aquí» como «allá», con el farol a tu izquierda, la tumba de Médor a tu derecha y los plátanos convergiendo hacia el correo. ¿Puedes hacerlo?
—Ya está —dijo Iris—. He hecho un giro completo. Ahora estoy frente a un agujero soleado con una casita rosada en el interior y un pedazo de cielo azul. ¿Empezamos a caminar de nuevo?
—¡*Tú* puedes hacerlo! Para mí es imposible. Este es el sentido del experimento. En la vida real, física, puedo volverme con la naturalidad y la rapidez de cualquier persona. Pero mentalmente, con los ojos cerrados y el cuerpo inmóvil, soy incapaz de cambiar de dirección. Hay alguna célula que no funciona en mi cerebro. Desde luego, puedo trampear: puedo desechar la imagen mental de un panorama y elegir con calma la perspectiva opuesta para regresar al punto de partida. Pero si no trampeo, una especie de obstáculo atroz, que me enloquecería si persistiera en mi intento, me impide imaginar el giro que transforma una dirección en otra, la opuesta. Me siento abrumado, soporto el mundo entero sobre mis hombros en el proceso de visualizar mi giro, de manera tal que pueda ver «a la derecha» lo que he visto «a la izquierda», y viceversa.

Pensé que se había quedado dormida, pero antes de que dedujera que no había oído o no había comprendido nada de lo que me destruía, Iris se movió, volvió a subirse los tirantes sobre los hombros y se sentó.

—En primer lugar, de hoy en adelante suspenderemos estos experimentos —dijo—. En segundo término, nos convenceremos a nosotros mismos de que solo hemos tratado de resolver un estúpido acertijo filosófico, en el sentido de qué *significan* «derecha» e «izquierda» en nuestra ausencia, cuando nadie mira, en el puro espacio. Y después de todo, qué es el espacio. Cuando era chica, creía que el espacio era el interior de un cero, cualquier cero dibujado con tiza en una pizarra y quizá no muy bien hecho, pero un buen cero, de todos modos. No quiero que enloquezcas ni que me enloquezcas, porque esas confusiones son contagiosas. De manera que acabemos para siempre con esta historia de girar en avenidas. Quisiera que selláramos nuestro pacto con un beso, pero tendremos que posponerlo. Ivor vendrá a buscarnos dentro de poco para llevarnos a pasear en su nuevo automóvil. No creo que tengas ganas de acompañarnos, así que te propongo que nos veamos en el jardín, durante uno o dos minutos, justo antes de la cena, mientras Ivor se baña.

Le pregunté qué le había dicho Bob (L. P.) en mi sueño.

—No fue un sueño —contestó Iris—. Quería saber si su hermana había telefoneado para invitarnos a los tres a un baile. Si llamó, nadie estaba en casa.

Fuimos al Victoria en busca de unos tragos y unos bocados, y al fin llegó Ivor. De ninguna manera, dijo, él sabía bailar y hacer esgrima mejor que nadie en un escenario, pero era un verdadero oso en la vida privada y no estaba dispuesto a que todos los *rastaquouères* de la Côte manosearan a su hermana.

—Entre paréntesis —agregó—, la obsesión de P. con los prestamistas no me impresiona demasiado. Arruinó al mejor en Cambridge, pero lo único que sabe decir de ellos son maldades convencionales.

—Mi hermano es un tipo curioso —dijo Iris volviéndose hacia mí como en una representación teatral—. Oculta nuestro abolengo como un tesoro, pero estalla de furia si alguien llama Shylock a otro.

Ivor siguió con su cháchara:

—El viejo Maurice (su patrón) cenará con nosotros esta noche. Fiambres y macedonia al ron. Compraré espárragos en lata en un establecimiento inglés; son mucho mejores que los frescos de aquí. El coche no es un Royce, pero anda. Lamento que Vivian se sienta mal y no pueda acompañarnos. He visto a Madge Titheridge esta mañana y me dijo que los periodistas franceses pronuncian su apellido «*Si c'est riche*». Nadie se ríe hoy.

IX

Demasiado nervioso para dormir mi siesta habitual, pasé casi toda la tarde trabajando en un poema de amor. (Y esta es la última anotación en mi diario de 1922, hecha exactamente un mes después de mi llegada a Carnavaux.) Por aquella época yo parecía tener dos musas: la esencial, genuina e histérica, que me torturaba con esquivas corrientes de imágenes y que se escandalizaba al comprobar mi torpeza para adueñarme de la magia y el delirio puestos a mi alcance, y su musa suplente y ayudante, llena de módica lógica, que rellenaba las grietas dejadas por su ama con obturaciones explicativas y ripiosas, cada vez más abundantes a medida que me alejaba de la perfección inicial, evanescente y salvaje. La traidora música de los ritmos rusos acudía a mi engañoso rescate como esos demonios que irrumpen en el negro silencio del infierno de un creador con imitaciones de poetas griegos y de aves prehistóricas. El último, decisivo fraude lo cometía al pasar en limpio mi obra: durante un instante, la caligrafía, el papel vitela y la tinta china dignificaban mis versos lamentables. Y pensar que durante casi cinco años hice todo lo posible por dejarme atrapar... hasta que despedí a la pintada, encinta, servil, mezquina ayudante.

Me vestí y bajé. La puerta vidriera que daba a la terraza estaba abierta. El viejo Maurice, Iris e Ivor disfrutaban de sus Martinis en la platea de un maravilloso crepúsculo. Ivor imitaba a alguien con entonaciones absurdas y gestos extravagantes. El maravilloso crepúsculo no solo ha quedado como telón de fondo de una noche que habría de cambiar nuestras vidas; permanece, además, tras la sugerencia que muchos años después hice a mis editores ingleses: la publicación de un álbum de auroras y crepúsculos, con los colores más fieles. Una colección que incluso tendría valor científico, ya que podría requerir la ayuda de doctos celestólogos para que examinaran las muestras recogidas en diferentes países y analizaran las diferencias –impresionantes y nunca estudiadas hasta el momento– entre las combinaciones de colores del atardecer y del alba. El álbum apareció al fin: su precio era elevado y la parte visual aceptable, pero el texto era obra de una desdichada escritora cuya prosa dulzona y poesía prestada entorpecían el libro (Allan and Overton, Londres, 1949).

Durante un instante, mientras oía distraídamente la estridente actuación de Ivor, me quedé contemplando el inmenso crepúsculo. Su tonalidad era de un clásico anaranjado claro, atravesado por un oblicuo tiburón negro azulado. Lo que exaltaba esa combinación era una serie de nubes refulgentes como brasas, deshechas en jirones, encapuchadas, en procesión sobre el sol, que había adquirido la forma de un peón de ajedrez o de un balaustre. Estuve a punto de exclamar «¡Mirad las brujas del *sabbat*!», cuando vi que Iris se levantaba y la oí decir:

—Basta ya, Ives. Maurice no conoce a esa persona, así que tu imitación es inútil.

—Al contrario —contestó su hermano—. Lo conocerá dentro de un minuto y lo *reconocerá* —pronunció el verbo con un artístico gruñido—. ¡Eso será lo divertido!

Iris salió de la terraza rumbo a los escalones que daban al jardín. Ivor interrumpió su parodia, que al resonar en mi conciencia me permitió identificarla como una hábil sátira de mi voz y mis maneras. Tuve la extraña sensación de que me arrancaban una parte de mí mismo y la arrojaban a un lado, de que me separaban de mí mismo, de que me precipitaba hacia delante y al mismo tiempo me apartaba. Prevaleció lo segundo; al fin me reuní con Iris bajo la encina.

La estridulación de los grillos colmaba el aire, y la penumbra había inundado el estanque. Un rayo del farol del camino arrancaba destellos a dos coches estacionados. Besé los labios, el cuello, el collar, el cuello, los labios de Iris. Su reacción disipó mi malhumor, pero le dije qué pensaba del imbécil antes de que ella regresara a la villa alegremente iluminada.

Ivor en persona me llevó la cena y la depositó en la mesa de luz, con mal disimulada consternación por el hecho de que mi ausencia le impidiera probar su destreza, con encantadoras disculpas por haberme ofendido e interesado por saber si me había quedado sin pijamas. Le contesté que, al contrario, me sentía muy halagado y que siempre dormía desnudo en verano. Pero prefería no bajar, pues temía que un ligero dolor de cabeza me impidiera estar a la altura de su espléndida imitación.

Dormí a intervalos y solo al amanecer me deslicé en un sueño más profundo (ilustrado, sabe Dios por qué, con la imagen de mi primera, joven amante tendida sobre la hierba de un jardín). Me despertó bruscamente el gruñido de un motor. Me puse una camisa y me asomé por la ventana, entre el aleteo de los gorriones que espanté del jazmín, cuya exuberancia llegaba hasta el segundo piso. Con deliciosa sorpresa vi que Ivor metía una maleta y una caña de pescar en su automóvil, que aguardaba al borde mismo del jardín. Era domingo y me había resignado a soportar a Ivor durante el día entero: pero ahí estaba, instalándose tras el volante y cerrando la puerta del vehículo. El jardinero le daba indicaciones tácticas con ambos brazos; junto a él estaba su hijo, un chico muy lindo, con un plumero amarillo y azul en la mano. Entonces oí la encantadora voz inglesa de Iris, que deseaba un buen día a su hermano. Tuve que asomarme un poco más para verla: estaba de pie sobre el fresco césped, descalza, las piernas al aire, con una bata de mangas muy amplias, repitiendo su alegre despedida, que Ivor ya no podía oír.

Me precipité hacia el baño a través del descansillo de la escalera. Poco después, al salir de mi gorgoteante refugio, la vi del otro lado de la escalera. Entraba en mi cuarto. Mi camisola color salmón, muy corta, no podía ocultar mi protuberante impaciencia.

—Detesto la expresión aturdida de un reloj que se ha parado —dijo, extendiendo el esbelto brazo bronceado hacia el estante donde yo había relegado un viejo relojito de arena que me habían prestado en lugar de un despertador normal. La manga cayó hacia atrás y besé el hueco sombrío y perfumado que anhelaba besar desde nuestro primer día al sol.

Sabía que la llave de la puerta no funcionaba. Pero hice la prueba, sin más recompensa que una serie de estúpidos clics que no cerraron nada. ¿De quién eran los pasos, la joven tos que subían la escalera? Sí, desde luego, eran de Jacquot, el hijo del jardinero, que frotaba cosas y limpiaba el polvo todas las mañanas. Quizá metiera la nariz en mi cuarto, dije, ya hablando con dificultad. Para lustrar ese candelero, por ejemplo. Oh, qué importa, susurró Iris; no es más que un niño concienzudo, un expósito, como todos nuestros perros y loros.

—Todavía tienes la barriga tan rosada como la camisa —me dijo—. Y por favor, querido, no olvides retirarte antes de que sea demasiado tarde.

¡Qué lejano, qué luminoso, qué inalterado por la eternidad, qué desfigurado por el tiempo! Había migajas de pan y hasta una cáscara de naranja en la cama. La joven tos había enmudecido, pero yo podía oír crujidos, cuidadosas pisadas, el zumbido en la oreja apretada contra la puerta. Debía de tener once o doce años cuando el sobrino de mi tía abuela visitó la casa de campo de Moscú donde pasé aquel tórrido y odioso verano. Había llevado consigo a su apasionada esposa directamente desde la fiesta de bodas. Al día siguiente, a la hora de la siesta, me escabullí hacia un lugar secreto, bajo la ventana del cuarto de huéspedes, en el segundo piso, donde había una escalera del jardinero pudriéndose entre una jungla de jazmín. Subí apenas hasta los postigos cerrados del primer piso, y aunque pude apoyar los pies sobre un saliente ornamental, solo llegué a aferrarme al alféizar de una ventana semiabierta de la que salían ruidos confusos. Reconocí el chillido de los resortes de la cama, el rítmico tintineo de un cuchillo para fruta depositado en un plato, junto a la cama, una de cuyas columnas podía distinguir si estiraba el cuello al máximo. Pero sobre todo me fascinaron los gemidos viriles que me llegaban desde la parte invisible de la cama. Un esfuerzo sobrehumano me permitió ver una camisa color salmón sobre el respaldo de una silla. Él, la bestia enardecida, condenada a morir algún día, como tantos otros, repetía ahora el nombre de ella con una exacerbación que iba en aumento. En el instante en que perdí pie, sus gemidos ya se habían convertido en un grito que sofocó el ruido de mi súbita caída entre un crujir de ramas y una lluvia de pétalos.

X

Justo antes de que Ivor volviera de su excursión me mudé al Victoria, donde Iris empezó a visitarme a diario. Eso no me bastaba. Pero en otoño, Ivor emigró a Los Ángeles para colaborar con su medio hermano en la dirección de una compañía cinematográfica (para la cual, treinta años más tarde, mucho después de la muerte de Ivor, en Dover, yo escribía el guión de *El peón se come a la reina*, mi novela más popular por entonces, aunque no la mejor). Iris y yo volvimos a nuestra querida villa en el encantador Ícaro azul, regalo de bodas del amable Ivor.

En algún momento de octubre mi benefactor, ya en la última etapa de su majestuosa senilidad, hizo su visita anual a Menton. Iris y yo fuimos a verlo sin anunciarnos. Su villa era mucho más importante que la nuestra. El anciano se puso de pie con esfuerzo para tomar entre sus pálidas manos de cera las de Iris y la contempló con sus ojos legañosos por lo menos durante cinco segundos (una breve eternidad, socialmente hablando), en una especie de silencio ritual. Después me dio tres lentos besos en cruz, siguiendo la espantosa tradición rusa.

—Tu novia —dijo, usando la palabra en el sentido del francés *fiancée* y hablando en un inglés que, después me comentó Iris, sonaba exactamente como el mío en la inolvidable versión de Ivor– es tan hermosa como lo será tu mujer.

Le dije enseguida –en ruso– que el alcalde de Cannice nos había casado hacía un mes en una rápida ceremonia. Nikifor Nikodimovich volvió a contemplar a Iris y al fin le besó la mano, que ella, ante mi satisfacción, alzó en la forma debida (instruida por Ivor, sin duda, que aprovechaba cualquier oportunidad para manosear a su hermana).

–He entendido mal los rumores que corren –dijo el anciano–, pero me alegra conocer a esta dama tan encantadora. ¿Y dónde, me permito preguntar, santificarán la unión?

–En el templo que pensamos construir, señor –dijo Iris con un deje de insolencia, me pareció.

El conde Starov «se mordió los labios», como suelen hacer los ancianos en las novelas rusas. La señorita Vrode-Vorodin, la prima entrada en años que le cuidaba la casa, irrumpió oportunamente y condujo a Iris al cuarto vecino (iluminado por un resplandeciente cuadro de Serov, 1896: el retrato de la famosa belleza, madame de Blagidze, en traje caucasiano) para servirle el té. El conde quería hablar de cosas serias conmigo y solo disponía de diez minutos «antes de su inyección».

¿Cuál era el nombre de soltera de mi esposa?

Se lo dije. Reflexionó un instante y sacudió la cabeza. ¿Cómo se llamaba su madre?

También se lo dije. La misma reacción. ¿Y en cuanto al lado financiero del matrimonio?

Le dije que Iris tenía una casa, un loro, un automóvil y una renta modesta: no sabía exactamente cuánto.

Después de reflexionar otro rato, el conde Starov me preguntó si me interesaría un empleo permanente en la Cruz Blanca. No tenía nada que ver con Suiza. Era una organización que ayudaba a los rusos cristianos en el mundo entero. El trabajo suponía viajes, relaciones interesantes, promoción a cargos importantes.

Rehusé con tal énfasis que el conde Starov dejó caer la cajita de plata que tenía en la mano y algunas inocentes pastillas se desparramaron sobre la mesa. Las barrió hacia la alfombra con un ademán displicente.

¿Cuáles eran mis planes, entonces?

Le dije que seguiría con mis sueños y pesadillas literarios. Iris y yo pasaríamos la mayor parte del año en París. París se estaba convirtiendo en el centro de la cultura y la miseria *émigrées*.

¿Cuánto pensaba ganar?

Bueno, como N. N. sabía, las diferentes monedas nacionales iban perdiendo su identidad en el vértigo de la inflación, pero Boris Morozov, un distinguido escritor cuya fama había precedido a su exilio, me había suministrado algunos esclarecedores «ejemplos de existencia» hacía muy poco, en Cannice, donde había dado una conferencia sobre Baratynski en el círculo *literaturnyy* local. En su caso, cuatro versos le alcanzaban para un *bifsteck pommes*, mientras que un par de ensayos en el *Novosti emigratsii* le aseguraba un mes de alquiler en una *chambre garnie* barata. También daba conferencias ante grandes auditorios por lo menos dos veces al año, cada una de las cuales le reportaba el equivalente de unos cien dólares.

Mi benefactor reflexionó acerca de todo eso y me dijo que mientras él viviera yo recibiría un cheque por la mitad de esa suma el primero de cada mes, y que me legaría una determinada cantidad en su testamento. Mencionó la cifra. Su insignificancia me desconcertó. Ese fue un anticipo de los decepcionantes adelantos que los editores me ofrecerían después de una larga, prometedora, calculada pausa.

Iris y yo alquilamos un apartamento de dos estancias en el 16.º *arrondissement*, rue Despréaux 23. El pasillo que comunicaba los cuartos llevaba, hacia el lado del frente, a un baño y una pequeña cocina. Como por principio e inclinación prefería dormir solo, cedí la cama matrimonial a Iris para dormir en un diván del salón. La hija del portero hacía la limpieza y nos cocinaba. Sus aptitudes culinarias eran limitadas, de manera que solíamos romper la monotonía de la sopa de verduras y la carne hervida comiendo en un *restoranchik* ruso. Habríamos de pasar siete inviernos en ese apartamento menudo.

Gracias a la previsión de mi querido tutor y benefactor (¿1850?-1927), un anticuado cosmopolita con grandes influencias en las altas esferas, por la época de mi boda me había convertido en súbdito de un acogedor país extranjero y de ese modo evité la indignidad de un *nansenskiy pasport* (un certificado de asilo, en realidad), así como la vulgar obsesión por los «documentos» que provocaba tan perversa alegría entre los gobernantes bolcheviques; para quienes existía cierta semejanza entre las complicaciones burocráticas y el Régimen Rojo,* y alguna afinidad entre la difícil situación civil de un expatriado lleno de trabas y la inmovilización política de un esclavo soviético. Por consiguiente, podía llevar a mi mujer a cualquier lugar de veraneo en el mundo sin esperar mi visado durante semanas enteras, y con el riesgo de que después me negaran el visado de retorno a nuestro ocasional país de residencia, en este caso Francia, a causa de algún fallo en nuestros preciosos y despreciables papeles. Hoy (1970), cuando mi pasaporte británico ha sido sustituido por el no

---

* Juego de palabras entre *red tape* (cierto procedimiento burocrático que implica gran cantidad de requisitos innecesarios) y *Red Rule* («Régimen Rojo»). *(N. del T.)*

menos poderoso de Norteamérica, todavía conservo como un tesoro aquella fotografía tomada en 1992 del joven misterioso que era entonces, con los ojos enigmáticos y sonrientes, la corbata a rayas y el pelo ondulado. Recuerdo viajes primaverales a Malta y Andalucía. Pero todos los veranos, hacia el 1 de julio, nos trasladábamos a Carnavaux y nos quedábamos allí uno o dos meses. El loro murió en 1925; el ayudante del jardinero desapareció en 1927. Ivor nos visitó dos veces en París y creo que Iris lo vio también en Londres, adonde viajaba dos veces al año para quedarse unos cuantos días con «amigos» a quienes yo no conocía, pero que parecían inofensivos (al menos hasta cierto punto).

Debí ser más feliz. *Había planeado* ser más feliz. Mi salud seguía inestable, con sombras amenazadoras que se insinuaban por entre los puntos más débiles. La fe en mi trabajo no me abandonaba; pero a pesar de sus conmovedores intentos por participar de ella, Iris permanecía ajena a mi obra, que, a medida que se perfeccionaba, se le escapaba cada vez más. Tomaba lecciones de ruso que interrumpía durante largos periodos y acabó sintiendo una ciega y permanente aversión por el idioma. No tardé en advertir que había abandonado el esfuerzo por parecer atenta y brillante cuando en alguna reunión se hablaba ruso, y solo ruso (después del primitivo francés que, como concesión a su incapacidad, se había mantenido durante unos pocos minutos iniciales).

En el mejor de los casos, eso era una circunstancia molesta; en el peor de los casos, podía llegar a ser angustiosa, pero no afectó a mi salud mental tanto como otra amenaza que empezó a insinuarse.

Los celos, un gigante enmascarado que nunca se me había presentado durante las frívolas aventuras amorosas de mi primera juventud, ahora se erguía con los brazos cruzados, enfrentándome en cada rincón. Ciertos caprichos sexuales de mi dulce, tierna, dócil Iris; sus actitudes en el momento del amor; su abundante repertorio de caricias; la soltura y destreza con que adaptaba su flexible cuerpo a cualquier diseño de la pasión, eran testimonio de una rica experiencia. Antes de sospechar del presente, me creí obligado a sospechar del pasado. Durante los interrogatorios a que la sometía en mis peores noches, Iris descartaba sus amoríos anteriores como totalmente insignificantes, sin darse cuenta de que su reticencia daba más pábulo a mi imaginación que una verdad expuesta con los más crudos detalles.

Los tres amantes (cifra que le arranqué con la ferocidad del enardecido jugador de Pushkin, si bien con menos suerte aún) que había tenido en su adolescencia eran tres espectros sin nombre, desprovistos de cualquier rasgo individual y, por lo tanto, idénticos. Los tres ejecutaban su *pas* al fondo del escenario, mientras Iris era la solista que bailaba en primer término. Más que bailar, los tres desarrollaban una gimnasia absurda y era evidente que ninguno de ellos llegaría a ser la principal figura masculina de la compañía. Por otro lado, ella, la primera bailarina, era un diamante sin pulir, con todas las facetas del talento prontas a centellear; pero en ese contexto ridículo, limitaba sus pasos y gestos a una expresión de fría coquetería, de frívola veleidosidad, a la espera del tremendo salto del atleta con muslos de mármol y malla deslumbrante que habría de irrumpir desde los bastidores al cabo de un preludio razonable. Ambos creíamos que yo era el elegido para ese papel, pero nos equivocábamos.

Solo proyectando esas imágenes estilizadas en la pantalla de mi mente podía aliviar la angustia de los celos carnales, centrados en los espectros. Pero no era infrecuente que resolviera sucumbir ante ellos. La puerta-ventana de mi estudio en Villa Iris daba al mismo balcón de baldosas rojas que el dormitorio de mi mujer y podía abrirse en un determinado ángulo de manera tal que sus cristales reflejaran dos imágenes diferentes que se fundían. A través de la arcada monástica que separaba los cuartos, el cristal reflejaba parte de su cama y de ella misma —el pelo, un hombro–, que de otro modo yo no podía ver desde el anticuado atril en que escribía; pero además el cristal reflejaba, al alcance de la mano, por así decirlo, la verde realidad del jardín, con una peregrinación de cipreses a lo largo del muro lateral. Así, a medias en la cama y a medias en el pálido cielo estival, Iris escribía, reclinada, una carta que aparecía crucificada en mi tablero de ajedrez. Yo sabía que si le preguntaba, la respuesta sería: «Oh... a una compañera de escuela» o «A Ivor» o «A la vieja señorita Kupalov». También sabía que de un modo u otro la carta llegaría al correo, al final de la avenida de plátanos, sin que yo lograra ver el nombre en el sobre. Pero la dejaba escribir, viéndola flotar cómodamente en el cinturón de seguridad de su almohada, por encima de los cipreses y el muro del jardín, mientras yo calculaba —inexorable, temerariamente— hasta qué abismos de oscura pigmentación llegaría el dolor tentacular.

XI

Por lo general, aquellas lecciones de ruso consistían en que Iris acudía con uno de mis poemas o ensayos a cualquier dama rusa, por ejemplo la señorita Kupalov o la señorita Lapukov (ninguna de las cuales sabía mucho inglés), para que se lo parafrasearan oralmente en una especie de improvisado *volapük*. Cuando le advertí que perdía el tiempo con ese juego de acertijos, Iris se lanzó en busca de algún otro método alquímico que la capacitara para leer todo lo que yo escribiera. Por entonces (1925), yo había empezado mi primera novela, *Tamara*, y ella me convenció de que le diera una copia del primer capítulo, recién mecanografiado. Lo llevó a una agencia especializada en traducir al francés textos utilitarios tales como solicitudes y súplicas dirigidas por refugiados rusos a diversas ratas en las madrigueras de distintos *commissariats*. La persona que consintió en suministrarle la «versión literal» (que Iris pagó en *valuta*) retuvo el manuscrito durante dos meses y cuando se lo entregó le advirtió que mi «artículo» presentaba dificultades casi insuperables, «ya que estaba escrito en un idioma y con un estilo totalmente insólitos para el lector corriente». Así fue como un anónimo imbécil en una sórdida, desordenada, estrepitosa oficina se convirtió en mi primer crítico y mi primer traductor.

Nada supe de esa aventura hasta que un día la sorprendí inclinando sus rizos sobre hojas de papel tamaño folio, casi perforadas por la violencia de los caracteres violetas que las cubrían sin asomo de márgenes. Por aquellos días yo me oponía ingenuamente a cualquier tipo de traducción, en parte porque mis intentos de trasladar dos o tres de mis efímeras composiciones a mi propio inglés me habían provocado una sensación de morbosa repugnancia y jaquecas enloquecedoras. Iris, la mejilla apoyada en la mano y los ojos divagando en una lánguida duda, me miró con cierta timidez, pero con esa expresión divertida que nunca la abandonaba, ni siquiera en las circunstancias más absurdas o difíciles. Advertí un disparate en la primera línea, un desatino en la siguiente, y sin tomarme la molestia de seguir leyendo rompí todos los papeles, acto que no provocó ninguna reacción –salvo un neutro suspiro– por parte de mi frustrada Iris.

Ya que el acceso a mi obra le estaba vedado, resolvió que ella misma sería escritora. Desde mediados de la década del veinte hasta el fin de su breve, malgastada, ocre existencia, mi Iris trabajó en dos, tres, cuatro sucesivas versiones de una novela policiaca, cediendo en cada una de ellas a un extraño impulso que la obligaba a frenéticas supresiones y a cambiarlo todo: argumento, personajes, ambiente. Todo, salvo los nombres de los personajes, que he olvidado por completo.

Iris no solo carecía de talento literario, ni siquiera tenía la capacidad de imitar a los pocos autores hábiles que había entre los prósperos pero efímeros proveedores de novelas policiales que ella consumía con el indiscriminado celo de un prisionero ejemplar. ¿Cómo se explica, pues, que mi Iris supiera que tal o cual cosa debía ser alterada o eliminada? ¿Qué instinto del genio le ordenó destruir todos sus borradores en la víspera, casi en la víspera misma de su súbita muerte? Todo lo que esa extraña muchacha logró visualizar con asombrosa lucidez fue la cubierta roja de la edición definitiva e ideal, en la cual la mano del villano erizada de pelo aparecía apuntando con un encendedor en forma de revólver al lector (de quien se esperaba que no adivinara hasta que todos murieran en la obra que el encendedor era, en realidad, un revólver).

Permítaseme recordar algunos momentos fatídicos, hábilmente disimulados, en la trama de nuestros siete inviernos.

Durante el intervalo de un magnífico concierto para el cual no habíamos conseguido asientos contiguos, advertí que Iris saludaba con gran deferencia a una mujer de aire melancólico, pelo gris y labios delgados. Yo la había conocido en alguna parte, y hacía muy poco, pero la insignificancia misma de su aspecto impedía la posibilidad siquiera de un vago recuerdo y nunca pregunté a Iris quién era esa mujer. Habría de ser su última profesora.

Todo escritor cree, cuando se publica su primer libro, que quienes lo aclaman son sus amigos personales o sus pares impersonales, mientras que sus detractores solo pueden ser canallas envidiosos o ceros a la izquierda. Yo me habría hecho, sin duda, ese tipo de ilusiones acerca de las reseñas de mi novela *Tamara* en los periódicos rusos de París, Berlín, Praga, Riga y otras ciudades. Pero para entonces ya me había dedicado a mi segunda novela, *El peón se come a la reina*, y la primera se había desmenuzado en mi mente como un polvo de colores.

El director de *Patria*, el periódico mensual *émigré* que empezó a publicar por entregas *El peón se come a la reina*, nos invitó a «Irida Osipovna» y a mí a un samovar literario. Lo menciono solo porque ese fue uno de los pocos salones a que mi insociabilidad se dignó asistir. Iris servía los sándwiches. Yo fumaba mi pipa y observaba los hábitos alimentarios de dos novelistas importantes, tres de segundo orden, un poeta importante, cinco de segundo orden de ambos sexos, entre ellos el inimitable «Prostakov-Skotinin», nombre de comedia rusa que significa «inocente y bruto» y que le había adjudicado su archirrival, Hristofor Boyarski.

Alguien preguntó al poeta importante, Boris Morozov, hombre amable y grande como un oso, cómo le había ido con su lectura de poemas en Berlín y él dijo «*Nischevo*» (un «no más» con un matiz de «bastante bien») y después contó una anécdota graciosa pero no memorable sobre el nuevo presidente de la Unión de Escritores *Émigrés* de Alemania. La dama que estaba sentada a mi lado me informó de que le había encantado la traidora conversación entre el Peón y la Reina acerca del marido. ¿No podía yo anticiparle si de veras pensaban librarse del pobre jugador de ajedrez? Le dije que lo harían, pero no en la entrega siguiente y tampoco definitivamente viviría el jugador para siempre en las partidas que había jugado y en los múltiples signos de admiración de los futuros anotadores. También oí —el sentido del oído es en mí tan agudo como el de la vista— algún fragmento de la conversación general, como, por ejemplo, la aclaración «Es una inglesa» que un invitado susurró a otro tapándose la boca con la mano, a cinco sillas de distancia de la mía.

Sería absurdo registrar estas trivialidades si no sirvieran para evocar el trasfondo de lugares comunes –típico de esas reuniones de exiliados– contra el cual se destacaba de cuando en cuando, entre la chismografía literaria y la cháchara, un eco revelador: un verso de Tiútchev o de Blok citado de paso (como si se hubiera tratado de una presencia permanente), con la familiaridad de la devoción y como la secreta altura del arte, que ornamentaba las tristes vidas con una súbita cadencia surgida de alguna región celestial, un resplandor, una dulzura, un reflejo irisado proyectado en la pared por un invisible pisapapel de cristal. Eso era lo que mi Iris no podía entender.

Para volver a las trivialidades: recuerdo que divertí a la reunión contando uno de los disparates que pesqué en la «traducción» de *Tamara*. La frase «*vidnelos' neskol'ko barok* (veíanse algunas barcazas)» se había convertido en «*La vue était assez baroque*». El eminente crítico Basilevski, un tipo fornido y rubio, vestido con un traje marrón muy arrugado, se sacudió de regocijo abdominal, pero luego cambió de expresión y adquirió un aire de recelo y disgusto. Después del té se me acercó e insistió con aspereza en que yo había inventado ese error de traducción. Recuerdo que le contesté que si así era, también él mismo podía ser una invención mía.

Mientras volvíamos a casa, Iris se lamentó de que nunca aprendería a enturbiar un vaso de té con una cucharada de empalagosa jalea de frambuesa. Le contesté que estaba dispuesto a aceptar su deliberada limitación, pero le imploré que dejara de anunciar *à la ronde*: «No se preocupen por mí, por favor. Me encanta el sonido del ruso». Eso era un insulto. Era como decir a un autor que su libro era ilegible, aunque muy bien impreso.

—Ya sé cómo remediar las cosas —me dijo Iris, llena de ánimo—. Nunca pude encontrar un buen profesor de ruso. Veía que tú eras el único... y tú te negabas a enseñarme porque estabas cansado, porque estabas ocupado, porque te aburrías, porque te ponías nervioso. Al fin he descubierto a alguien que habla los dos idiomas, el *tuyo* y el mío, como dos lenguas maternas. Pienso en Nadia Starov. En realidad, fue ella misma quien me lo sugirió.

Nadezhda Gordonovna Starov era la mujer de cierto *leytenant* Starov (su nombre de pila carece de importancia) que había servido bajo las órdenes del general Wrangel y ahora trabajaba en una oficina de la Cruz Blanca. Yo lo había conocido poco antes, en Londres, durante el entierro del viejo conde mientras llevábamos el ataúd. Se decía que Starov era hijo bastardo o «sobrino adoptivo» (vaya uno a saber qué significaba eso) del conde. Era un hombre de piel y ojos oscuros, tres o cuatro años mayor que yo. Me parecía más bien apuesto, en un estilo melancólico, lúgubre. Una herida recibida en la cabeza durante la guerra civil le había dejado un tic tremendo que le crispaba súbitamente la cara a intervalos irregulares, como una bolsa de papel arrugada por una mano invisible. Nadezhda Starov, una mujer apacible, sin atractivos, con un indefinible aire de cuáquera, tomaba notas de esos intervalos por algún motivo, sin duda de índole médica, ya que el hombre era inconsciente de sus «fuegos de artificio» a menos que los mirara por casualidad en un espejo. Starov tenía un sentido del humor macabro, manos hermosas y voz aterciopelada.

Entonces me di cuenta de que la mujer con quien Iris había hablado en aquella sala de concierto era Nadezhda Gordonovna. No sé exactamente cuándo empezaron las lecciones ni cuánto duró ese capricho: un mes o dos, a lo sumo. Las lecciones tenían lugar en casa de la señora Starov o en alguna de las casas de té rusas que ambas damas frecuentaban. Yo tenía una breve lista de números telefónicos, de modo que Iris sabía que podía comunicarme con ella en cualquier momento si, por ejemplo, me sentía al borde de perder el juicio o si quería pedirle que de regreso a casa me comprara una caja de mi tabaco preferido. Lo que Iris *no* sabía era que, por otro lado, jamás me habría atrevido a llamarla por temor de no dar con ella en el sitio indicado y caer así en una angustia, siquiera durante pocos minutos, que era incapaz de afrontar.

En cierta ocasión, cerca de la Navidad de 1929, Iris me dijo de pasada que esas lecciones se habían interrumpido hacía ya tiempo: la señora Starov había partido para Inglaterra y se decía que no volvería junto a su marido. El teniente, según contaban, era un bala perdida.

XII

En un misterioso momento, hacia el fin del último invierno que pasamos en París, nuestra relación mejoró. Una oleada de nueva tibieza, de nueva intimidad, de nueva ternura fue creciendo hasta barrer con esos amagos de distanciamiento –tensiones, silencios, sospechas, aislamientos en castillos de *amour-propre*– que perturbaban nuestro amor y de los que solo yo era culpable. No habría podido imaginar una compañera más encantadora y alegre que Iris. Las palabras de afecto, los apodos cariñosos (en mi caso, basados en formas rusas) reingresaron en nuestro trato habitual. Yo rompí las reglas monásticas de trabajo para mi relato en verso *Polnolunie* (Plenilunio) y salía a pasear con ella por el Bois o me imponía el deber de acompañarla a tediosos desfiles de moda y exposiciones de imposturas de *avant-garde*. Superé mi desprecio por el cinematógrafo «serio» (abundante en problemas desgarradores con implicaciones políticas), que Iris prefería a las bufonadas norteamericanas y a los trucos fotográficos de las películas de horror alemanas. Hasta di una conferencia sobre mis días de Cambridge en un Club de Damas Inglesas al que ella pertenecía. Y para culminar, le conté el argumento de mi próxima novela (*Camera Lucida*).

Una tarde de marzo o principios de abril, en 1930, Iris se asomó a mi cuarto y cuando le pedí que entrara me tendió el duplicado de una hoja escrita a máquina, que llevaba el número 444. Me explicó que era un episodio provisional de su interminable relato, que pronto habría de tener más supresiones que inserciones. Estaba atascada, me dijo. Diana Vane, una muchacha sin importancia pero encantadora que pasaba un tiempo en París, había conocido en una escuela de equitación a un extraño francés —o corso, o quizá argelino— apasionado, brutal, desequilibrado. El individuo confundía a Diana —e insistía en confundirla, a pesar de las divertidas protestas de la muchacha— con su anterior amante, también inglesa, a quien no veía desde hacía muchos años.

La página que me había entregado Iris era la última, ominosa carta escrita por Jules a Diana en un inglés defectuoso. Yo debía leerla como si hubiera sido una carta real y sugerir además, en mi carácter de escritor profesional, cuáles podrían ser las consecuencias o los desastres resultantes:

¡Amada!
Soy incapaz de convencerme a mí mismo de que tú deseas romper cualquier relación con mí. Dios ve que te quiero más que a vida, más que a dos vidas, la tuya y la mía las dos juntas. ¿Estarás enferma? ¿O has encontrado a otro? ¿Otro amante? ¿Es eso? ¿Otra víctima de tus encantos? No, no, esta

idea es demasiado terrible, demasiado humillante para ambos tú y mí.

Mi suplicación modesta y justa. ¡Concede solo una entrevista más a mí! ¡Solo una! Estoy preparado para ver a ti donde sea: en la calle, en un café, en el bosque de Boulogne. Pero tengo que revelar muchos misterios antes de morir. Oh, esta no es una amenaza. Juro que si nuestra entrevista tiene un resultado positivo, si, dicho de otro modo, me concedes una esperanza, siquiera una esperanza, entonces consentiré un esperar un poco. Pero tienes que contestar a mí sin tardar, mi cruel, estúpida, adorada niña.

Tuyo,

Jules

—Hay algo que la muchacha debería saber —dije tras doblar cuidadosamente el papel y metérmelo en el bolsillo para leerlo después con más cuidado—. Ese Jules no es un corso romántico que escribe la carta de un *crime passionnel*. Es un chantajista ruso que apenas si sabe bastante inglés como para traducir las expresiones rusas más estereotipadas. Lo que me intriga es cómo te las has arreglado, con las tres o cuatro palabras que sabes en ruso —«*kak pozhivaete* (¿cómo le va?)» y «*do svidaniya* (¡hasta la vista!)»—, para imaginar esos giros tan sutiles e imitar los errores en inglés que solo un ruso podría cometer. Ya sé que el arte de imitar te viene de familia, pero...

Iris contestó (con el exquisito *non sequitur* que cuarenta años después yo pondría en boca de la protagonista de mi *Ardis*) que sí, yo tenía razón, ella se había confundido demasiado con esas lecciones de ruso y corregiría la impresión que producía la carta escribiéndola en francés (del que, según le habían informado, el ruso había tomado una buena cantidad de lugares comunes).

—Pero eso no es lo importante —agregó—. ¿No entiendes?

Lo importante es qué sucederá después. Quiero decir, lógicamente... ¿Qué hará mi pobre muchacha con ese insoportable maniático? La chica está perturbada, perpleja, asustada. ¿Esta situación debe terminar en farsa o en tragedia?

—En el cesto de papeles —susurré, interrumpiendo mi trabajo para recibir en mi regazo el menudo cuerpo de Iris, como solía ocurrir, Dios sea loado, aquella fatal primavera de 1930.

—Devuélveme el borrador —suplicó Iris dulcemente, tratando de meterme la mano en el bolsillo de la bata.

Pero sacudí la cabeza y la abracé con más fuerza.

Mis celos latentes pudieron encenderse como una hoguera gigantesca ante la sospecha de que mi mujer hubiese transcrito una carta auténtica (enviada, por ejemplo, por uno de los desdichados, sucios poetastros *émigrés* de pelo grasiento y elocuentes ojos acuosos que Iris solía encontrar en los salones de exiliados). Pero después de leer de nuevo la misiva, resolví que era obra de Iris, con algunos errores trasplantados del francés («*supplication*», «*avec moi*», «*sans tarder*») y otros que podrían ser ecos subliminales del *volapük* a que había estado expuesta durante las clases con sus profesoras de ruso, a lo largo de ejercicios bilingües o trilingües de manuales grotescos. Así, en lugar de aventurarme en una maraña de horribles conjeturas, todo cuanto hice fue guardar ese delgado papel (con sus líneas de márgenes desparejos, tan característicos de su escritura a máquina) en mi desvaída y cuarteada billetera, junto con otros recuerdos, otras muertes.

XIII

La mañana del 23 de abril de 1930 el chillón timbrazo del teléfono instalado en el pasillo me sorprendió en el acto de meterme en la bañera.

¡Ivor! Acababa de llegar a París desde Nueva York para asistir a una importante conferencia, estaría ocupado toda la tarde, se iría al día siguiente, le gustaría...

Aquí intervino Iris, desnuda; con gran delicadeza, sin urgencia, con una sonrisa radiante, se apoderó del receptor que seguía monologando. Un minuto después (su hermano, fueran cuales fuesen sus defectos, hablaba por teléfono con admirable concisión), todavía sonriente, me abrazó y ambos nos trasladamos a su dormitorio para nuestro último *faire-lamourir*, como decía en su tierno, aberrante francés.

Ivor pasaría a buscarnos a las siete de la tarde. Ya me había puesto mi viejo esmoquin; Iris estaba parada de costado frente al espejo del pasillo (el mejor y el más límpido de la casa), girando lentamente mientras procuraba reflejar la parte trasera de su melena sedosa y oscura en el espejo de mano que sostenía a la altura de la cabeza.

–Si estás listo –dijo–, quisiera que compraras unas aceitunas. Ivor vendrá aquí después de la cena y le gusta tomarlas con su «último coñac».

Bajé, crucé la calle, me estremecí (era una noche inhóspita) y empujé la puerta de la pequeña tienda de delicatessen que estaba frente a casa. A mi espalda un hombre impidió con mano enérgica que la puerta se cerrara. Llevaba impermeable militar y boina. La cara oscura se le crispó. Reconocí al teniente Starov.

–¡Vaya! –dijo–. Hace un siglo que no nos vemos.

La nube de su aliento me trajo un tufo químico. Una vez yo había intentado aspirar cocaína (que solo me hizo vomitar). Pero esa era otra droga.

Se quitó el guante negro para uno de esos apretones de mano circunstanciales que mis compatriotas creen oportuno dar en cada entrada y salida, y la puerta liberada lo golpeó entre los omóplatos.

—¡Agradable encuentro! —siguió en su curioso inglés (no hacía alarde de él, como habría podido suponerse; más bien lo usaba por inconsciente asociación de ideas)—. Lo veo de esmoquin. ¿Banquete? Mientras compraba las aceitunas le contesté en ruso que sí, en efecto, mi mujer y yo cenaríamos fuera. Enseguida le di un fugaz apretón de manos, aprovechando que la vendedora se había vuelto hacia él para la próxima transacción.

—¡Qué lástima! —exclamó Iris—. Quería aceitunas negras, no verdes.

Le dije que no estaba dispuesto a volver porque no quería encontrarme de nuevo con Starov.

—Oh, es un individuo detestable —dijo Iris—. Estoy segura de que ahora vendrá a visitarnos, con la esperanza de que le ofrezcamos un poco de *vo-duch-ka*. Lamento que le hayas dirigido la palabra.

Abrió la ventana y se asomó en el preciso instante en que Ivor salía del taxi. Iris le sopló un exuberante beso y gritó, con ademanes ilustrativos, que bajaríamos de inmediato.

—¡Cómo me gustaría que llevaras capa! —me dijo mientras bajábamos la escalera—. Nos envolveríamos los dos con ella, como los gemelos siameses de tu cuento. ¡Vamos, rápido!

Se precipitó en los brazos de Ivor y un instante después estaba al abrigo del taxi.

—Paon d'Or —dijo Ivor al chófer—. Qué gusto verte, viejo —me dijo con clara entonación norteamericana (que después imité tímidamente durante la cena, hasta que él dijo entre dientes: «Muy gracioso»).

El Paon d'Or ya no existe. Aunque no era un sitio de lujo, era agradable y limpio, muy frecuentado por turistas norteamericanos, que lo llamaban «Pander» o «Pandora» y siempre pedían *putty saw-lay* (creo que fue eso lo que comimos). Recuerdo con más claridad una caja de vidrio colgada en la pared con flores doradas, junto a nuestra mesa. Exhibía cuatro mariposas Morpho: dos muy grandes, semejantes por el brillo violento de las alas, pero de formas distintas, y debajo de ellas otras dos más pequeñas, la izquierda de un azul más suave con rayas blancas y la derecha con un fulgor como de seda plateada. Según el *maître*, las había cazado un convicto en Sudamérica.

—¿Y cómo está mi amiga Mata Hari? —preguntó Ivor volviéndose hacia nosotros, con la mano abierta posada sobre la mesa, donde la había dejado después de señalar a los «bichos» de que hablábamos.

Le dijimos que el pobre guacamayo se había enfermado y debimos eliminarlo. ¿Y su automóvil? ¿Todavía andaba? ¡Vaya si andaba!...

—A propósito —dijo Iris, rozándome la mano—, hemos resuelto salir para Cannice mañana. Es una lástima que no puedas acompañarnos, Ives. Pero quizá puedas ir después.

No opuse ningún reparo, aunque era la primera vez que oía esa decisión.

Ivor dijo que si alguna vez resolvíamos vender Villa Iris, él conocía a alguien que la compraría en cualquier momento. Iris lo conocía: era David Geller, el actor.

—Fue su primer novio —agregó Ivor, dirigiéndose a mí—, antes de que aparecieras tú. Iris debe de conservar todavía esa foto de hace diez años en que estamos él y yo en *Troilo y Crésida*. Él es Helena de Troya; yo soy Crésida.

—Mentiras, mentiras —murmuró Iris.

Ivor describió su casa en Los Ángeles. Me propuso que después de cenar habláramos de un guión que pensaba encargarme, basado en *El inspector* de Gógol (habíamos vuelto al comienzo, por lo visto). Iris pidió otra porción de lo que estábamos comiendo, fuera cual fuese su nombre.

—Te morirás —dijo Ivor—. Es una comida muy pesada. Recuerda lo que decía la señorita Grunt —una institutriz a quien solía atribuir toda clase de estremecedores apotegmas—: «Los blancos gusanos acechan a la espera del glotón».

—Por eso quiero que me quemen cuando muera —dijo Iris.

Ivor pidió una segunda o tercera botella del indiferente vino blanco que yo había tenido la cortés debilidad de elogiar. Bebimos en honor de la última película de Ivor (no recuerdo su título), que se estrenaría al día siguiente en Londres y después en París, según esperaba.

Ivor no parecía demasiado feliz ni atractivo. Tenía una calva considerable, llena de pecas. Nunca había advertido que sus párpados fueran tan pesados y sus pestañas tan duras y pálidas. Nuestros vecinos, tres inofensivos norteamericanos entusiastas, rubicundos, ruidosos, quizá no fueran particularmente agradables, pero ni Iris ni yo justificamos que Ivor amenazara «con hacer callar a esos patanes del Bronx», ya que él mismo hablaba en tono bastante sonoro. Por mi parte esperaba con impaciencia el fin de la cena —el café en casa—, pero Iris, por el contrario, parecía disfrutar de cada bocado, de cada trago. Llevaba un vestido negro muy escotado y los largos aros de oro que yo le había regalado. Sin el bronceado del verano, sus mejillas y brazos tenían la blancura mate que yo habría de distribuir, quizá con demasiada generosidad, entre las heroínas de mis futuros libros. Los inquietos ojos de Ivor apreciaban, mientras hablaba, los hombros desnudos de Iris, pero yo me las arreglaba, mediante el simple recurso de interrumpirlo con alguna pregunta, para confundir la trayectoria de su mirada.

Por fin acabó la ordalía. Iris dijo que volvería en unos segundos. Su hermano sugirió que «fuéramos a echar una meada». Decliné la invitación, no porque no tuviera ganas, sino porque sabía por experiencia que un vecino locuaz y la proximidad de su chorro me producirían una inexorable impotencia urinaria. Sentado en el bar del restaurante pensé en las ventajas de trasladar mis horas de trabajo que dedicaba a *Camera Lucida* a otro ambiente, otro escritorio, otra luz, otro entorno de estímulos y olores exteriores, y de pronto vi que mis páginas y notas se deslizaban velozmente, como las ventanas iluminadas de un tren expreso que no se detuviera en mi estación. Ya había resuelto disuadir de su plan a Iris cuando hermano y hermana aparecieron en lados opuestos del escenario, sonriéndose mutuamente. A Iris le quedaban menos de quince minutos de vida.

Los números son confusos en la rue Despréaux y el conductor del taxi nos llevó dos casas más allá de la nuestra. Sugirió que daría marcha atrás, pero la impaciente Iris bajó rápidamente y yo la seguí, dejando que Ivor pagara el taxi. Iris echó una mirada a su alrededor; después empezó a caminar con tal rapidez que me costó alcanzarla. Cuando estaba a punto de tomarle el codo, oí a mis espaldas la voz de Ivor: no tenía bastante cambio para pagar el taxi. Abandoné a Iris y volví hacia Ivor. Cuando estaba a punto de llegar junto a Ivor y el chófer, que parecían leerse mutuamente las líneas de las manos, oí que Iris lanzaba un grito enérgico, como para apartar a un perro. A la luz del farol de la calle percibí la figura de un hombre de impermeable que se aproximaba a ella desde la acera opuesta y le disparaba desde tan cerca que pareció hundirle en el cuerpo el cañón del largo revólver. Para entonces el chófer del taxi, seguido por Ivor y por mí, se había acercado lo bastante como para ver al asesino tropezar con el cuerpo caído y encogido. Pero no trató de huir. Al contrario: se arrodilló, se quitó la boina, echó atrás los hombros y en esa absurda actitud se llevó el revólver a la cabeza rasurada.

La historia que apareció entre otros *faits divers* en los diarios de París después de una investigación policial –que Ivor y yo nos ingeniamos para confundir por completo– es la siguiente: un ruso blanco, Wladimir Blagidze, alias Starov, que padecía de ataques de demencia, tuvo un acceso el viernes por la noche y en medio de una calle apacible hizo fuego al azar. Después de matar de un tiro a una turista inglesa, la señora... (nombre falso), que pasaba por allí en esos momentos, se levantó la tapa de los sesos junto a ella. En realidad no murió allí mismo: consiguió retener fragmentos de conciencia en su cráneo sorprendentemente duro y siguió vivo hasta el mes de mayo, muy caluroso ese año. Impulsado por una curiosidad perversa, Ivor lo visitó en la clínica especializada del renombrado doctor Lazareff: un edificio muy redondo, tremendamente redondo, situado en una colina cubierta de castaños de la India, rosales silvestres y otras plantas punzantes. Por el agujero abierto en la cabeza de Blagidze había logrado escapar gran cantidad de recuerdos recientes; pero el paciente se acordaba con gran nitidez (según los informes de una enfermera rusa capaz de descifrar los relatos del torturado) que a los seis años de edad lo habían llevado a un parque infantil en Italia, donde un tren en miniatura compuesto de tres vagones descubiertos, cada uno con capacidad para seis silenciosos niños, con una locomotora que funcionaba a batería y emitía a intervalos realistas nubes de un sucedáneo del humo, hacía un trayecto circular a través de un pintoresco y espeso bosquecillo de pesadilla cuyas flores mareadas se inclinaban en incesantes asentimientos ante todos los horrores de la niñez y el infierno.

Nadezhda Gordonovna llegó a París desde alguna de las islas Orcadas acompañada de un amigo eclesiástico, después del entierro de su marido. Impulsada por un falso sentido del deber, intentó verme para contármelo «todo». La evité con eficacia. Pero Nadezhda Gordonovna se las arregló para encontrarse con Ivor en Londres, antes de que él regresara a los Estados Unidos. No pregunté nada a ese extravagante amigo mío, que tampoco me reveló nunca en qué consistía ese «todo». Me niego a creer que fuera algo demasiado importante (y por otro lado, ya sabía demasiado). No soy hombre vengativo; pero me complace imaginar ese trenecito que da vueltas sin cesar, eternamente.

Segunda parte

I

Una curiosa forma del instinto de conservación nos impulsa a librarnos inmediatamente, irrevocablemente, de todo cuanto ha pertenecido a un ser amado a quien hemos perdido. De lo contrario, las cosas que ese ser ha tocado cada día y ha mantenido en su contexto habitual mediante el acto de utilizarlas adquieren una espantosa, frenética vida propia. Las ropas se llenan de sí misma, los libros empiezan a volver sus propias páginas. Nos ahogamos en el círculo cada vez más estrecho de esos monstruos desubicados, deformados porque su dueño no puede asistirlos. Y ni siquiera el más valiente de nosotros es capaz de soportar la mirada del ser desaparecido en el espejo que lo sobrevive.

Cómo librarse de esos objetos es otro problema. No podía ahogarlos como gatos recién nacidos: a decir verdad, era incapaz de ahogar a un gato, sin hablar ya del cepillo o del bolso de Iris. Tampoco podía soportar la idea de que un extraño se llevara esos objetos y volviera en busca de otros. De manera que resolví abandonar el apartamento y ordené a la criada que dispusiera a su antojo de todas esas cosas repudiadas. ¡Repudiadas! En el momento de partir, me parecieron normales, inofensivas; hasta diría que tenían un aire de perplejo abandono.

Al principio traté de instalarme en un hotel de tercera en el centro de París. Me proponía luchar contra el terror y la soledad trabajando el día entero. Terminé una novela, empecé otra, escribí cuarenta poemas (el trigo y la cizaña en el mismo granero), una docena de cuentos, siete ensayos, tres reseñas devastadoras, una parodia. Durante las noches, el recurso para no perder el juicio consistía en tragar una píldora especialmente poderosa o en pagarme una compañera de lecho.

Recuerdo un peligroso amanecer de mayo (¿1931 o 1932?). Todos los pájaros (en su mayoría gorriones) cantaban como en el mayo de Heine con fuerza demoniaca: por eso sé que debió ser una maravillosa mañana de mayo. Estaba acostado, con la cara vuelta hacia la pared, pensando de manera confusa si acaso no «nos» convendría trasladarnos en el automóvil a Villa Iris más temprano que de costumbre. Pero un obstáculo impedía ese viaje: el coche y la casa estaban vendidos, según me había dicho la propia Iris en el cementerio protestante (los amos de su fe y su destino prohibían la cremación). Me volví en la cama hacia la ventana: Iris yacía a mi lado, con la oscura melena dirigida hacia mí. Di un puntapié a las sábanas. Iris estaba desnuda, aunque conservaba puestas las medias negras (cosa extraña, pero que al mismo tiempo recordaba algo de un mundo paralelo, pues mi mente cabalgaba simultáneamente en dos caballos de circo). En una nota erótica a pie de página me recordé a mí mismo, por milésima vez, que debía mencionar en alguna parte hasta qué punto es seductora la espalda de una mujer con el contorno de la cadera acentuado por la posición yacente, una pierna apenas doblada. «*J'ai froid*», dijo la muchacha cuando le toqué el hombro.

El término ruso para indicar cualquier clase de traición, infidelidad, deslealtad, es la serpeante, untuosa palabra «*izmena*», basada en la idea de cambio, desvío, metamorfosis. Tal derivación nunca se me había ocurrido en mis constantes pensamientos acerca de Iris, pero en ese instante se me reveló como un hechizo, como la transformación de una ninfa en una prostituta. Eso suscitó en mí una estrepitosa protesta. Un vecino golpeó la pared; otro llamó a la puerta. La muchacha, aterrorizada, tomó su bolso, mi impermeable y huyó del cuarto para dejar paso a un individuo de barba, grotescamente ataviado con un camisón y chanclas de goma. El crescendo de mis gritos –gritos de rabia y desesperación– terminó en un acceso de histeria. Creí que intentaban llevarme a un hospital. En todo caso, era preciso que encontrara otro alojamiento *sans tarder*, frase que no podía oír sin un espasmo de angustia por asociación mental con la carta del amante de Iris.

    La imagen de un paisaje flotaba sin cesar ante mis ojos como una alucinación visual. Dejé vagar el índice al azar por un mapa del norte de Francia. La uña se detuvo en la ciudad de Petiver o Petit Ver, un verso o un gusano pequeño, que me pareció idílica. Un autobús me llevó a una estación que no estaba lejos de Orleans, según creo. Todo lo que recuerdo de la casa donde viví es el suelo extrañamente inclinado, que correspondía a la inclinación del techo del café situado bajo mi cuarto. También recuerdo un parque verde pastel, hacia el este de la aldea, y un viejo castillo. El verano que pasé allí es una mezcla de colores en el espejo empañado de mi mente. Pero escribí algunos poemas, el último de los cuales (sobre una compañía de acróbatas que se exhiben en el atrio de una iglesia) ha aparecido reimpreso muchas veces en el trascurso de cuarenta años.

    Cuando volví a París me encontré con que mi buen amigo Stepan Ivanovich Stepanov, un destacado periodista en buena situación económica (era uno de los pocos rusos que habían tenido la idea de transferirse a sí mismos al extranjero junto con sus bienes, antes del *coup* bolchevique) no solo había organizado mi segunda o tercera lectura pública («*vecher*», «atardecer», es el término ruso destinado a esa clase de actuación), sino que además me proponía que me quedara en una de las diez habitaciones de su anticuado caserón. (¿Avenue Koch?, ¿Roche? Estaba o está cerca de la estatua de un general cuyo nombre se me escapa, pero que sin duda acecha en algunas de mis viejas notas.)

Los residentes de la casa eran por ese entonces el señor y la señora Stepanov, la hija casada de ambos, la baronesa Borg, un hijo de once años de esta última (el barón, hombre de negocios, estaba en Inglaterra enviado por su compañía) y Grigoriy Reich (¿1899-1942?), un dulce, melancólico, esbelto joven poeta sin el menor talento que con el seudónimo Lunin enviaba una elegía semanal al *Novosti* y trabajaba como secretario de Stepanov.

No podía resistirse a la tentación de bajar todas las noches para asistir a las frecuentes reuniones de personajes literarios y políticos, en el ornado salón o en el comedor, con su inmensa mesa ovalada y el retrato al óleo, *en pied*, del joven hijo de Stepanov, muerto en 1920 al tratar de salvar a un camarada de escuela que se ahogaba. Miope, lleno de brusca animación, Alexander Kerenski solía estar presente, levantando con violencia el monóculo para mirar a un extraño o saludar a un viejo amigo con un veloz chiste dicho en voz ronca, ensordecida durante el fragor de la revolución. Ivan Shipogradov, eminente novelista y reciente Premio Nobel, también solía estar presente en esas reuniones, irradiando talento y gracia, y —después de unos tragos de vodka— deleitando a sus íntimos con los típicos cuentos verdes rusos, cuyo arte consiste en el rústico entusiasmo y el cariñoso respeto con que aluden a nuestros órganos más privados. Mucho menos interesante era la figura de Vasiliy Sokolovski, el viejo rival de I. A. Shipogradov, un frágil hombrecito de traje abolsado a quien I. A. se refería con el curioso apodo de «Jeremy» y que desde el comienzo del siglo dedicaba volumen tras volumen a la historia mística y social de un clan ucraniano, iniciado como una humilde familia de tres miembros en el siglo xvi y convertido en toda una aldea, desbordante de mito y folclore, en el volumen sexto (1920). Era reconfortante ver los rasgos duros, inteligentes, del viejo Morozov, su melena descuidada, sus ojos brillantes, cristalinos. Y por un motivo especial, yo observaba atentamente al rechoncho y solemne Basilevski: no porque pareciera a punto de iniciar o de terminar una pelea con su joven amante –una belleza felina que escribía versos ramplones y coqueteaba vulgarmente conmigo–, sino porque tenía la esperanza de que ya hubiera averiguado cómo me había burlado de él en el último número de una revista literaria en que ambos colaborábamos. Aunque su inglés era insuficiente para interpretar, por ejemplo, a Keats (a quien definía como «un esteta prewildeano en los comienzos de la era industrial»), Basilevski se complacía en esos intentos. Al analizar el «no del todo desagradable preciosismo» de mis propias obras, él había citado imprudentemente un verso muy popular de Keats, traduciéndolo así:

Vsegda nas raduet krasivaya veshchits,

frase que, retraducida, significa:

Una linda chuchería siempre nos alegra.

Pero nuestra conversación fue demasiado breve como para permitirme comprobar si Basilevski había apreciado o no mi divertida lección. Me preguntó qué pensaba del nuevo libro acerca del cual monologaba frente a Morozov. Era la «impresionante obra sobre Byron» de Maurois. Cuando le contesté que me parecía un montón de basura, mi austero crítico murmuró «No creo que lo haya usted leído», y siguió instruyendo al sereno viejo poeta.

Solía escabullirme antes de que esas reuniones terminaran. El murmullo de las despedidas me llegaba cuando empezaba a deslizarme en el insomnio.

Pasaba casi todo el día trabajando, hundido en un profundo sillón, con mis herramientas de trabajo descansando ante mí en una mesa especial que me había suministrado mi huésped, muy aficionado a los aparatos prácticos. Desde la muerte de Iris, había empezado a engordar y necesitaba ya dos o tres intentos para poder zafarme de mi posesivo sillón. Solo una persona me visitaba; para ella dejaba entreabierta la puerta. El borde más próximo de la mesa de trabajo tenía una cortés curva para acomodar el abdomen del escritor; la esquina opuesta estaba equipada con grapas y gomas elásticas para sostener papeles y lápices. Me habitué a tal punto a esas comodidades que echaba de menos, con ingratitud, la ausencia de inodoros inmediatos, tales como esas cañas huecas que, según dicen, usan los orientales.

Todas las tardes, a la misma hora, una mano silenciosa empujaba la puerta y Dolly, la nieta de los Stepanov, me alcanzaba una bandeja con un gran vaso de té muy cargado y un plato de ascéticos bizcochos. Avanzaba con los ojos bajos, moviendo cautelosamente los pies enfundados en calcetines blancos y zapatillas azules; se paraba cuando el té se sacudía para avanzar de nuevo con los lentos pasos de una muñeca mecánica. Tenía el pelo muy rubio y la nariz pecosa; cuando resolví que sus pasitos avanzaran hasta el libro que escribía por entonces (*El sombrero de copa rojo*, en el cual Dolly se convierte en la graciosa Amy, la ambigua consoladora del hombre condenado), le puse un vestido de tela floreada con brillante cinturón negro.

¡Qué encantadoras pausas eran esas! Se oía a la baronesa y a su madre tocando *à quatre mains* en el salón de la planta baja, como habían tocado una y otra vez, sin duda, durante los últimos quince años. Yo tenía una caja de bizcochos de chocolate para suplementar los *zwiebacks* y tentar a mi pequeña visitante. Después de apartar la mesa de trabajo, la reemplazaba por los miembros de la niña. Dolly hablaba ruso con fluidez, pero mechándolo con interjecciones e interrogaciones parisinas, y esos trinos como de pájaros conferían un tono mágico a las respuestas que daba, meciendo una pierna y mordisqueando el bizcocho, a las preguntas que yo le hacía, las típicas preguntas que suelen hacerse a los niños. De pronto, en medio de nuestra charla, Dolly se desasía de mis brazos y corría a la puerta, como si alguien la llamara, aunque solo se oía el piano en la casa y nada había interrumpido la felicidad hogareña de la que yo no formaba parte y que, en verdad, jamás había conocido.

Los Stepanov me habían invitado por dos semanas: me quedé dos meses. Al principio me sentía relativamente bien, o al menos cómodo y tranquilo. Pero una nueva píldora para dormir que me había dado excelentes resultados en sus seductores comienzos, se negó después a coincidir con ciertas ensoñaciones a las que, como sugería su increíble culminación, yo hubiese debido sucumbir como un hombre para librarme de ellas de una vez. En cambio, saqué ventaja del hecho de que trasladaran a Dolly a Londres para buscar una nueva morada para mi mísero esqueleto. La encontré en un cuarto de una ruinosa pero apacible casa de vecindad en la Rive

Gauche, «en la esquina de la rue St. Supplice», como dice mi diario de bolsillo con inexorable imprecisión. Una especie de antiguo armario contenía una ducha; era la única comodidad de que disponía. Salir dos o tres veces por día para comer, tomar una taza de café o hacer alguna compra extravagante en una tienda de delicatessen eran mis breves distracciones. En la calle siguiente descubrí un cinematógrafo especializado en películas de cowboys y un minúsculo burdel con cuatro prostitutas cuyas edades oscilaban entre los dieciocho y los treinta y ocho años: la más joven era también la más fea.

Había de pasar muchos años en París, unido a esa melancólica ciudad por los lazos de mi vida de escritor ruso. En París, nada tenía entonces ni tiene ahora el hechizo que cautivaba a mis compatriotas. No pienso en la mancha de sangre sobre la piedra más oscura de su calle más oscura: eso es algo *hors concours* en materia de horror. Solo quiero decir que París, con sus días grises y sus noches negras, era tan solo para mí el ocasional escenario de mis más auténticas y fieles alegrías: la frase colorida que giraba en mi mente, bajo la llovizna; la página en blanco, bajo la lámpara del escritorio, que me esperaba en mi humilde hogar.

II

Desde 1925 había escrito y publicado cuatro novelas; a principios de 1934 estaba a punto de terminar la quinta, *Krasnyy Tsilindr* (*El sombrero de copa rojo*), la historia de una decapitación. Ninguno de esos libros pasaba de las noventa mil palabras, pero el método que empleaba para componerlos nada tenía que ver con un recurso para ahorrar tiempo.

Un primer borrador, escrito con lápiz, llenaba varios cuadernos azules de los que usan los escolares; cuando la revisión llegaba al punto de saturación, el borrador era un caos de tachaduras y serpenteantes enmiendas. A esto correspondía el desorden del texto, que solo seguía un curso regular durante unas pocas páginas, súbitamente interrumpido por algún denso pasaje perteneciente a una parte anterior o posterior del relato. Después de clasificar y recompaginar ese caos, iniciaba la etapa siguiente: la copia en limpio. La escribía cuidadosamente con una estilográfica en un voluminoso cuaderno o en un libro de cuentas. Después, una orgía de nuevas correcciones iba anulando poco a poco el placer de la perfección engañosa. La tercera etapa empezaba cuando la legibilidad se interrumpía. Apretando con mis dedos lentos y rígidos las teclas de mi fiel *mashinka* (máquina), regalo de bodas del conde Starov, lograba copiar unas trescientas palabras en una hora, en contraste con el millar que un popular novelista del siglo pasado lograba acumular: escribiendo a mano.

Sin embargo, en el caso de *El sombrero de copa rojo* los dolores neurálgicos que en los últimos tres años habían ido apoderándose de mi esqueleto como una persona interior toda hecha de puntas y garras, ya habían alcanzado mis extremidades haciendo de la tarea de escribir a máquina una afortunada imposibilidad. Calculé que si me privaba de mis alimentos favoritos, tales como el *foie gras* y el whisky escocés, y pospondría la hechura de un traje nuevo, mi modesta renta me permitiría contratar a una mecanógrafa experta a quien dictaría mi manuscrito corregido durante unas treinta tardes cuidadosamente programadas. De manera que publiqué un anuncio muy visible en el *Novosti*, con mi nombre y mi número de teléfono.

Entre las tres o cuatro mecanógrafas que me ofrecieron sus servicios elegí a Lyubov Serafimovna Savich, nieta de un sacerdote rural e hija de un famoso RS (revolucionario social) muerto poco antes en Meudon, después de completar su biografía de Alejandro Primero (una tediosa obra en dos volúmenes titulada *El monarca y el místico*, ahora al alcance de los estudiantes norteamericanos en una traducción mediocre: Harvard, 1970).

Lyuba Savich empezó a trabajar para mí el 1 de febrero de 1934. Iba a mi casa todas las veces que era necesario y se mostraba dispuesta a quedarse cualquier número de horas (la marca que alcanzó en una memorable ocasión fue de una a ocho). Si hubiera existido una Miss Rusia y la edad de las candidatas a los premios de belleza se hubiera prolongado hasta el borde de los treinta, la hermosa Lyuba habría ganado el título. Era una mujer alta, de caderas estrechas, pechos generosos, hombros anchos, alegres ojos de un azul grisáceo en la cara redonda y rosada. El pelo castaño debía de inspirarle la sensación de un inminente desorden, porque cuando hablaba conmigo siempre se tocaba una onda al costado, levantando con gracia el codo. *Zdraste*, y una vez más *zdraste*, Lyubov Serafimovna. ¡Y qué deliciosa amalgama era esa, ya que «*yubov*» significa «amor» y Serafim (serafín) era el nombre de pila de un terrorista reformado!

Como mecanógrafa, L. S. era magnífica. No acababa yo de dictarle una frase, yendo y viniendo por el cuarto, cuando mis palabras ya habían caído en su surco como un puñado de grano y ella me miraba, una ceja alzada, esperando la próxima simiente. Si en mitad de la sesión se me ocurría un cambio súbito, prefería no alterar el ritmo maravilloso de nuestro trabajo introduciendo penosas pausas para sopesar las palabras –pausas especialmente irritantes y estériles cuando un autor cohibido es consciente de que la sagaz dama que espera ante la máquina de escribir anhela contribuir con una útil sugerencia–; me contentaba, pues, con señalar el pasaje en mi manuscrito para profanar después con mis garabatos la inmaculada creación de Lyuba. Desde luego, ella siempre estaba dispuesta a copiar una vez más la página. Solíamos hacer un intervalo de diez minutos a eso de las cuatro, a las cuatro y media si yo no lograba sofrenar de inmediato a mi piafante Pegaso. Lyuba iba al humilde cuarto de baño situado al otro extremo del corredor, cerrando puerta tras puerta con inverosímil suavidad, y reaparecía un minuto después con la nariz recién empolvada y los labios pintados de nuevo. Yo la esperaba con un vaso de *vin ordinaire* y una *gaufrette* rosada. Fue durante esos intervalos cuando se inició un movimiento temático por parte del destino.

—¿Sabe usted una cosa?

Sorbo dilatorio; otra pausa para pasarse la lengua por los labios. Bueno, ella había asistido a todas mis lecturas en la Salle Planiol, desde la primera, el 3 de septiembre de 1928; había aplaudido hasta sentir dolor en las manos (un ademán para mostrármelas) y había resuelto que en la próxima ocasión se las ingeniaría para abrirse paso entre la multitud (sí, multitud, nada de sonrisas irónicas) con la firme intención de darme la mano y abrir su alma en una sola palabra que, sin embargo, no podía encontrar: por eso, inexorablemente, se quedaba de pie, sonriendo como una idiota, en medio de la sala vacía. ¿Me reiría de ella al saber que conservaba pegadas en un álbum todas las reseñas de mis libros (los encantadores ensayos de Morozov y Yablokov, así como esa basura que eran las diatribas de Boris Nyet y Boyarski)? ¿Sabía que era *ella* quien había dejado aquel misterioso ramo de lirios en el sitio donde habían sepultado la urna con las cenizas de mi mujer, cuatro años antes? ¿Podía imaginar que ella podía recitar de memoria todos los poemas que yo había publicado en los diarios *émigrés* de media docena de países? ¿O que recordaba miles de deliciosos detalles tomados de todas mis novelas, tales como el cuac-cuac del pato real (en *Tamara*), «que al final de nuestras vidas nos sabe a pan de centeno ruso, porque durante nuestra niñez lo hemos compartido con patos», o el juego de ajedrez (en *El peón se come a la reina*), en el cual faltaba un caballo que «había sido reemplazado por una especie de ficha de otro juego desconocido»?

Todas esas confidencias hábilmente destiladas fueron surgiendo a lo largo de varias sesiones, y ya a finales de febrero, cuando una impecable copia a máquina de *El sombrero de copa rojo* en un sobre opulento fue depositada (por Lyuba, desde luego) en las oficinas de *Patria* (la revista rusa más importante en París) me sentía envuelto en una red fastidiosa.

Nunca había sentido siquiera un asomo de deseo hacia la hermosa Lyuba; más aún, la indiferencia de mis sentidos se convertía en verdadera repulsión. Cuanto más suaves eran sus miradas, menos caballeresca era mi reacción. Su refinamiento mismo tenía un deje de vulgaridad que infestaba su personalidad con la dulzura de la podredumbre. Empecé a advertir con creciente irritación detalles tan patéticos como su olor, un respetable perfume (*Adoration*, creo que se llamaba) que cubría apenas el tufo natural del cuerpo poco bañado de una doncella rusa: *Adoration* persistía durante casi una hora, pero después los olores subterráneos hacían incursiones cada vez más frecuentes y cuando Lyuba levantaba los brazos para ponerse el sombrero... Pero dejemos esto. Lyuba era una mujer de grandes virtudes y espero que hoy sea una abuela feliz.

Sería un canalla si relatara nuestro último encuentro (el 1 de marzo del mismo año). Baste decir que mientras yo le dictaba una traducción al ruso, en verso, de «Al otoño» de Keats («estación de brumas y frutos maduros»), Lyuba no pudo contenerse y me atormentó hasta las ocho con sus confesiones y sus lágrimas. Cuando al fin se fue, perdí otra hora escribiendo una carta donde le pedía que no volviera. Entre paréntesis, esa fue la primera vez que Lyuba dejó una hoja sin terminar en mi máquina de escribir. La saqué de la máquina y varias semanas después la descubrí entre mis papeles. Después la conservé porque fue Annette quien completó la tarea, con un par de erratas y una tachadura hecha con equis en el último verso. En esa yuxtaposición hubo algo que estimuló mi placer combinatorio.

III

En estas memorias mis mujeres y mis libros se entrelazan como las letras de un monograma o los dibujos de una marca de agua o un *ex libris*. Y al escribir esta autobiografía —tangencial, porque no se atiene a la historia pedestre, sino a los espejismos de la vida romántica y literaria— hago un esfuerzo sobrehumano para referirme lo menos posible a mi enfermedad mental. Sin embargo, Demencia es uno de los personajes de mi relato.

A mediados de la década del treinta, poco había cambiado mi salud desde la primera mitad de 1922, con sus espantosos tormentos. Mi batalla con el respetable vivir objetivo aún consistía en súbitas confusiones, súbitas reconstrucciones —caleidoscópicas, semejantes a los vidrios coloreados de un ventanal— del espacio fragmentado. La Gravedad, esa infernal y humillante contribución a nuestro mundo perceptible, crecía en mí como una garra monstruosa que me atormentaba con dolores insoportables (cosa incomprensible para el dichoso inocente que no ve nada fantástico ni tremendo en el lápiz o la moneda que rueda *bajo* algo: bajo el escritorio frente al cual vivimos, bajo la cama en que moriremos). Todavía me era imposible abstraer la dirección en el espacio, de modo que un determinado lugar del mundo estaba para mí *siempre* «a la derecha» o *siempre* «a la izquierda», posiciones que solo podía cambiar mediante un esfuerzo de la voluntad que me dejaba agotado. ¡Oh, amada mía, era imposible explicarte hasta qué punto me torturaban las cosas y la gente! Por lo demás, aún no habías nacido por entonces.

A mediados de la década del treinta, en la negra, execrable París, recuerdo que visité a una pariente lejana (sobrina de la dama de «¡Mira los arlequines!»). Era una dulce anciana extranjera. Permanecía el día entero sentada en una mecedora de respaldo recto, expuesta a los continuos ataques de tres, cuatro, más de cuatro niños infernales a quienes cuidaba (era un empleo que le había ofrecido la Asociación de Ayuda a las Damas Nobles Rusas Indigentes), mientras sus padres trabajaban en lugares quizá menos sórdidos que los medios de transporte utilizados para trasladarse a ellos. Me senté a los pies de la anciana en un viejo escabel. Sus palabras fluían suavemente, sin pausa, reflejando la imagen de días luminosos, llenos de riqueza, serenidad y bondad. Pero mientras tanto, uno de esos niños monstruosos, bizco y con boca de negrero, se arrojaba sobre ella desde su escondrijo tras un biombo o bajo una mesa y le sacudía la mecedora o le tiraba de la falda. Cuando los chillidos aumentaban demasiado, la dama pestañeaba apenas, sin que ello alterara su sonrisa reminiscente. Tenía al alcance de la mano un espantamoscas que de cuando en cuando esgrimía para alejar a los agresores más audaces; pero jamás interrumpía su tenue monólogo, y yo comprendí que también debía ignorar la barahúnda y el alboroto que la rodeaban.

Debo admitir que mi vida, mi modo de conducirme, la voz de las palabras que era mi única alegría y la secreta lucha con la forma engañosa de las cosas se parecían de algún modo a la actitud de la pobre anciana. Y advierto que esos eran mis mejores días, apenas perturbados por las muecas de un grupo de duendes que lograba mantener a raya.

El brío, la fuerza, la claridad de mi arte permanecían intactos —al menos en cierta medida—. Disfrutaba, me obligaba a mí mismo a disfrutar de la soledad del trabajo y esa otra soledad, aún más sutil, del escritor que tras el brillante escudo de su manuscrito enfrenta un público amorfo, apenas visible en su oscura platea.

La confusión de obstáculos espaciales que separaban mi lámpara de cabecera y el atril que usaba para las lecturas públicas me era evitada gracias a la solicitud de amigos que me ayudaban a trasladarme a algún salón remoto sin que tuviera que luchar con los billetes de autobús, horriblemente pequeños, delgados, pegajosos, o sin necesidad de aventurarme en el estrepitoso laberinto del *Métro*. No bien me sentía a salvo en el estrado, con mis páginas escritas a mano o mecanografiadas a la altura de mi esternón sobre el atril, olvidaba por completo la presencia de trescientos oyentes. Un botellón de agua con vodka, mi único estimulante para las lecturas, era también mi único vínculo con el universo material. Como el foco de luz proyectado por un pintor sobre la oscura frente de un extático sacerdote en el momento de la revelación divina, la iluminación que me enmarcaba revelaba con precisión oracular las imperfecciones de mi texto. Un biógrafo ha anotado que no solo aminoraba de cuando en cuando el ritmo de mi lectura mientras tomaba un lápiz y reemplazaba una coma por un punto y coma, sino que además solía detenerme y fruncir el ceño ante una frase, para releerla, tacharla, agregar una corrección y «releer una vez más el pasaje entero con una especie de desafiante complacencia».

Mi letra era muy legible en las copias definitivas, pero

me sentía más cómodo con una página mecanografiada. Pero ya no tenía mecanógrafa. Publicar el mismo anuncio en el mismo periódico habría sido un desatino: era incitar a que Lyuba regresara henchida de renovadas esperanzas para iniciar de nuevo su insoportable ciclo.

Llamé a Stepanov, pensando que podría ayudarme; me dijo que quizá pudiera y, después de un aparte con su puntillosa mujer a milímetros del teléfono (todo cuanto pude entender fue «los locos son imprevisibles»), ella resolvió encargarse del asunto. Conocían a una muchacha muy decente que había trabajado en el jardín de infancia ruso *Passy na Rousi* al que Dolly había ido cuatro o cinco años antes. La muchacha se llamaba Anna Ivanovna Blagovo. ¿Conocía yo a Oksman, el dueño de la librería rusa de la rue Cuvier?

—Sí, un poco. Pero quisiera preguntarle...

—Bueno —siguió la señora Stepanov, interrumpiéndome—, Annette *sekretarstvovala* para él cuando la mecanógrafa que empleaba se enfermó. Pero como ahora la mecanógrafa se ha repuesto, usted podría...

—Muy bien —dije—. Pero quiero preguntarle algo, Berta Abramovna: ¿por qué me ha acusado de ser «un loco imprevisible»? Puedo asegurarle que no tengo la costumbre de violar a las muchachas...

—*Gospod's vami, golubchik!* (¡Qué idea, querido!) —exclamó la señora Stepanov, y me explicó que había dicho la frase a su marido, al verlo sentarse distraídamente sobre su cartera nueva cuando atendió el teléfono.

Aunque no creí una sola palabra de su versión (¡tan rápida, tan traída por los pelos!) fingí aceptarla y prometí ir a ver al librero. Pocos minutos después estaba a punto de abrir la ventana y desnudarme frente a ella (en momentos de penosa viudez una apacible noche primaveral es la mejor *voyeuse* que pueda imaginarse), cuando Berta Stepanov me telefoneó para decirme que Oksman solía quedarse hasta el amanecer entre la pesadilla de sus estanterías. (Asocié el nombre Oksman a la palabra inglesa «*oxman*»: «boyero». ¡Qué estremecimiento provocaban en mi Iris algunos episodios en el zoológico de la isla del doctor Moreau, sobre todo aquella «forma aullante», aún semivendada, que escapaba del laboratorio!) La señora Stepanov sabía muy bien, je, je (ironía rusa), que yo era un noctámbulo. Quizá podría ir hasta la librería de Oksman *sans tarder*, sin tardanza, frase abominable. Sí, iría hasta allí.

Después de esa desapacible llamada, no encontré demasiado que elegir entre mi lucha contra el insomnio y un paseo hasta la rue Cuvier, que da al Sena, donde según las estadísticas policiales, en el periodo entre ambas guerras se ahogaron, por término medio, cuarenta extranjeros al año y sabe Dios cuántos desdichados franceses. Nunca he sentido la menor inclinación hacia el suicidio, ese absurdo despilfarro del Yo (una piedra preciosa bajo cualquier luz). Pero debo admitir que esa noche, en el cuarto, quinto o quincuagésimo aniversario de la muerte de mi amada, debía tener un aspecto harto sospechoso (con mi traje negro y mi dramática bufanda) ante los ojos de cualquier policía de la zona ribereña. Y es muy mala señal que un hombre sin sombrero ande por las calles sollozando, conmovido no por versos que él mismo podría haber escrito, sino por algo que abominablemente confunde con su propia obra; un hombre que pronto se acobarda, pero que es demasiado cobarde para rectificarse:

Zvezdoobraznost' Nebesnyh zvyozd
Vidish' tol'ko skvoz' slyozy...

(Los astros celestiales, como estrellas
se ven solo a través de lágrimas.)

Ahora soy mucho más valiente, desde luego, más valiente y orgulloso que el ambiguo matón que avanzaba aquella noche entre una cerca que parecía infinita, cubierta de carteles hechos jirones, y una hilera de faroles espaciados cuya luz elegía exquisitamente para su desgarrador juego en las alturas a una joven hoja de tilo, brillante como una esmeralda. Confieso que aquella noche, y la siguiente, así como las que las precedieron, me perturbaba la vaga sensación de que mi vida era una hermana gemela no idéntica, una parodia, una variante de la vida de otro hombre que vivía en alguna parte de esta o de otra tierra. Sentía que un demonio me obligaba a imitar a ese otro hombre, a ese otro escritor que era y sería siempre incomparablemente más grande, más sano, más cruel que este humilde servidor.

IV

La Editorial Boyan (Morozov y yo publicábamos en El Jinete de Bronce, su principal rival), con una librería (donde se vendían no solo ediciones *émigrées*, sino también novelas rurales de Moscú) y una biblioteca, ocupaba un elegante edificio de tres pisos del tipo *hôtel particulier*. En mi época, se alzaba entre un garaje y un cinematógrafo; cuarenta años antes (en la perspectiva de una metamorfosis al revés), el primero había sido una fuente y el segundo un grupo de ninfas de piedra. La casa había pertenecido a la familia Merlin de Malaune y a finales de siglo la había comprado un ruso cosmopolita, Dmitri de Midoff, que con su amigo S. I. Stepanov estableció en ella la sede de una conspiración antidespótica. Stepanov se complacía en recordar las contraseñas de la anticuada rebelión: una cortina a medio correr y un florero de alabastro expuesto tras la ventana del salón indicaban al huésped que debía llegar de Rusia que la vía estaba libre. En aquellos años jamás faltaba el toque estético en las intrigas revolucionarias. Midoff murió poco después de la primera guerra mundial y por aquella época el Partido Terrorista, al que pertenecían esos hombres tan refinados, ya había perdido su «atractivo estilístico», como solía decir el propio Stepanov. No sé quién compró después la casa ni cuándo la alquiló Oks (Osip Lvovich Oksman, ¿1885?-¿1943?) para su librería.

La casa era oscura, a pesar de las tres ventanas: dos rectángulos de luz adyacentes en el piso superior, en d8 y e8, según la notación europea (la letra indica la fila y el número la posición en un tablero de ajedrez), y otra boca de luz justo debajo, en e7. Santo Dios, ¿habría olvidado en mi casa la nota que había escrito para la desconocida señorita Blagovo? No, la llevaba en el bolsillo de la chaqueta, bajo la vieja bufanda del Trinity College, tan querida, tan larga, tan insoportablemente abrigada. Vacilé entre una puerta lateral, a mi derecha —con una placa que decía *Magazin*— y la entrada principal, con una corona de ajedrez sobre el timbre. Me decidí por la corona. Había iniciado una partida relámpago: mi adversario hizo de inmediato su jugada, iluminando el abanico de vidrios sobre la puerta de la entrada en d6. No pude sino preguntarme si acaso no existirían debajo de la casa otros cinco pisos que completarían el tablero de ajedrez sobre el cual, en un subterráneo misterio, nuevos hombres decidirían la suerte de una tiranía aún más atroz.

Oks, un anciano alto, huesudo, de cabeza shakespeariana, empezó a decirme qué honrado se sentía ante la oportunidad de dar la bienvenida al autor de *Camera*. Le metí en la mano extendida la nota que llevaba conmigo y me dispuse a largarme de allí. Pero Oks estaba acostumbrado a vérselas con escritores histéricos. Nadie podía resistirse a su estilo dulzón y rezumante de literatura.

—Sí, ya sé de qué se trata —dijo, reteniéndome y palmeándome la mano—. Ella lo llamará, aunque a decir verdad, no envidio a quien utilice los servicios de esa joven caprichosa y distraída. Subiremos a mi estudio, aunque quizá usted prefiera... no, no lo creo —siguió, mientras abría una puerta doble a la izquierda y dudaba antes de encender la luz para revelar por un instante un helado cuarto de lectura en el cual una larga mesa cubierta de bayeta, unas cuantas sillas desvencijadas y unos bustos baratos de clásicos rusos se oponían al cielo raso pintado de manera encantadora, lleno de niños desnudos entre racimos de uvas purpúreas, rosadas, ambarinas. A la derecha (nueva vacilación al encender otra luz) un breve pasillo conducía a la tienda misma, donde recordé la pelea que tuve en cierta ocasión con una vieja descarada que se opuso a mis deseos de no pagar unos pocos ejemplares de una novela mía.

Obs y yo subimos las escaleras que en otras épocas habían sido tan nobles y que ahora poseían un detalle muy pocas veces visto, siquiera en las historietas vienesas: dos balaustradas absolutamente dispares, la izquierda nueva, con detestable pasamano de hierro; la otra con la labrada madera original, malherida, condenada a muerte, pero aún encantadora con sus balaustres en forma de piezas de ajedrez agrandadas.

—Me siento muy honrado... —empezó de nuevo Oks cuando llegamos a lo que llamaba su *Kabinet* (estudio), un cuarto atestado de libros de cuentas, libros envueltos, libros semivueltos, torres de libros, montañas de periódicos, panfletos, galeradas y colecciones de unos delgados libros de poemas, blancos y en rústica, trágicos despojos con los títulos fríos y discretos por entonces de moda: *Prokhlada* (Frialdad), *Sderzhannorst'* (Contención).

Oks era una de esas personas que por un motivo u otro solemos interrumpir, pero a quienes ninguna fuerza de nuestra bendita galaxia impedirá nunca que completen una frase, a pesar de nuevas interrupciones de índole poética o elemental, tales como la muerte de su interlocutor («En ese momento estaba diciéndole, doctor...») o la entrada de un dragón. En realidad, parecería que esas interrupciones solo sirven para ayudar a pulir la frase y darle su forma definitiva. En el ínterin, la terrible comezón producida por el ser incompleto de esa frase envenena la mente. Es algo peor que el grano que no podemos apretarnos antes de regresar a casa, y casi tan atroz como el recuerdo de un condenado a prisión perpetua que evoca aquel último placer que estuvo a punto de tomarse con un tierno capullo y fue malogrado por la intrusión de un maldito policía.

—Me siento profundamente honrado —acabó por fin Oks— por dar la bienvenida en esta histórica casa al autor de *Camera Obscura*, el mejor de sus libros, en mi modesta opinión.

—Hace bien en ser modesta —dije, dominándome a duras penas (hielo opalino en Nepal antes del alud)—. ¿No sabe usted, idiota, que el título de *mi* novela es *Camera Lucida*?

—Vamos, vamos... —dijo Oks (en verdad, un hombre muy bienintencionado y caballeresco) después de una terrible pausa durante la cual todos los recuerdos acumulados en su memoria se abrieron como flores de cuento de hadas en una película fantástica—. Un *lapsus linguae* no merece respuesta tan dura. ¡*Lucida, Lucida*, es verdad! *À propos* —agregó, refiriéndose a Anna Blagovo (asunto del que aún no habíamos hablado, o quizá un patético intento de distraerme y calmarme con una anécdota interesante)—, no estoy seguro de que usted sepa que soy primo hermano de Berta. Hace veinticinco años, ella y yo trabajábamos en San Petersburgo para la misma organización estudiantil. Planeábamos el asesinato del primer ministro. ¡Cuánto tiempo hace de todo eso! Debíamos estudiar cuidadosamente el itinerario cotidiano del ministro. Yo era uno de los observadores. ¡Parado todos los días en una esquina, disfrazado de vendedor de helados de vainilla! ¿Puede imaginarse semejante cosa? Nada resultó de nuestros planes. Los desbarató Azef, el gran contraespía.

No vi motivos para prolongar mi visita, pero Oks tomó una botella de coñac y acepté una copa, porque ya empezaba a temblar de nuevo.

—Su *Camera* —dijo Oks, consultando un libro de cuentas— no se ha vendido mal en nuestra librería, nada mal: veintitrés, no, perdón, veinticinco ejemplares en la primera mitad del año pasado y catorce en la segunda. Desde luego, la verdadera fama, a diferencia del éxito comercial, depende de la salida que tiene un libro en la Sección Préstamos. Y en ella sus obras son las más populares. Para comprobarlo, subamos a la biblioteca.

Seguí a mi entusiasta huésped al piso siguiente. La biblioteca se extendía como una araña gigantesca, abultaba como un tumor monstruoso, oprimía el cerebro como el mundo en expansión del delirio. Entre los oscuros estantes distinguí a un grupo de personas sentadas ante una mesa ovalada. Los colores eran vívidos, chillones, pero al mismo tiempo remotos como en una escena proyectada por una linterna mágica. Una cantidad respetable de vino y dorado coñac acompañaba la discusión. Reconocí al crítico Basilevski, a sus aduladores Hristov y Boyarski, a mi amigo Morozov, a los novelistas Shipogradov y Sokolovski, al honrado e insignificante Suknovalov, autor de la popular sátira social *Geroy nashey ery* (Héroe de nuestra era) y a dos poetas jóvenes, Lazarev (colección Serenidad) y Fartuk (colección Silencio). Algunas cabezas se volvieron hacia nosotros y el benévolo oso Morozov se puso trabajosamente de pie, sonriendo. Pero mi huésped dijo que estaban en una reunión de trabajo y no debíamos molestarlos.

—Usted ha vislumbrado el nacimiento de una nueva revista literaria, *Números primos*. Por lo menos, ellos *creen* que están engendrándola. En realidad, no hacen más que emborracharse y charlar. Ahora quiero mostrarle algo.

Me guió hasta un rincón alejado y paseó triunfalmente la luz de su linterna por los huecos en *mi* estante de libros.

—Vea usted cuántos ejemplares están prestados. Todos los volúmenes de *La princesa María* están afuera. Quiero decir *María*... ¡Qué imbécil soy! Quiero decir *Tamara*. Me encanta *Tamara*, me refiero a su *Tamara*, no la de Lérmontov ni la de Rubinstein. Perdóneme. Uno se confunde tanto con todas esas obras maestras del demonio...

Le dije que no me sentía bien y tenía ganas de volverme a mi casa. Se ofreció para acompañarme. ¿O prefería tomar un taxi? Furtivamente dirigía hacia mí la luz de la linterna a través de sus dedos enrojecidos por la luz para comprobar si no estaba a punto de desmayarme. Entre murmullos reconfortantes me condujo por una escalera lateral. Cuando al fin estuvimos en la calle, sentí la noche de primavera como algo real.

Después de un momento de vacilación y una mirada hacia las ventanas iluminadas, Oks saludó al sereno, que acariciaba un perro sacado a pasear por su dueño. Vi que mi precavido compañero daba la mano al individuo de capa gris, después señalaba la luz de los juerguistas, después consultaba su reloj, después entregaba una propina al hombre y le daba la mano al partir, como si los diez minutos de marcha hacia donde yo vivía hubieran sido una peligrosa peregrinación.

—*Bon*, si no quiere un taxi —dijo, volviéndose hacia mí—, vayamos caminando. Ese hombre se encargará de mis visitantes prisioneros. Hay montones de cosas que quiero preguntarle sobre su vida y su obra. Sus *confrères* dicen que usted es «arrogante e insociable», como Oneguin se describe a sí mismo ante Tatiana. Pero no todos podemos ser Lenski, ¿verdad? Permítame aprovechar este agradable paseo para describir mis dos encuentros con su celebrado padre. El primero fue en la ópera, en los días de la Primera Asamblea Legislativa. Desde luego, yo conocía los retratos de sus miembros más prominentes. Desde las alturas en el paraíso yo, pobre estudiante, lo vi aparecer en un palco rosado, con su mujer y dos niños pequeños, uno de los cuales debía de ser usted. La segunda vez fue durante un debate público sobre la política del momento, en el periodo auroral de la revolución. Su padre habló inmediatamente después de Kerenski, y el contraste entre nuestro vehemente amigo y su padre, con su *sangfroid* de inglés y su falta de gesticulación...

—Mi padre murió seis meses antes de que yo naciera —dije.

—Bueno, parece que he hecho otro papelón (*opyat' oskandaliesya*) —observó Oks después de tomarse un buen minuto para buscar su pañuelo, sonarse la nariz con la grandiosa deliberación de Varlamov en el papel del alcalde de Gógol, envolver el resultado y guardar ese pañal en el bolsillo—. Sí, no tengo suerte con usted. Sin embargo, esa imagen no se ha borrado de mi mente. El contraste era notable, en verdad.

En los años cada vez más difíciles antes de la segunda guerra mundial, habría de volver a encontrarme nuevamente con Oks por lo menos tres o cuatro veces. Tenía la costumbre de saludarme con un guiño cargado de sobrentendidos, como si ambos compartiéramos un secreto muy íntimo y bastante escabroso. Los alemanes acabarían apoderándose de su soberbia biblioteca para después dejarla en manos de los rusos, aún más codiciosos en ese juego honrado por el tiempo. El propio Osip Lvovich habría de morir al intentar una intrépida huida y cuando ya casi había logrado escapar, descalzo, en ropa interior manchada de sangre, del «hospital experimental» de un campo de concentración nazi.

V

Mi padre era un jugador, un libertino. Su apodo en los círculos sociales era Demonio. Vrubel lo retrató con sus pálidas mejillas de vampiro, sus ojos como diamantes, su pelo negro. Yo, Vadim, hijo de Vadim, utilicé lo que quedó en la paleta para crear la imagen del padre de los hermanos en la mejor de mis novelas inglesas, *Ardis* (1970).

Vástago de una familia principesca que veneraba una galería de doce zares, mi padre residía en los idílicos alrededores de la historia. Sus ideas políticas eran confusas y de índole reaccionaria. Llevaba una vida sensual deslumbrante y complicada. Pero su cultura era fragmentaria y trivial. Nacido en 1865, casado en 1896, murió después de una pelea ante una mesa de juego en Deauville, un lugar de veraneo en la gris Normandía.

Quizá no haya nada demasiado inquietante en un viejo bienintencionado, de ideas confusas y esencialmente absurdo, que me confundía con algún otro escritor. Yo mismo he dicho Shelley en algún salón de conferencias cuando me refería a Schiller. Pero que un tonto *lapsus linguae* o un error de la memoria establezca una súbita comunicación con otro mundo —sobre todo cuando yo imaginaba que tal vez encarnaba permanentemente la imagen de otro hombre que vivía como un ser real más allá de la constelación de mis lágrimas y asteriscos–, *eso sí* era insoportable, *algo* que no podía ocurrir.

No bien se extinguía el último sonido de las despedidas y excusas del pobre Oks, me arrancaba de encima la rayada serpiente de lana que me estrangulaba y anotaba en escritura cifrada todos los detalles de mi encuentro con él. Después trazaba una gruesa línea y dibujaba una serie de signos de interrogación.

¿Debía pasar por alto la coincidencia y sus implicaciones? ¿O al contrario, debía reorganizar mi vida entera? ¿Debía abandonar mi arte, elegir otra forma para realizarme, tomar el ajedrez más en serio o convertirme, por ejemplo, en lepidóptero, o pasar una docena de años como un oscuro estudioso entregado a una versión al ruso del *Paraíso perdido* que dejaría pasmados de asombro a los criticastros? Pero lo único que podía mantenerme más o menos cuerdo era escribir relatos: una infinita recreación de mi fluido yo. En resumidas cuentas, lo único que hice fue abandonar mi seudónimo literario, «V. Irisin», bastante empalagoso y susceptible de confusiones (mi propia Iris solía decir que sonaba como si yo fuera una villa) y retomar mi verdadero nombre.

Fue con ese nombre como resolví firmar la primera entrega de mi nueva novela, *El audaz*, prometida a *Patria*, la revista *émigrée*. Acababa de reescribir con tinta de color verde reptil (un tónico para animar mi tarea) una segunda o tercera copia en limpio del capítulo inicial, cuando Annette Blagovo fue a verme para resolver las horas de trabajo y los honorarios.

Llegó el 2 de mayo de 1934, con media hora de retraso, y como las personas que no tienen sentido de la duración echó la culpa de su tardanza a su inocente reloj, objeto para medir el movimiento y no el tiempo. Era una rubia graciosa, de unos veintiséis años y rasgos muy atractivos, aunque no excepcionalmente bonitos. Usaba una chaqueta gris sobre una blusa de seda blanca que tenía aspecto de vaporosa alegría a causa de un lazo entre las dos solapas, en una de las cuales llevaba un ramillete de violetas. La falda corta gris tenía un corte muy elegante, y en general la muchacha era mucho más chic y *soignée* que la típica mujer rusa.

Le expliqué (según me dijo mucho después, en el tono desagradable y burlón de un cínico que husmea una posible conquista) que me proponía dictarle todas las tardes «directamente a la maquinita de escribir» (*pryamo v mashinku*) borradores muy corregidos o fragmentos de la copia en limpio que quizá revisaría «en las horas solitarias de la noche», por citar a A. K. Tolstói, y volvería a dictarle al día siguiente. Ella no se quitó el ceñido sombrero, pero sí los guantes; apretando los labios recién pintados de rosa brillante se puso unas grandes gafas de carey y el efecto destacó sus encantos: deseaba ver mi máquina de escribir (su gélida solemnidad habría convertido a un santo en un bufón soez). Estaba apurada porque tenía otra cita, pero quería comprobar si podía usarla. Se quitó el anillo con el *cabochon* verde (que encontré después de su partida) y pareció a punto de escribir una rápida frase, pero una segunda mirada le demostró que mi máquina de escribir era similar a la de ella.

Nuestra primera sesión resultó terrible. Me había aprendido mi papel con la preocupación de un actor nervioso, pero no había previsto al compañero de actuación que confunde o no oye un pie de cada dos. Me pidió que no le dictara tan rápido. Me desanimó con observaciones petulantes: «Esa expresión no existe en ruso» o «Nadie conoce esa palabra (*vzvoden'*: "oleaje"). ¿Por qué no emplea simplemente "gran ola", si eso es lo que quiere decir?». Cuando la rabia alteró mi ritmo y me llevó algún tiempo encontrar el final de una frase en el laberinto –desconocido para mí– de sus tachaduras y señales de corrección, ella empezó a apoyarse en el respaldo de la silla y a esperar como un mártir provocador, sofocando un bostezo o estudiándose las uñas. Después de tres horas de trabajo examiné el resultado de su presumido y descarado tecleo. Estaba repleto de errores de ortografía, erratas y feos borrones. Tímidamente dije que parecía poco habituada a vérselas con material literario (es decir, valioso). Me contestó que me equivocaba, que le encantaba la literatura. A decir verdad, agregó, en los últimos cinco meses había leído a Galsworthy (en ruso), a Dostoievski (en francés), la inmensa novela histórica *Zar Bronshtein* (en el original) del general Pudov-Usurovski y *L'Atlantide* (de la que yo no había oído hablar pero que un diccionario atribuye a Pierre Benoît, *romancier français né à Albi*, un hiato en el Tarn). ¿Conocía ella la poesía de Morozov? No, ninguna clase de poesía le interesaba; la poesía no tenía nada que ver con el ritmo de la vida moderna. La reprendí porque no había leído ninguno de mis relatos o novelas y ella pareció confusa y quizá un poco asustada (temiendo que la despidiera), y acabó dándome la erótica satisfacción de prometerme que buscaría *todos* mis libros y se aprendería de memoria *El audaz*.

El lector habrá advertido que solo hablo de manera muy general sobre mis relatos rusos de los años veinte y treinta, porque supongo que los conocerá bastante o que podrá encontrarlos fácilmente en las traducciones al inglés. Sin embargo, desearía explicar algo sobre *El audaz* (su título original era *Podarok Otchizne*, que puede traducirse como «la ofrenda a la patria»). En 1934, cuando empecé a dictar su comienzo a Annette, sabía que sería mi novela más larga. Pero ignoraba que resultaría casi tan larga como el presuntuoso e infame novelón «histórico» del general Pudov sobre cómo los Sabios de Sión usurparon la Santa Rusia. Me llevó cuatro años escribir sus cuatrocientas páginas, muchas de las cuales Annette pasó a máquina por lo menos dos veces. Todo el relato se había publicado ya por entregas en revistas *émigrées* en mayo de 1939, cuando Annette y yo, aún sin hijos, viajamos a los Estados Unidos. Pero el original ruso solo apareció en forma de libro en 1950 (Turguéniev Publishing House, Nueva York); diez años después salió la traducción inglesa, cuyo título, *The Dare*, se refiere no solo al conocido ardid empleado para desconcertar a los tontos, sino también a la índole temeraria, *daredevil*, de Victor, el héroe y en parte narrador de la novela.

El audaz empieza con la nostálgica evocación de una niñez rusa (mucho más feliz, aunque no menos opulenta que la mía). Sigue la adolescencia en Inglaterra (no muy distinta de mis años en Cambridge). Después, la vida en el París *émigré*, la elaboración de una primera novela (*Memorias de un criador de loros*) y la divertida maquinación de varias intrigas literarias. En la parte central se incluye una versión completa del libro que Victor escribió «por un desafío»: una concisa biografía y un análisis crítico de Fiódor Dostoievski, cuyas ideas políticas mi personaje detesta y cuyas novelas condena por absurdas, con sus asesinos de barbas negras presentados como negaciones de la imagen convencional de Jesucristo y con sus prostitutas lacrimógenas, tomadas de los novelones sensibleros de épocas anteriores. El capítulo siguiente muestra la ira y la perplejidad de los comentaristas *émigrés*, todos ellos sacerdotes de la persecución dostoievskiana. En las últimas páginas, mi joven héroe acepta el desafío de una relación sentimental y se lanza a una última, gratuita hazaña: atraviesa un peligroso bosque para entrar en el territorio soviético y regresar de él con la misma indiferencia.

Hago este resumen para ejemplificar lo que sin duda el

menos sagaz de mis lectores es capaz de retener, a menos que la electrólisis destruya algunas células esenciales en cuanto cierre el libro. Ahora bien: el frágil encanto de Annette provenía en parte de esa capacidad suya para olvidar, que lo velaba todo en un constante crepúsculo, a semejanza de la bruma color pastel que borra montañas, nubes y hasta su propia vaporosidad a medida que el día estival se desvanece. Sé que vi a Annette muchas veces con un ejemplar de *Patria* en su lánguido regazo, siguiendo las líneas impresas con el movimiento pendular de los ojos que sugiere la lectura, y que llegaba hasta el «Continuará» que cerraba las entregas de *El audaz*. También sé que escribió a máquina cada palabra de la obra y casi todas sus comas. Sin embargo, no retuvo nada de ella, quizá porque decidió que mi prosa no era tan solo «difícil», sino hermética («de un repelente hermetismo», por repetir el cumplido que Basilevski me hizo en el instante en que se dio cuenta –instante que llegó a su debido tiempo– de que en el tercer capítulo mi dichoso Victor ridiculizaba su mentalidad y su modo de ser). Debo decir que perdoné de buen grado la actitud de Annette ante mi obra. Durante las lecturas públicas admiré su sonrisa pública, la sonrisa «arcaica» de las estatuas griegas. Cuando sus padres, bastante temibles, quisieron ver mis libros (como un médico receloso que pide una muestra de semen), Annette les dio por equivocación la novela de otro autor, confundida por la semejanza de los títulos. La única vez que experimenté una verdadera conmoción fue cuando la oí informar a una idiota amiga suya de que mi novela *El audaz* incluía biografías de «Chernolyubov y Dobroshevski». Y hasta empezó a discutir cuando contesté que solo un chiflado habría elegido un par de publicistas de tercer orden para escribir sobre ellos, y para colmo mezclando sus nombres.

VI

En el trascurso de mi larga vida he comprobado –o creo haber comprobado– que cuando estaba a punto de enamorarme (o cuando todavía ignoraba que me había enamorado) tenía un sueño en el cual se me presentaba una latente amada, envuelta en la penumbra del alba y en un escenario algo pueril, entre ciertas agitaciones que conocí durante mi adolescencia, mi juventud, mi locura y mis voluptuosidades de viejo agonizante. La sensación de que ese sueño se repetía («creo haber comprobado») quizá sea engañosa: por ejemplo, tal vez haya tenido ese sueño una o dos veces («en el trascurso de mi larga vida») y su familiaridad sea tan solo la del cuentagotas que llega con las gotas. El lugar donde ocurre el sueño, en cambio, no es un cuarto conocido, sino uno de esos que nos recuerdan las habitaciones en que, de niños, nos despertábamos después de una fiesta de Navidad o una fiesta del día de San Juan, en una gran casa perteneciente a extraños o a primos lejanos. La impresión es que las camas, dos camitas en este caso, han sido trasladadas y puestas cada una contra las paredes opuestas de un cuarto que no es un dormitorio, en realidad. Un cuarto sin otros muebles que esas dos camas separadas: los dueños de casa son perezosos o económicos, como ocurre en mis sueños, así como en los relatos primitivos.

En una de las camas acabo de despertar de un sueño secundario o que solo ha consistido en fórmulas trilladas; en la cama que está contra la pared de la derecha (el sueño también suministra orientación), una chica, una variante de Annette más joven, más esbelta, más alegre en esta versión de la historia (que sucede en el verano de 1934 y, según mis cálculos, durante el día), habla consigo misma en voz baja y alegremente. En realidad, según advierto con una deliciosa aceleración de las pulsaciones en mis zonas inferiores, finge hablar o solo habla para mí, para que repare en ella.

La idea que enseguida me pasa por la mente (y que intensifica las pulsaciones) es que es muy raro que se asigne a un muchacho y una chica el mismo dormitorio improvisado: por error, sin duda, o tal vez porque la casa está llena y la distancia entre las dos camas, a través del suelo vacío, se ha considerado lo bastante grande como para respetar el decoro en el caso de dos niños (mi promedio de edad ha sido de trece años durante toda mi vida). La copa del placer ya está llena hasta el borde y antes de que se derrame me apresuro a atravesar de puntillas el parqué desnudo hasta la cama de la niña. Su pelo rubio se interpone ante mis besos, pero mis labios encuentran al fin su mejilla y su cuello, y su camisón tiene botones, y ella dice que la criada ha entrado en el cuarto, pero es demasiado tarde, no puedo contenerme, y la criada, que es también una belleza, nos mira riendo.

El sueño que tuve al mes de conocer a Annette, la imagen de Annette que se me presentó en él, esa primera versión de su voz, su pelo suave, su piel delicada, me obsesionaban y me deslumbraban con deleite: el deleite de descubrir que amaba a la pequeña señorita Blagovo. Por la época del sueño, ella y yo teníamos relaciones formales, archiformales, a decir verdad, de modo que no podía contarle mi sueño con las ineludibles evocaciones y asociaciones (que he registrado en estas notas). Y decir tan solo «he soñado con usted» habría sonado muy convencional. Hice algo mucho más valiente y honroso. Antes de revelarle lo que ella llamaba (hablando de otra pareja) mis «intenciones serias» y antes de resolver el enigma de *por qué* la amaba, decidí informarla de mi enfermedad incurable.

VII

Era elegante, era lánguida, era más bien angelical en un sentido y tremendamente estúpida en otros. Yo me sentía solo, asustado y atenazado por el deseo, aunque no lo bastante como para prevenirla mediante un ejemplo –a medias paradigma y a medias lección práctica– de lo que debía afrontar si consentía en casarse conmigo:

Milostivaya Gosudarynya Anna Ivanovna!

[Léase «Estimada señorita Blagovo»]

Antes de hablarle personalmente de un tema de importancia fundamental, le ruego que me acompañe en la realización de un experimento que describirá mejor que un docto artículo las típicas facetas del perturbado cristal de mi mente. Consiste en lo que sigue:

Con el permiso de usted, ahora es de noche y estoy en la cama (decorosamente vestido, desde luego, y con todos los órganos en decente reposo), acostado en posición supina e imaginando un momento cualquiera en un lugar cualquiera. Para proteger aún más la pureza del experimento, resolvamos que el lugar visualizado sea una pura invención. Me imagino a mí mismo saliendo de una librería y deteniéndome en el bordillo de la acera antes de cruzar la calle hacia el pequeño café que está justo enfrente. El sol de la tarde ocupa una de sus sillas y la mitad de una mesa. Toda la sección del café al aire libre está vacía y es muy acogedora: del reciente chaparrón no queda más que el brillo. En este instante me detengo de golpe, porque recuerdo que tenía un paraguas.

No quiero aburrirla, *glubokcuvazhaemaya* (querida) *Anna Ivanovna*, y menos aún arrugar esta tercera o cuarta hoja con el ruido crepitante que solo hace el papel castigado. Pero la escena no es bastante esquemática ni abstracta, de manera que permítame usted rehacerla.

Yo, Vadim Vadimovich, su empleador y amigo, acostado en la cama y sumido en una oscuridad ideal (hace un minuto que me he levantado para correr una vez más la cortina sobre la luna, que atisbaba entre los pliegues de dos párrafos), imagino al Vadim Vadimovich diurno cruzando una calle desde una librería hasta un café con mesas en la acera. Estoy metido dentro de mi yo vertical: no miro hacia abajo sino hacia delante, y por eso apenas tengo conciencia de la confusa parte central de mi figura corpulenta, de las puntas de mis zapatos que se alternan y de la forma rectangular del paquete que llevo bajo el brazo. Me imagino a mí mismo dando los veinte pasos necesarios para llegar a la acera opuesta y parándome de golpe con una irreproducible palabrota para decidirme a volver en busca del paraguas olvidado en la librería.

Existe una afección que aún carece de nombre, Anna (permítame que la llame así: soy diez años mayor que usted y estoy muy enfermo); mi sentido de la dirección o, más bien, mi capacidad para concebir el espacio está terriblemente perturbada, ya que en este momento no logro ejecutar mentalmente, en la oscuridad de mi cama, el simple movimiento de dar media vuelta ¡un acto que ejecuto sin pensar en la realidad física!, que me permitiría representarme instantáneamente el asfalto ya atravesado como si estuviera de nuevo frente a mí, y la vidriera de la librería como algo al alcance de mi vista y no como algo que permanece en alguna parte a mis espaldas.

Quisiera demorarme un momento en el procedimiento que debo emplear y en mi inhabilidad para seguirlo con la mente (¡con mi mente obstinada y rebelde!). Para llegar a imaginar el proceso cardinal, debo invertir el decorado: debo conseguir que la calle entera, con las macizas fachadas de sus casas delante y detrás de mí, cambie por completo de dirección en el lento arco de un semicírculo, lo cual es como tratar de mover la colosal caña de un timón herrumbrado y recalcitrante para que en gradación consciente un Vadim Vadimovich que mira hacia el este se convierta en otro enceguecido por el sol de occidente. El solo acto de pensar esa acción sume al hombre acostado en tal confusión que prefiere renunciar por completo a su intento de dar media vuelta y, cambiando de idea, emprende con su imaginación la travesía de regreso como si fuera un viaje inicial, sin haber cruzado antes la calle, y de ese modo suprime todo el horror intermedio (¡el horror de hendir el espacio, que destroza el pecho del viajero!).

Voilà. Mi afección parece bastante trivial *en fait de démence*, y en verdad, si dejo de preocuparme por ella se reducirá a un defecto insignificante, como por ejemplo la falta del dedo meñique en un monstruo nacido con nueve dedos. Pero si pienso en todo ello con más detenimiento no puedo sino sospechar que se trata de un síntoma revelador, una primera manifestación de la enfermedad mental que, como se sabe, acaba alterando el cerebro todo. Quizá esta enfermedad no sea tan grave ni inminente como sugieren las señales de la tormenta. Solo deseo poner a usted al corriente de la situación antes de pedirle la mano, Annette. No escriba, no telefonee, no mencione esta carta cuando venga el viernes por la tarde, si es que viene. Pero si viene, por favor, póngase usted como signo propicio el sombrero florentino que parece un ramo de flores silvestres. Quiero que celebre usted su parecido con la quinta muchacha, de izquierda a derecha, en la *Primavera* de Botticelli, esa muchacha adornada con flores, de nariz recta y serios ojos grises: una alegoría de la primavera que es mi alegoría.

El viernes por la tarde Anna Ivanovna llegó puntualmente por primera vez en dos meses. Una puñalada de dolor me atravesó el corazón y pequeños monstruos empezaron a perseguirse por todo mi cuarto cuando vi que llevaba su sombrero habitual, desprovisto de interés y de significado. Se lo quitó frente al espejo y de pronto invocó al Señor con extraño énfasis.

—*Ya idiotka* —dijo—. Soy una idiota. Buscaba mi linda toca de flores, cuando papá empezó a leerme algo sobre un antepasado suyo que se peleó con Pedro el Terrible.

—Iván —dije.

—No entendí el nombre. Pero me di cuenta de que iba con retraso y me encasqueté (*natsepila*) este *shapochka* en vez de la toca, la guirnalda, *su* guirnalda, la guirnalda que *usted* me pidió.

La ayudaba a quitarse la chaqueta y sus palabras me llenaron de un coraje alimentado por mis sueños. La abracé. Busqué con la boca el tibio hueco entre el cuello y la clavícula. Fue un abrazo breve pero apasionado y mi enardecimiento se desbordó discretamente, deliciosamente, por el solo acto de apretarme a ella, tomando con una mano su firme y pequeño trasero y sintiendo con la otra las cuerdas de arpa de sus costillas. Anna Ivanovna temblaba de pies a cabeza. Virgen ardiente pero ingenua, no comprendió por qué mi ceñido abrazo se aflojó de repente, como el sueño que se disipa o las velas abandonadas por el viento.

¿Acaso ella solo había leído el comienzo y el final de mi carta? Y bien, sí, se había saltado la parte poética. En otras palabras, ¿no tenía entonces la menor idea de cuáles eran mis intenciones? Me prometió releer la carta. ¿Por lo menos se había dado cuenta de que yo la quería? Eso sí. Pero ¿cómo podía estar segura de que la quería *de veras*? Era algo tan extraño, tan, tan... No podía expresarlo. Era tan extraño, en todo sentido. Nunca había conocido a alguien como yo. ¿A quiénes había conocido, entonces?, pregunté. ¿A trepanadores? ¿A trombonistas? ¿A astrónomos? Bueno, casi todos habían sido militares, si yo quería saberlo; gente interesante, que hablaban de peligro y deber, de vivacs en las estepas. Ah, un momento, también yo podía hablar de «vanos desiertos, ásperas canteras, rocas». No, dijo ella, los otros no *inventaban*. Hablaban de espías a quienes habían ahorcado, de política internacional, de una nueva película o un libro que explicaban el sentido de la vida. Y nunca una broma deshonesta, ni una sola comparación atrevida. ¿Como en mis libros? ¡Ejemplos, ejemplos! No, ella no me daría ejemplos. No me permitiría que la atravesara con un alfiler para hacerla girar en torno a él como una mosca sin alas.

O una mariposa.

Una mañana deliciosa caminábamos por las afueras de Bellefontaine. Algo revoloteó, centelleando.

—Mira ese arlequín —murmuré, señalando cautelosamente con el codo.

Tomando el sol contra la pared blanca de un jardín había una mariposa chata, simétricamente desplegada, que el pintor había ubicado en leve ángulo con respecto al horizonte de su cuadro. El animal estaba pintado de un rojo sonriente, con intervalos amarillos entre manchones negros; a lo largo de los bordes dentados de las alas corría una hilera de medias lunas azules. El único rasgo que justificaba en mí un estremecimiento de desagrado eran las relucientes franjas de vello broncíneo que corrían a ambos lados del cuerpo.

–Como he sido maestra de jardín de infancia –me dijo la servicial Annette–, puedo decirle que es una mariposa común, la mariposa de las ortigas (*krapivnitsa*). ¡Cuántos chicos les arrancaban las alas y me las llevaban para que las viera!
La mariposa agitó las alas y desapareció.

VIII

Preocupada por la cantidad de páginas que debía mecanografiar y por la lentitud y torpeza con que lo hacía, Annette me obligó a prometerle que no interrumpiría su trabajo con eso que los rusos llaman «mimos de cachorro». En otros momentos, todo lo que me permitía eran besos razonables y abrazos contenidos: nuestro primer abrazo había sido «brutal», dijo cuando ya estuvo más al corriente acerca de ciertos secretos masculinos. Hacía lo posible por ocultar el dulce abandono a que se entregaba durante el trascurso natural de nuestras caricias, cuando empezaba a palpitar entre mis brazos antes de apartarme con severidad puritana. En una ocasión me rozó por casualidad la tensa delantera de los pantalones con el dorso de la mano; murmuró un gélido *pardon* (francés) y después permaneció enfadada porque le dije que esperaba que no se hubiese hecho daño.

Me quejé del estilo ridículo y anticuado que iban adquiriendo nuestras relaciones. Annette lo pensó y me prometió que en cuanto «nos comprometiéramos oficialmente» nuestras relaciones entrarían en una era más moderna. Le aseguré que estaba dispuesto a proclamar su advenimiento en cualquier día, en cualquier momento.

Me llevó a conocer a sus padres, con quienes compartía un apartamento de dos estancias en Passy. El padre había sido cirujano militar antes de la revolución y con su pelo gris al rape, su bigote recortado y su pulcra perilla, se parecía de manera asombrosa (sobre todo por la vehemente ansiedad que remienda partes desgastadas del pasado con impresiones nuevas del mismo orden) al médico bondadoso –aunque de orejas y dedos fríos– a quien consulté por la «inflamación de los pulmones» que tuve en el invierno de 1907.

Como ocurre con tantos *émigrés* rusos de fuerzas declinantes y profesiones perdidas, era difícil decir con exactitud cuáles eran los recursos personales del doctor Blagovo. Parecía dedicar el nublado ocaso de la vida a seguir el rumbo de la historia en colecciones de voluminosas revistas (desde 1830 hasta 1900 o desde 1850 hasta 1910) que Annette pedía en la biblioteca de Oksman, o se pasaba el tiempo sentado ante una mesa para llenar por medio de un chasqueante inyector de tabaco los extremos semitransparentes de cigarrillos con boquilla de cartón, de los cuales nunca consumía más de treinta por día para evitar la arritmia nocturna. Carecía casi por completo de conversación y era incapaz de volver a contar sin errores cualquiera de las infinitas anécdotas históricas que encontraba en los maltratados tomos de *Russkaya Starina* (antigüedad rusa), lo cual explica de dónde provenía la inhabilidad de Annette para recordar los poemas, ensayos, relatos o novelas que me había pasado a máquina. (Ya me he quejado muchas veces de esto, pero es que la torpeza de Annette me hacía envidiar la tranquilidad de un soltero, palabra que proviene de *solitarius*.) El viejo médico militar era, además, uno de los últimos caballeros a quienes vi usar pechera y botines con elásticos laterales.

El doctor Blagovo me preguntó –y esa fue su única pregunta memorable– por qué no firmaba mis libros con el título que acompañaba mi nombre milenario. Le contesté que precisamente por ser esnob consideraba que los malos lectores siempre están enterados de la ascendencia de un escritor, y esperaba que los buenos lectores estuvieran más interesados en mis libros que en mi árbol genealógico. El doctor Blagovo era un viejo chocho y sus puños postizos podrían haber estado más limpios; pero hoy, al evocarlo en una apenada perspectiva de años, respeto su memoria: no solo era el padre de mi pobre Annette, sino también el abuelo de mi adorada y mi quizá aún más infortunada hija.

El doctor Blagovo (1867-1940) se había casado a los cuarenta años con una beldad provinciana de Kineshma, una aldea junto al Volga, a pocos kilómetros al sur de una de mis fincas campestres más románticas, famosa por sus desfiladeros agrestes que ahora son fosas para cadáveres y escenarios de matanzas, pero que *entonces* eran magníficas evocaciones de jardines hundidos. La señora de Blagovo usaba complicados cosméticos y hablaba con inflexiones cargadas de afectación, reduciendo sustantivos y adjetivos a formas empalagosas que incluso el idioma ruso, famoso por sus diminutivos, solo autoriza en los labios húmedos de un niño o una tierna nodriza. («Toma –decía la señora de Blagovo–, aquí tienes tu *chaishko s molochishkom* ["tu tecito con lechita"].») Me impresionó como una dama extraordinariamente locuaz, afable, trivial, con buen gusto para vestirse (trabajaba en un *salon de couture*). En su casa se percibía cierta atmósfera de tensión. Annette era, sin duda, una hija difícil. Durante el breve lapso de mi visita no pude sino advertir en la voz del padre un tono de pánico senil (*notki podobostrastnoy paniki*) cuando se dirigía a ella. De cuando en cuando, Annette refrenaba la locuacidad de su madre con una mirada opaca, viperina. En el momento de despedirme, la amable dama me dijo lo que creyó un cumplido: «Habla usted ruso con *grasseyement* parisino y tiene los modales de un inglés». Annette, tras ella, gruñó por lo bajo, amonestándola.

Esa misma noche escribí a su padre para informarle de que Annette y yo habíamos decidido casarnos. Y la tarde siguiente, a la hora de nuestro trabajo, recibí a Annette en bata de seda y babuchas marroquíes. Era un día de fiesta —el Festival de Flora—, le dije, señalando con una sonrisa no del todo normal los claveles, camomilas, anémonas, asfódelos y campánulas que adornaban mi cuarto en nuestro honor. Su mirada se deslizó sobre las flores, el champán, los canapés de caviar; frunció el ceño y se volvió para huir. La tomé del brazo para volverla al cuarto, cerré la puerta y me guardé la llave en el bolsillo.

No ocultaré que nuestro primer encuentro fue un fracaso. Me llevó tanto tiempo persuadirla de que ese era el día señalado, y ella hizo tanta alharaca acerca del último centímetro de ropa que podía quitarse y las partes de su cuerpo que Venus, la Virgen y el *maire* de nuestro *arrondissement* me permitían tocarle, que cuando la tuve en una actitud de rendición más o menos apropiada quedé convertido en un desecho impotente. Yacíamos desnudos, en un flojo abrazo. Al fin abrió la boca contra la mía. Eso reanimó mi vigor. Me apresuré a poseerla. Annette exclamó que le hacía daño de manera repugnante y con una vigorosa sacudida del cuerpo expulsó al sangriento y ansioso pez. Cuando procuré que lo rodeara con sus dedos, como humilde sucedáneo, me arrebató la mano, diciéndome que era un asqueroso *débauché* (*gryaznyy razvratnik*). Me resigné a satisfacerme con el solitario, sucio acto, mientras ella miraba perpleja y angustiada.

Al día siguiente nos fue mejor y terminamos el champán ya sin burbujas. Nunca logré adiestrarla del todo, sin embargo. Recuerdo noches muy prometedoras en hoteles junto a lagos italianos, en que de pronto sus absurdos remilgos lo estropeaban todo. Pero a la vez, hoy me siento feliz por no haber sido nunca lo bastante infame ni torpe como para ignorar los exquisitos contrastes entre su irritante gazmoñería y esos raros momentos de dulce pasión, cuando sus rasgos adquirían una expresión de ansiedad infantil, de solemne deleite, y sus breves quejidos llegaban al umbral de mi indigna lucidez.

IX

Hacia finales del verano –y del capítulo siguiente de *El audaz*– el doctor Blagovo y su mujer esperaban unas bodas según el rito ortodoxo: una ceremonia iluminada por cirios, con oro y gasa, obispo, sacerdote y doble coro. No sé si Annette se quedó atónita cuando le dije que tenía la intención de suprimir todo ese ridículo ceremonial y de registrar prosaicamente nuestra unión ante un funcionario municipal en París, Londres, Calais o en una de las islas de Normandía. Lo cierto es que a Annette no le importaba dejar atónitos a sus padres. El doctor Blagovo me pidió una entrevista en una carta de pomposa redacción («¡Príncipe!: Anna nos ha informado de que usted prefiere...»); convinimos una conversación telefónica: dos minutos del doctor Blagovo (incluidas las pautas motivadas por su esfuerzo para descifrar una letra que debió desesperar a los farmacéuticos) y cinco de su mujer, que después de divagar sobre trivialidades me suplicó que modificara mi decisión. Me negué y fui abordado por un intermediario, el bueno y viejo Stepanov, quien de manera bastante inesperada, dadas sus opiniones liberales, me urgió durante una llamada telefónica hecha desde alguna parte de Inglaterra (adonde se habían trasladado los

Borg) para que respetara la hermosa tradición cristiana. Cambié de tema y le pedí que cuando volviera a París me organizara una hermosa *soirée* literaria. En el ínterin, uno de los dioses más alegres acudió con regalos. Tres golpes de fortuna cayeron sobre mí en un acto simultáneo de celebración: un editor inglés pagó doscientas guineas de anticipo para la traducción de *El sombrero de copa rojo*; James Lodge, de Nueva York, ofreció por *Camera Lucida* una suma aún más atractiva (en aquella época era más fácil satisfacer mi sentido de la belleza); y el medio hermano de Ivor Black redactó un contrato en Los Ángeles para la adaptación cinematográfica de un cuento mío. Ahora solo me faltaba encontrar un lugar apropiado donde terminar *El audaz* con más comodidad que en el sitio donde escribí la primera parte. Después, o mientras terminaba su último capítulo, debería revisar y sin duda rehacer en buena parte la traducción inglesa de mi *Krasnyy Tsilindr*, hecha en Londres por una dama desconocida (que había empezado de manera poco auspiciosa, sugiriendo –antes de que un rugido de cólera la interrumpiera– que «para bien del sobrio lector inglés, debía apaciguar o suprimir por completo ciertos pasajes no del todo adecuados, o escritos con estilo demasiado barroco u oscuro»). Además, esperaba que se me presentara un viaje de negocios a los Estados Unidos.

Por alguna extraña razón psicológica, los padres de Annette, que seguían el desarrollo de esos acontecimientos, la instaron a que se casara enseguida mediante cualquier ceremonia, civil o pagana (*grazhdanskiy ili basurmankiy*). Terminada esa pequeña farsa tricolor, Annette y yo pagamos nuestro tributo a la tradición rusa yendo de hotel en hotel durante dos meses, y viajando hasta Venecia y Rávena, donde pensé en Byron y traduje a Musset. De regreso a

París, alquilamos un apartamento de tres estancias en la encantadora rue Guevara (nombre de un viejo dramaturgo andaluz), a dos minutos de marcha desde el Bois. Solíamos almorzar en el cercano Le Petit Diable Boiteux, un restaurante modesto pero excelente, y cenábamos fiambres en nuestra pequeña cocina. Yo había imaginado que Annette sería una cocinera polifacética; mejoró después, en la vigorosa Norteamérica. Sus mejores éxitos los obtuvo siempre en la rue Guevara con los huevos pasados por agua: no sé cómo lo conseguía, pero se las arreglaba para evitar esa fatal rotura que producía una invasión ectoplástica en el agua danzante cuando era yo quien los preparaba.

Le gustaban los largos paseos por el parque, entre las tranquilas hayas y los niños que eran la imagen del futuro; le estusiasmaban los cafés, los desfiles de modelos, los partidos de tenis, las carreras circulares de bicicletas en el *Vélodrome* y sobre todo el cinematógrafo. Pronto advertí que esas diversiones le despertaban ganas de hacer el amor; y en aquellos días de París yo era fuerte, tremendamente amoroso e incapaz de soportar negativas caprichosas. Sin embargo, evité las dosis excesivas de deportes atléticos (una metronómica pelota de tenis yendo y viniendo, o las horribles piernas peludas de jorobados sobre ruedas).

La segunda mitad de la década del treinta que pasamos en París se caracterizó por un maravilloso auge de las artes exiliadas. Y sería presuntuoso y necio por mi parte no admitir que pese a lo que escribieron sobre mí algunos de los críticos más deshonestos, permanecí en la cumbre de ese periodo. En los salones de conferencias, en las trastiendas de los cafés más frecuentados, en las reuniones literarias, me divertía señalar a mi silenciosa y elegante compañera a los diversos necrófagos del infierno, a los peores rastreros, a las benévolas nulidades, a los despóticos jefes de grupo, a los chiflados, a los piadosos pederastas, a las lesbianas de encantadora histeria, a los viejos realistas de mechones grises, a los talentosos, letrados, intuitivos nuevos críticos (Adam Atropovich era su inolvidable jefe).

Advertí con una especie de erudito placer (semejante al de practicar lecturas paralelas) qué atentos, qué deseosos de agradarla se mostraban los tres o cuatro grandes maestros de las letras rusas, siempre vestidos de negro (hombres a quienes admiraba con agradecido fervor no solo porque los altos principios de su arte habían fascinado mis primeros años, sino también porque la prohibición de sus libros por los bolcheviques representaba la interdicción más importante, absoluta e inmortal del régimen estalinista y leninista). No menos *empressés* en torno a ella (quizá con la ansiedad subliminal de ganarse el raro elogio que yo concedía a la pura voz de los impuros) se mostraban algunos jóvenes escritores a quienes su dios había creado con dos caras: despreciablemente corrompida o inane a un lado de su ser, y deslumbrante de genio al otro lado. En una palabra, la aparición de Annette en el *beau monde* de la literatura *émigrée* reproducía de manera harto divertida el capítulo octavo de *Eugenio Oneguin*, con la princesa de N. moviéndose altiva entre la multitud aduladora del salón de baile.

Quizá me habría disgustado el excesivo interés con que mi mujer escuchaba a Basilevski (cuyas obras desconocía por completo y de cuya extravagante reputación apenas tenía idea), si no se me hubiera ocurrido que el tema de la simpatía de Annette reiteraba, por así decirlo, la fase amistosa de mis relaciones iniciales con aquel *faux bonhomme*. Oculto tras una columna más o menos dórica, lo oí preguntar a mi candorosa y dulce Annette si sabía por qué yo detestaba a tal punto a Gorki (por quien él tenía absoluta veneración). ¿Acaso era porque me enfurecía la fama mundial de un proletario? ¿Me habría tomado el trabajo de leer alguno de los libros de ese escritor maravilloso? Annette pareció desconcertada, pero de pronto una encantadora sonrisa infantil le iluminó el rostro y recordó *La madre*, una anticuada película soviética que yo había criticado, dijo, «porque las lágrimas que rodaban por las mejillas eran demasiado grandes y lentas».

–¡Ah! Eso lo explica todo –declaró Basilevski con lóbrega satisfacción.

X

Recibí las traducciones de *El sombrero de copa rojo* y de *Camera Lucida* casi al mismo tiempo, en el otoño de 1937. Resultaron aún más innobles de lo que esperaba. La señorita Haworth, inglesa, había pasado tres años felices en Moscú, donde su padre había sido embajador; el señor Kulich era un anciano neoyorquino nacido en Rusia que firmaba sus cartas con el nombre de Ben. Ambos cometieron errores idénticos, eligiendo la acepción equivocada en sus diccionarios idénticos y, con idéntica audacia, evitándose la molestia de verificar el sentido del traidor homónimo de una palabra que les parecía conocida. Eran ciegos para los matices de color contextuales y sordos para las gradaciones de sonido. Sus clasificaciones de los objetos solían descender de la clase a la familia y, con más frecuencia aún, al género. Confundían el espécimen con la especie; Brinco, Salto y Pirueta llevaban para ellos el monótono uniforme de la sinonimia regimentada y no había página donde no se tiraran una plancha. Lo que me parecía especialmente fascinante (en un sentido terrible, diabólico) era que dieran por sentado que un autor respetable hubiera escrito tal o cual pasaje descriptivo, reducido por su ignorancia y descuido a los gritos y gruñidos de un débil mental. Los hábitos de expresión de Ben Kulich y la señorita Haworth eran tan parecidos que, pienso ahora, quizá estuvieron casados en secreto y se escribieron con regularidad cuando procuraban entender un párrafo difícil; o tal vez resolvieron encontrarse a mitad de camino para celebrar pícnics campestres sobre la hierba, al borde de un cráter en las Azores.

Me llevó varios meses examinar esas atrocidades y dictar mis revisiones a Annette. Su inglés provenía de los cuatro años que había pasado en un internado norteamericano de Constantinopla (1920-1924), la primera etapa de los Blagovo en su expatriación hacia el oeste. Era asombroso comprobar cómo crecía y mejoraba el vocabulario de Annette durante el desempeño de sus nuevas funciones; y me divertía el orgullo con que transcribía correctamente los exabruptos y sarcasmos dirigidos por carta a Allan & Overton de Londres y a James Lodge de Nueva York. A decir verdad, su *doigté* era mejor en inglés (y en francés) que cuando mecanografiaba textos rusos. Desde luego, daba algunos traspiés sin importancia en cualquiera de esas lenguas. Descubrí un desliz trivial, una mera errata («*here*» [aquí] en lugar de «*hero*» [héroe], o quizá «*that*» [que] en lugar de «*hat*» [sombrero]: ni siquiera lo recuerdo, pero creo que había una «h» en alguna parte), que sin embargo dio a la frase un sentido terriblemente chato, aunque no, por desgracia, implausible (la verosimilitud ha sido la perdición de muchos concienzudos correctores de pruebas). Un telegrama podía disipar el error de inmediato. Pero para un escritor enervado por el exceso de trabajo esos equívocos son muy irritantes; declaré mi fastidio con injustificada vehemencia. Annette se puso a buscar formularios de telegrama en el cajón donde no los había y sin levantar la cabeza dijo:

—Ella te habría sido mucho más útil que yo, aunque hago todo lo que puedo (*strashno starayus'*).

Nunca mencionábamos a Iris —era una cláusula tácita en el código de nuestro matrimonio—, pero enseguida comprendí que Annette se refería a *ella* y no a la inepta muchacha inglesa que me había enviado una agencia varias semanas antes y que había devuelto con el papel y el hilo de envolver. Por algún motivo oculto (una vez más, el exceso de trabajo), sentí que me saltaban las lágrimas y antes de poder levantarme y salir del cuarto, me encontré sollozando sin pudor y golpeando con el puño un libro anónimo y voluminoso. Annette, también llorando, se deslizó entre mis brazos y esa misma noche fuimos a ver la última película de René Clair, seguida de una cena en el Grand Velour.

Durante esos meses que pasé corrigiendo y reescribiendo en parte *El sombrero de copa rojo* y el otro libro, empecé a sentir los espasmos de una extraña transformación. No desperté una mañana en Europa Central convertido en un enorme escarabajo con más patas que cualquier otro insecto, pero me atormentó el desgarramiento de ciertos tejidos secretos. Ya había enviado a *Patria* el final de *El audaz*. Annette y yo planeábamos pasar la primavera en Inglaterra (proyecto nunca realizado) y el verano de 1939 en los Estados Unidos (donde ella moriría catorce años después). A mediados de 1939, ya me sentía capaz de sentarme a disfrutar cómodamente no solo de los elogios privados que Andoverton y Lodge me hacían en sus cartas, sino también de las acusaciones públicas de algunos criticastros burlones en los suplementos literarios: censuraban la aristocrática oscuridad en determinados pasajes de mis dos novelas, surgidos del delirio interpretativo de mis traductores al inglés.

Pero era un problema muy diferente «trabajar sin red», como dicen los acróbatas rusos, e intentar escribir una novela directamente en inglés, sin la seguridad de una red rusa tendida entre mis proezas y el círculo iluminado de la arena. Como sucedería también con el resto de mis libros en inglés (incluido este borrador), el título del primero se me ocurrió en el momento de la fecundación, mucho antes del nacimiento y el desarrollo. Sosteniendo ese título contra la luz, percibí todo el contenido de la cápsula semitransparente. El título debía ser, sin posibilidad de alternativa o de cambio, *Véase «Realidad»*. Ni siquiera lograron disuadirme las tribulaciones que semejante título padecería en los catálogos de las bibliotecas públicas.

La idea del libro quizá haya sido un efecto colateral de ese insulto a mi cuidadoso estilo que fueron las traducciones de los dos chapuceros: un novelista inglés, artista brillante e incomparable, acaba de morir. Hamlet Godman, danés de Oxford, caracterizado por su ignorancia, su torpeza y su malevolencia, resuelve pergeñar la biografía del novelista, viendo en esa tarea grotesca un desquite kovalevskiano de los fracasos literarios debidos a su innata mediocridad. El indignado hermano del novelista muerto decide poner en su lugar a Godman y emprende la revisión de la biografía. El deleite y la magia de mi libro empiezan en el primer capítulo, no bien se inician los ataques viperinos de Godman al insinuar en el novelista un «complejo de masturbación» y adjudicarle la castración de soldaditos de plomo. El hermano agrega notas a pie de página, cada una de doce líneas por lo menos; siguen más notas, y después muchas más aún, que ponen en duda, refutan y reducen al absurdo las anécdotas fraguadas y las vulgares invenciones del supuesto biógrafo. La multiplicación de esas notas al pie redunda en un aumento amenazador (que sin duda perturba a los lectores selectos o convalecientes) de los símbolos astronómicos que salpican el texto. Hacia el fin de la época universitaria del biografiado, la altura del aparato crítico ha llegado a un tercio de cada página. Anuncios de una catástrofe nacional –campos inundados, etc.– acompañan el aumento del nivel del agua. Hacia la página 200, el material de las notas ocupa los tres cuartos del texto y la tipografía de los comentarios ha cambiado de tamaño, por lo menos psicológicamente (detesto los jugueteos tipográficos en los libros). En los últimos capítulos, esos comentarios no solo han reemplazado el texto mismo, sino que aparecen con una tipografía de frondosidad delirante. «Presenciamos aquí el admirable fenómeno de una *biographie romancée* fraudulenta reemplazada poco a poco por la verdadera historia de la vida de un gran hombre.» Por añadidura, el libro se cierra con un informe de tres páginas sobre la carrera universitaria del anotador: «En la actualidad enseña Literatura Moderna (incluyendo las obras de su hermano) en Paragon University, Oregón».

He descrito una novela escrita hace casi cuarenta y cinco años y sin duda olvidada por el público. Nunca la releí porque solo he releído (*je relis, perechityvayu*: bromeo con una amante adorable) las pruebas de imprenta de mis ediciones en rústica. Y por razones que, estoy seguro, J. Lodge encuentra muy justificadas, esta obra no ha pasado de la tapa dura a la edición en rústica. Pero en la rosada perspectiva del recuerdo, la veo como algo placentero y la he disociado por completo de los terrores y tormentos que me acechaban mientras escribía aquella sátira sin presunciones.

La verdad es que la composición de esa sátira, a pesar del deleite (quizá nocivo en sí mismo) que las burbujas iridiscentes de mis alambiques me proporcionaron después de una noche de inspiración, esfuerzo y triunfo (¡mirad los arlequines, miradlos todas: Iris, Annette, Bel, Louise y tú, la última, la inmortal!) me llevó casi a la parálisis general que temí desde mi juventud. En el mundo de los deportes creo que no ha existido nunca un campeón mundial de tenis y esquí. Pero he sido el primero en cumplir esa hazaña en dos literaturas tan diferentes como la hierba y la nieve. Como nada tengo de atlético y las páginas deportivas de los diarios me aburren casi tanto como las de cocina, ignoro qué destreza física se necesita para lograr un día una serie de treinta y seis tiros perfectos al nivel del mar de la cancha de tenis, y remontarse al día siguiente en un salto de esquí ciento treinta y seis metros en el aire luminoso de la montaña. Una fuerza colosal, sin duda, y quizá inconcebible. Pero *yo* me las he arreglado para superar las torturas de la metamorfosis literaria.

Pensamos con imágenes, no con palabras; sin embargo, cuando componemos, recordamos o reelaboramos mentalmente, a medianoche, algo que deseamos decir en el sermón del día siguiente, o que hemos dicho a Dolly en un sueño reciente, o que desearíamos haber dicho veinte años antes a un celador impertinente, las imágenes con que pensamos son, desde luego, verbales y hasta audibles, cuando somos viejos y estamos solos. No solemos pensar con palabras, ya que casi todo el vivir es un mimodrama. Pero sin duda imaginamos palabras cuando las necesitamos, así como imaginamos todo lo que puede percibirse en este mundo y hasta en otro mundo aún más improbable. En mi mente el libro se presentó, bajo mi mejilla derecha (duermo sobre el lado opuesto al corazón), como una procesión multicolor con cabeza y cola, avanzando como un dragón hacia el oeste a través de una aldea fascinada. Los niños que hay en ustedes y todos mis antiguos yos en sus umbrales asistían a la promesa de un espectáculo asombroso. Entonces vi el espectáculo con los más vivos detalles, cada escena en su sitio, cada trapecio en las estrellas. Pero no era una mascarada ni un circo, sino un libro encuadernado, una novela breve escrita en un idioma tan alejado de la prosa ilusoria que engendré en el desierto del exilio como lo estaría el tracio o el pahlaví. Sentí una náusea solo al pensar en el esfuerzo de imaginar cien mil palabras adecuadas; encendí la luz y llamé a Annette en el dormitorio contiguo para que me diera una de mis píldoras estrictamente racionadas.

La evolución de mi inglés, como la de los pájaros, tuvo sus alternativas. Desde 1900, cuando tenía un año de edad, hasta 1903, estuve al cuidado de una querida niñera *cockney*. La sucedieron tres institutrices inglesas (1903-1906, 1907-1909 y noviembre de 1909-Navidad de ese mismo año), a quienes veo, por encima del hombro del tiempo, representando mitológicamente a la Prosa Didáctica, la Poesía Dramática y el Idilio Erótico. Mi tía abuela, una mujer encantadora de mentalidad insólitamente liberal, cedió al fin ante las exigencias del decoro hogareño y despidió a Cherry Neaple, mi última pastora. Tras un interludio de pedagogía rusa y francesa, dos tutores ingleses se alternaron con cierta regularidad entre 1912 y 1916, aunque se superpusieron de manera bastante cómica en la primavera de 1914, cuando compitieron por los favores de una joven belleza aldeana que ya había estado en mis brazos. Hacia 1910 dejé de leer los cuentos de hadas ingleses del B.O.P.,* que enseguida reemplacé por todos los volúmenes del Tauchnitz acumulados en las bibliotecas familiares. Durante la adolescencia leí, a pares, *Otelo* y *Oneguin*, Tiútchev y Tennyson, Browning y Blok. Durante mis tres años universitarios de Cambridge (1919-1922) y hasta el 23 de abril

---

* Siglas correspondientes a la popular revista inglesa *Boy's Own Paper. (N. del T.)*

de 1930, mi lengua doméstica continuó siendo el inglés, mientras que el cuerpo de mis obras en ruso empezaba a crecer y pronto habría de sacar de órbita a mis penates.

Hasta aquí las cosas bien. Pero esta frase no es más que un clisé remanido. Y el problema que debía resolver en París a finales de los años treinta era precisamente este: ¿sería yo capaz de desechar fórmulas y lugares comunes idiomáticos, y apartarme de mi glorioso ruso autodesarrollado para aventurarme no ya en el océano de un inglés chato y plomizo, con maniquíes vestidos de marinero, sino un inglés genuinamente mío, en todas sus luces cambiantes y movimientos imprevistos?

No dudo de que el lector común se saltará la descripción de mis problemas literarios; pensando en mí mismo, más que en él, me demoraré en describir una situación que ya era bastante mala antes de mi partida de Europa, y que estuvo a punto de acabar conmigo en la travesía.

Durante años, el ruso y el inglés habían existido en mi mente como dos mundos separados. (Solo ahora se ha establecido entre ambos cierto contacto interespacial. En su astuto ensayo sobre mi *Ardis*, 1970, George Oakwood escribe: «Conocer algo de ruso permitirá saborear los juegos de palabras en la más inglesa de las novelas inglesas del autor. Por ejemplo: *The chimp and the champ came all the way from Omsk to Neochomsk* [El chimpancé y el campeón hicieron todo el viaje desde Omsk hasta Neochomsk].* ¡Qué deliciosa relación entre un lugar real y esa tierra de nadie creada por la moderna filosofía lingüística!». Yo tenía

---

* Malévolo juego de palabras entre la palabra rusa *neochomsk* («acerca de nada» o «bagatela») y el nombre de Noam Chomsky, el norteamericano creador de la lingüística generativa, la «moderna filosofía lingüística» que cita a continuación. *(N. del T.)*

aguda conciencia del abismo sintáctico que separaba las estructuras de ambos idiomas. Temía (de manera irrazonable, como se demostraría con los años) que mi fidelidad a la gramática rusa crearía dificultades a mi noviazgo apóstata. Tomemos el caso de los tiempos verbales, por ejemplo: qué diferente es su minué estricto y calculado en inglés, del juego libre y fluido que entablan el presente y el pretérito en ruso (Ian Bunyan lo ha comparado de manera muy divertida con «una danza de los velos ejecutada por una dama rolliza y graciosa en un círculo de borrachos que la vitorean»). Me perturbaba la increíble cantidad de nombres corrientes que los ingleses y los norteamericanos usan en sentido técnico. ¿Cuál es el término exacto para denominar la pequeña taza en que se ponen los diamantes para tallarlos? (La llamamos *dop*, que es la crisálida de la mariposa, me dijo el viejo joyero de Boston a quien compré el anillo para mi tercera mujer.) ¿No existe una palabra simpática para nombrar al lechoncito? Necesito la palabra exacta para describir cómo se quiebra la voz de un chico en la pubertad, dije a un amable cantante de ópera tendido junto a mí en una tumbona durante mi primer viaje transatlántico. «Creo que se dice *ponticello* –contestó–, puentecito, *un petit pont, mostik...* Oh, ¿no es usted ruso?»

La travesía de mi puente personal terminó, semanas después de tocar tierra, en un encantador apartamento de Nueva York (que nos prestó a Annette y a mí un generoso pariente y desde el cual se veía el flamígero crepúsculo, más allá de Central Park). La neuralgia de mi antebrazo derecho era solo una gris insinuación, comparada con el sólido, negro dolor de cabeza que ninguna píldora lograba perforar. Annette llamó a James Lodge, quien, impulsado por su confundida benevolencia, hizo que me revisara un viejo y minúsculo médico de origen ruso. El pobre tipo me enloqueció aún más: no solo insistió en explicar mis síntomas en una execrable versión del idioma que yo procuraba desechar, sino que además tradujo a él varios términos absurdos, empleados por el Curandero vienés y sus apóstoles (*simbolizirovanie, mortidnik*). Debo confesar, sin embargo, que a la vuelta de los años recuerdo esa consulta médica como una coda muy artística.

Tercera parte

I

Ni *Asesinato bajo el sol* (título que dieron a la versión inglesa de *Camera Lucida* mientras yo estaba hospitalizado en Nueva York) ni *El sombrero de copa rojo* se vendieron bien. Mi ambiciosa, hermosa, extraña novela *Véase «Realidad»* brilló fugazmente al final de la lista de best sellers de un diario del oeste y desapareció para siempre. En tales circunstancias, no pude sino dar la conferencia a que me invitó en 1940 la Universidad de Quirn, entusiasmada por mi reconocimiento europeo. Allí desarrollaría una gran actividad, que se amplió cuando fui nombrado profesor titular hacia 1950 o 1955: no encuentro la fecha en mis notas.

Aunque recibía una remuneración aceptable por mis dos clases semanales sobre «Obras Maestras Europeas» y por mi seminario de los jueves sobre el *Ulises* de Joyce (empecé con 5.000 dólares anuales y llegué a ganar 15.000 en los años cincuenta) y me habían pagado de manera espléndida los cuentos publicados en *El dandi y la mariposa*, la revista más bondadosa del mundo, no me sentí cómodo hasta que mi *Un reino junto al mar* (1962) compensó en parte la pérdida de mi fortuna rusa (1917) y disipó toda preocupación financiera. No suelo conservar recortes de críticas adversas y reproches envidiosos, pero atesoro la siguiente definición: «Este es el único caso en la historia en que un europeo se ha convertido en su tío rico norteamericano (*amerikanskiy dyadyushka*)». La frase es de mi fiel Zoilus, Demian Basilevski, uno de los pocos y enormes saurios del pantano *émigré* que me siguieron en 1939 a la hospitalaria y admirable Norteamérica, donde en menos que canta un gallo fundó un periódico en ruso que aún hoy, después de treinta y cinco años, sigue dirigiendo en su heroica chochez.

El apartamento amueblado que por fin alquilamos en el último piso de una hermosa casa en Buffalo Street me gustaba mucho a causa de un estudio excepcionalmente cómodo, con una gran biblioteca llena de obras sobre Norteamérica, entre ellas una enciclopedia en veinte volúmenes. Annette habría preferido una de las estructuras estilo dacha que nos mostró el administrador, pero cedió ante mis argumentos: lo que en verano parecía abrigado y curioso, sería gélido y sórdido el resto del año.

La salud emocional de Annette me preocupaba: su cuello grácil parecía aún más largo y delgado. Una expresión de suave melancolía daba una nueva, ingrata belleza a su rostro botticelliano: el hueco bajo los pómulos se acentuaba con el hábito de hundir las mejillas cuando estaba pensativa o vacilante. Todos sus fríos pétalos permanecían cerrados en las raras ocasiones en que hacíamos el amor. Su distracción se volvió peligrosa: los gatos noctámbulos sabían que la misma deidad excéntrica que no había cerrado la ventana de la cocina dejaría abierta la puerta de la nevera; el cuarto de baño solía inundarse mientras ella hablaba por teléfono, frunciendo la límpida frente (¡qué poco le importaban *mis* dolores, *mi* creciente locura!), para averiguar cómo seguía la jaqueca o la menopausia de la ocupante del primer piso. Esa distracción de Annette con respecto a mí fue la culpable de que olvidara tomar una precaución: en el otoño, después de mudarnos a la maldita casa de la señora Langley, me dijo que el médico a quien había consultado era idéntico a Oksman y que estaba embarazada de dos meses.

Un ángel espera ahora bajo mis inquietos talones. Mi pobre Annette se desesperaba al tratar de cumplir con sus americanas tareas domésticas. La propietaria de nuestro apartamento, que vivía en el primer piso, resolvió sus problemas en un abrir y cerrar de ojos. Nos ofreció compartir los servicios de dos muchachas que cocinaban y carbonizaban para ella, con traseros de fascinante movimiento, naturales de las Bermudas y vestidas con su traje nacional (pantalones cortos de franela y camisas abiertas), idénticas como gemelas y alumnas de la concurrida carrera de «hotel» en mi universidad.

—Es un verdadero ángel —me confió Annette en su conmovedor seudoinglés.

Reconocí en la mujer a la profesora ayudante de ruso que me habían presentado en la universidad, cuando el jefe de esa lamentable sección, el viejo, sumiso, miope Noteboke, me invitó a asistir a una clase con alumnos avanzados (*My govorim po-russki. Vy govorite? Pogovorimte togda*: tonterías por el estilo). Por suerte yo no tenía relación con la gramática rusa en la universidad, aunque mi mujer encontró refugio contra el insoportable aburrimiento cuando la señora Langley la puso a cargo de los alumnos principiantes.

Ninel Ilinishna Langley, persona fuera de lugar en más de un sentido, acababa de dejar a su marido, el «gran» Langley, autor de la *Historia marxista de Norteamérica* (agotada), la biblia de toda una generación de imbéciles. No sé por qué se separaron (al cabo de un año de sexo norteamericano, según dijo la mujer a Annette, que me transmitió la información en tono de irritante condolencia). Pero tuve ocasión de conocer y odiar al profesor Langley durante una cena que se le ofreció la víspera de su partida a Oxford. Lo odié porque se atrevió a desaprobar mi manera de enseñar el *Ulises* de Joyce: un comentario del texto sin alegorías orgánicas, mitos cuasigriegos ni esa clase de idioteces. Por otro lado, el «marxismo» de Langley era bastante cómico y moderado (demasiado moderado, quizá, para los gustos de su mujer), en comparación con la actitud de admiración ignorante que los intelectuales norteamericanos tenían ante la Rusia soviética. Recuerdo el súbito silencio, el intercambio furtivo de gestos asombrados durante una fiesta que me ofreció el miembro más importante de la sección de Literatura Inglesa, cuando describí el gobierno bolchevique como filisteo en estado de reposo y bestial en la acción, rival internacional de la mantis religiosa por su rapacidad, aficionado a sanear la mediocridad de su literatura mediante el recurso de perdonar a algunos pocos talentos del periodo previo solo para ahogarlos después en su propia sangre. El profesor Langley, un moralista de izquierda y esforzado muralista (ese año experimentaba con pintura para automóviles), se iba de la casa. Pero al día siguiente me escribió una carta de disculpas magnífica y muy larga, diciéndome que no podía enojarse con el autor de *Esmeralda y su Parandro* (1941), libro que a pesar de «su estilo sobrecargado y sus metáforas barrocas» era una obra maestra donde se «tocaban cuerdas de íntima emoción que él jamás haría vibrar en sí mismo». Los críticos de mis libros seguían esa línea: me reprochaban formalmente que subestimara la «grandeza» de Lenin, pero me hacían cumplidos que, a la larga, eran conmovedores, incluso para mí, autor desdeñoso y austero, ignorado en París. Hasta el rector de la universidad, que de puro timorato simpatizaba con los izquierdistas de moda, en el fondo estaba de mi parte: cuando fue a visitarnos (incitando a Ninel a subir a nuestro piso y aguzar el oído tras nuestra puerta), me dijo que estaba orgulloso, etc., y que había encontrado «muy interesante mi último (?) libro, aunque lamentaba que yo no desperdiciara oportunidad para criticar en mis clases a "nuestra gran aliada"». Le contesté, riendo, que esa crítica era una caricia de niño comparada con la conferencia pública sobre «El tractor en la literatura soviética» que pensaba dar a final de curso. También él rió, y preguntó a Annette cómo era vivir con un genio (ella se limitó a encoger sus hermosos hombros). Todo eso fue *très americain* y derritió una aurícula de mi congelado corazón.

Pero volvamos a la buena de Ninel.

La habían bautizado con el nombre de Nonna en 1902; veinte años después le habían dado el nuevo nombre de Ninel (o Ninella) a petición de su padre, un Héroe del Trabajo y un servil adulador. Ella firmaba con ese nombre, pero sus amigos la llamaban Ninette o Nelly, así como el nombre de pila de mi mujer era Anna (como se complacía en señalar Nonna) pero se había convertido en Annette o en Netty.

Ninella Langley era un personaje corpulento, de cara roja y sonrosada (ambos matices azarosamente distribuidos), pelo corto teñido de un color ocre como el de las suegras, ojos castaños aún más demenciales que los míos, labios muy delgados, gorda nariz rusa y tres o cuatro pelos en el mentón. Antes de que el lector joven se encamine hacia Lesbos deseo aclarar que, en la medida en que había podido averiguarlo (y soy un espía muy diestro), no había nada sexual en el afecto ridículo e ilimitado que sentía por mi mujer. Yo no había comprado todavía el automóvil blanco que Annette nunca llegó a ver, de manera que era Ninella quien la llevaba de compras en un armatoste desvencijado, mientras su ingenioso inquilino, ahorrándose los ejemplares de sus libros, autografiaba a las agradecidas gemelas novelas de misterio y panfletos ilegibles tomados de la colección Langley, en el altillo, cuya ventana daba, afortunadamente, hacia la calle que iba y venía del centro comercial. Era Ninella quien mantenía a su adorada «Netty» bien abastecida de lana de tejer blanca. Era Ninella quien dos veces por día la invitaba a tomar una taza de café o de té en su apartamento: la mujer evitaba escrupulosamente nuestro piso, al menos cuando estábamos en él, so pretexto de que aún apestaba al tabaco de su marido. Le expliqué que era el de mi pipa; más tarde, ese mismo día, Annette me dijo que no debería fumar tanto, sobre todo en el interior; además me transmitió otra absurda queja de su amiga, molesta porque yo me pasaba largas horas de la noche yendo y viniendo exactamente sobre su cabeza. Sí. Y una tercera reclamación: ¿por qué no ponía los volúmenes de la enciclopedia en orden alfabético, como siempre hacía su cuidadoso marido, ya que (decía él) «un libro mal ubicado es un libro perdido»? Todo un aforismo.

A nuestra querida señora Langley no le gustaba mucho su trabajo. Era dueña de una cabaña junto al lago («Rosas Silvestres»), a cincuenta kilómetros al norte de Quirn, no muy lejos del Honeywell College, donde daba cursos de verano y donde pensaba concentrar todas sus actividades si continuaba la «atmósfera reaccionaria» en Quirn. En realidad, su único motivo de rencor era la decrépita madame de Korchakov, que la había acusado en público de hablar ruso con *sdobnyy* («un deje de») acento soviético y con vocabulario provinciano, cosas que no podían negarse aunque Annette sostenía que yo era un burgués desalmado al decir eso.

II

En mi conciencia los primeros cuatro años de vida de Isabel están a tal punto separados por un vacío de siete años de la adolescencia de Bel, que tengo la sensación de ser el padre de dos hijas distintas: una niña alegre y de mejillas sonrosadas, y su hermana mayor, pálida y taciturna.

Me había provisto de cantidad de tapones para los oídos. Resultaron innecesarios, ya que del cuarto de niños no llegaba el menor llanto que perturbara mi trabajo: *La doctora Olga Repnin*, historia de una profesora de ruso en Norteamérica que, después de aparecer por entregas (cosa que me obligó a infinitas correcciones de pruebas), publicó Lodge en 1946, el mismo año en que Annette me abandonó, fue aclamada como «una mezcla de humor y humanismo» por críticos propensos a la aliteración que todavía desconocían las obras que quince años después escribiría para su horrorizado deleite.

Me divertía mirar a Annette cuando en el jardín nos sacaba fotos en color a Isabel y a mí. Me gustaba mucho pasear a la fascinada Isabel por los bosques de alerces y hayas junto al río Quirn Cascade, donde cada rayo de luz, cada mancha de sombra parecía contar con la entusiasta aprobación de la niña. Hasta consentí en pasar buena parte del verano de 1945 en Rosas Silvestres. Allí, al volver un día con la señora Langley de comprar un periódico o una botella de vino, algo que dijo, una entonación o un gesto, suscitó en mí el fugaz estremecimiento, la atroz sospecha de que esa desdichada mujer no se había enamorado de mi mujer sino de mí.

La tortuosa ternura que siempre había sentido yo por Annette se hizo más intensa a causa de los sentimientos que ambos compartíamos hacia nuestra hija. Yo «temblaba» por ella, como Ninella decía en su ruso torpe, quejándose de que eso quizá fuera nocivo para la niña, aun «restando importancia a mi exageración». Ese era el lado humano de nuestro matrimonio. El aspecto sexual había desaparecido por completo.

Largo tiempo después de que Annette volviera de la sala de maternidad, ecos de sus dolores en los corredores más oscuros de mi mente y una aterradora ventana en cada esquina –el espectro de un orificio herido– me persiguieron y adormecieron todo mi vigor. Cuando me sentí curado y se reanimó mi deseo por sus pálidos encantos, la violencia y el volumen de mis exigencias pusieron fin a los esfuerzos, enconados pero esencialmente ineficaces, que Annette hacía por restablecer una especie de armonía amorosa entre nosotros, aunque sin apartarse en lo más mínimo de la norma puritana. Ahora tenía el descaro (un lamentable descaro de chiquilla) de insistir para que consultara a un psiquiatra recomendado por la señora Langley, quien me ayudaría a «serenar» mis pensamientos en momentos de excesiva voracidad. Le dije que ella era una santurrona y su amiga un monstruo, y tuvimos la peor pelea conyugal en años.

Las gemelas de muslos lechosos ya habían regresado con sus bicicletas a su isla natal. Muchachas más feas las reemplazaron en las tareas domésticas. Hacia finales de 1945, había interrumpido mis visitas al frío dormitorio de mi mujer.

A mediados de mayo de 1946 viajé a Nueva York –cinco horas de tren– para almorzar con un editor que me ofrecía mejores condiciones que el bueno de Lodge por la publicación de una serie de cuentos, *Exilio de Mayda*. Después de la agradable comida, fui caminando entre el soleado embotargamiento de aquel día trivial hacia la Biblioteca Pública. Por un simple milagro de sincronización ella, Dolly von Borg, que ya tenía veinticuatro años, bajaba ágilmente las escaleras de la biblioteca en el instante en que yo, un gordo y famoso escritor en su imponente cuarentena, las subía con esfuerzo. Salvo por los reflejos grises en la abundante melena que había adoptado para mis conferencias en París, diez años antes, no creo que estuviera tan cambiado como para que ella dijera (como en efecto empezó a decir) que nunca me habría reconocido si no hubiera admirado tanto mi retrato meditabundo en la cubierta de *Véase «Realidad»*. Por mi parte, la reconocí porque nunca había perdido de vista su imagen, corrigiéndola de cuando en cuando: el último retoque lo había hecho en 1939, cuando su abuela, en respuesta al saludo de Navidad enviado por mi mujer, nos mandó desde Londres una fotografía tamaño postal de una adolescente con pestañas postizas y abanico de plumas, en una representación estudiantil de una tremenda cursilería. En los dos minutos que permanecimos en aquellas escaleras –ella apretando un libro con ambas manos contra el pecho; yo en un nivel inferior, con el pie derecho sobre el escalón siguiente, golpeándome la rodilla con un guante en un gesto típico de tenor–, en esos dos minutos intercambiamos muchas informaciones triviales.

Dolly estudiaba Historia del Teatro en la Universidad de Columbia. Sus padres y abuelos estaban en Londres. Yo tenía una hija, ¿verdad? Mis zapatos eran muy elegantes. Los estudiantes decían que mis clases eran estupendas. ¿Me sentía feliz?

Sacudí la cabeza. ¿Cuándo y dónde podía verla?

Ella siempre había estado loca por mí, desde la época en que la sentaba en mis rodillas y la fascinaba con mi representación del cariñoso tío Gasper, confundiendo una palabra sí y otra también. Ahora todo aquello había vuelto y ella no estaba dispuesta a perder su oportunidad.

Su vocabulario era notable. La definía a las claras. Todo es según el color del cristal con que se mira: yo veía espejismos de acogedores hotelitos esperándonos. ¿Tenía ella automóvil?

¡Vaya, qué rápido iba! (Risas.) Quizá le prestaría su viejo sedán, aunque no estaría mucho por la labor (señalando a un joven indefinible que la esperaba en la acera). Acababa de comprarse un Hummer fabuloso para salir con ella.

Por favor, ¿podía decirme *cuándo* podíamos encontrarnos?

Había leído todas mis novelas, por lo menos las traducidas al inglés. ¡Tenía el ruso oxidado!

¡Al diablo con mis novelas! ¿Cuándo?

Debía dejarla pensar. Tal vez me hiciera una visita al acabar el semestre. Terry Todd (que ya medía las escaleras con la mirada, disponiéndose a ascender) había sido estudiante mío brevemente; le puse un aprobado raspado en su primer examen y dejó Quirn.

Le contesté que relegaba a un olvido eterno a los cateados. Eso de «al acabar el semestre» también podía equivaler a una eternidad. Exigí más precisión.

Ella me avisaría. Me llamaría la semana siguiente. No, yo no la dejaría ir sin que me diera su número de teléfono. Me dijo que mirara al payaso (ya subía las escaleras). Paraíso era una palabra persa. Nuestro nuevo encuentro había sido sencillamente persa. Ella se aparecería alguna vez por mi despacho, para charlar sobre los viejos tiempos. Sabía qué ocupado...

–¡Oh, Terry, este es *el* escritor, el hombre que escribió *Esmeralda y su Meandro*!

No recuerdo para qué había ido yo a la biblioteca. En todo caso, no en busca de ese libro desconocido. Vagué sin rumbo por varias salas, acabé en la abyección del *water closet*. Pero solo castrándome habría podido sacarme de la cabeza la nueva imagen de Dolly, iluminada por su resplandor portátil (pálido cabello lacio, pecas, infantiles labios abultados, largos ojos de endemoniada), aunque sabía que ella era solo lo que solía llamarse una «perdularia», quizá *porque* lo era.

Di mi penúltima clase sobre «Obras Maestras» en el semestre de primavera. Di la última. Mi ayudante distribuyó los cuadernos azules para el examen final de ese curso (que yo había abreviado por razones de salud) y los recogí mientras tres o cuatro ilusos ya desesperados seguían escribiendo como posesos en diferentes lugares del aula. Continué con mi último seminario del año sobre Joyce. La pequeña baronesa Borg había olvidado el final del sueño. En los últimos días del semestre de primavera, una *baby-sitter* particularmente estúpida me dijo que una muchacha cuyo nombre no había entendido bien –Tallbird o Dalberg– había llamado para decir que iría a verme a la universidad. Recordé que cierta Lily Talbot, una alumna de mi asignatura Obras Maestras, había faltado al examen. Al día siguiente fui a mi despacho para someterme al tormento de corregir el montón de papeles sobre mi escritorio. «Cuadernos de Examen de la Universidad de Quirn.» Todo el que emprende una tarea universitaria se dispone a algo espantoso. «Escriba su examen en las páginas consecutivas, pares e impares.» ¿Qué significa «consecutivas», profesor? ¿Quiere usted que describamos *todos* los pájaros del relato o solo uno? Por lo común, una décima parte de los trescientos cerebros preferían la ortografía «Stern» a «Sterne» y «Austin» a «Austen».

Sonó el teléfono en mi amplio escritorio («como una cama para dos», solía decir mi procaz vecino, el profesor King) y esa Lily Talbot empezó a explicarme por qué había faltado al examen, locuaz, poco convincente y con voz deliciosa, aterciopelada, confidencial. Yo no recordaba su cara ni su silueta, pero la suave melodía que tintineaba en mi oído insinuaba tales encantos, tal mansa actitud de entrega que me reproché no haberme fijado en ella en la clase. Cuando estaba a punto de decirme lo más importante, me distrajo un enérgico golpe infantil en la puerta. Dolly entró sonriendo. Sonriendo me indicó con un movimiento del mentón que debía colgar. Sonriendo apartó los cuadernos sobre el escritorio y se sentó, con las piernas desnudas ante mi cara. Lo que prometía los ardores más refinados acabó en la escena más vulgar que recuerdo. Me apresuré a saciar una sed cuyo ardor había empezado a abrir un agujero en la turbia metáfora de mi vida desde la época, trece años antes, en que acariciaba a una Dolly muy diferente. La convulsión final sacudió la lámpara del escritorio, y del aula situada al otro lado del pasillo llegó una salva de aplausos: el final de la clase con que el profesor King terminaba el semestre.

Cuando volví a casa, vi a mi mujer sentada a solas en el porche, meciéndose suavemente y medio de lado en su hamaca preferida. Leía un ejemplar de *Krasnaya Niva* («Maíz rojo»), una revista bolchevique. Su proveedora de literatura estaba en la universidad, haciendo un examen final a los peores traductores del futuro. Isabel había jugado en el jardín y ahora dormía la siesta en su cuarto situado sobre el porche.

En los días en que las *bermudki* (como las llamaba indecentemente Ninella) satisfacían mis humildes necesidades, no tenía sentimientos de culpa después del acto y miraba a mi esposa con mi sonrisa habitual, afectuosa e irónica. Pero en *esa* ocasión sentí mi carne cubierta de fango urticante y el corazón me dio un vuelco cuando Annette, levantando los ojos y manteniendo un dedo en la línea de su lectura, dijo:

—¿Esa chica se puso en contacto contigo en el despacho?

Le contesté «afirmativamente», como un personaje de novela.

—Parece que sus padres te escribieron —agregué— para anunciarte que vendría a estudiar a Nueva York. Pero nunca me mostraste la carta. *Tant mieux*, la chica es insoportable.

Annette me miró perpleja.

—Te estoy hablando, o intentando hablarte, de una estudiante llamada Lily Talbot que telefoneó hace una hora para explicar por qué no se presentó al examen. ¿A qué chica te refieres tú?

Procedimos a individualizar a nuestras muchachas. Después de cierta vacilación moral («Les debemos mucho a sus padres»), Annette admitió que en verdad no teníamos por qué mantener a chicas extraviadas. Parecía recordar la carta porque contenía una alusión a su madre viuda (ahora trasladada al cómodo hogar para ancianos en que yo había convertido poco antes mi villa de Carnavaux, a pesar de las objeciones bien intencionadas de mi abogado). Sí, sí, había perdido la carta... y algún día aparecería dentro de un libro nunca devuelto a la inalcanzable biblioteca pública de donde provenía. Una extraña calma empezó a fluir por mis venas. Los pormenores de sus distracciones siempre me hacían reír de buena gana. Reí de buena gana. Besé la piel infinitamente suave de su frente.

—¿Cómo está ahora Dolly Borg? —preguntó Annette—. Era una mocosa descarada. Repulsiva, a decir verdad.

—Lo es todavía —respondí casi gritando, y entonces oímos que Isabel anunciaba «*Ya prosnulas*» («Estoy despierta») por el bostezo de la ventana.

¡Con qué levedad se deslizaban las nubes primaverales! ¡Con qué destreza el zorzal de pecho rojo extraía del suelo del jardín su lombriz intacta! ¡Ah, al fin volvía Ninella, que bajaba de su coche sosteniendo bajo su brazo robusto cadáveres de *cahiers* atados con una cuerda! «¡Vaya, después de todo hay algo simpático y acogedor en la vieja Nine!», me dije en mi innoble euforia. Pero solo unas pocas horas después se extinguió la luz del Infierno y me debatí, retorciendo mis cuatro miembros, sí, en la agonía del insomnio, procurando encontrar un compromiso entre almohada y espalda, sábana y hombro, pijama y pierna, que me ayudara, me ayudara, oh, sí, que me ayudara a llegar hasta el Edén de un amanecer lluvioso.

III

El creciente desorden de mis nervios era tal que ni siquiera podía concebir el esfuerzo de obtener el carnet de conducir: no tenía, pues, más remedio que confiar en Dolly para que, sentada tras el volante del viejo y sucio sedán de Todd, buscara la oscuridad convencional de caminos campestres, difíciles de encontrar y decepcionantes una vez encontrados. Tuvimos tres encuentros en esas condiciones, cerca de New Swivington, en la complicada vecindad nada menos que de Casanovia, y a pesar de mi estado de confusión, no pude sino darme cuenta de que a Dolly la complacían los ansiosos vagabundeos, los giros equivocados, los torrentes de lluvia que acompañaban nuestro sórdido affaire. Una noche de junio especialmente fangosa, en parajes desconocidos, me dijo:

—Piensa cuánto más simples serían las cosas si alguien contara a tu mujer nuestra situación. ¡Piénsalo!

Al advertir que había ido demasiado lejos al exponer esa idea, cambió de táctica y me llamó a mi despacho para decirme, con grandes muestras de entusiasmo, que Bridget Dolan, una estudiante de medicina prima de Todd, nos ofrecía por una escasa remuneración su apartamento en Nueva York, las tardes de los lunes y los jueves, cuando trabajaba como enfermera en el Hospital San Nosecuantos. La inercia, más que Eros, me convenció; con el pretexto de terminar la investigación literaria que debía hacer en la biblioteca pública viajaría de una pesadilla a otra en un pullman atestado.

Dolly me esperaba ante la puerta de la casa, pavoneándose con aire triunfal y blandiendo una llave donde centelleó un reflejo de sol en ese bochorno de invernáculo. El viaje me había dejado tan débil que me costó bajar del taxi. Dolly me acompañó hasta la puerta, charlando como una niña alegre. Por suerte el misterioso apartamento estaba en la planta baja: no habría soportado la clausura y los espasmos del ascensor. Una ceñuda portera (que en mnemotecnia invertida me recordó las brujas cancerberas de los hoteles en la Siberia soviética donde me alojaría un par de décadas después) insistió para que escribiera mi nombre y dirección en un libro de registro. («Esa es la norma», exclamó Dolly, que ya había adquirido modismos de la pronunciación local.) Tuve suficiente presencia de ánimo para escribir la dirección más absurda que se me ocurrió: Dumbert Dumbert, Dumberton. Dolly, canturreando, colgó sin prisa mi impermeable entre los que ya había en un pasillo comunal. Si hubiera sentido alguna vez las punzadas del delirio neurálgico, no habría tanteado con esa llave, cuando sabía muy bien que la puerta de lo que debía ser un apartamento exquisitamente privado ni siquiera estaba cerrada. Entramos en una sala de estar inverosímil, manifiestamente ultramoderna, con muebles de madera pintada y una cunita blanca que en vez de un niño mohíno albergaba una rata bípeda de felpa. Las puertas estaban en mi contra, siempre en mi contra. A la izquierda había una entreabierta, a través de la cual provenían voces de un cuarto o refugio contiguo.

−¡Allí hay una fiesta! −protesté.

Dolly empujó la puerta con suavidad y destreza.

−Es un grupo muy simpático −dijo−. Además, en estos cuartos hace demasiado calor para tenerlo todo cerrado. La segunda a la derecha. Ya estamos.

Ya estábamos. La enfermera Dolan, en pos del ambiente deseado y por empatía profesional había arreglado su dormitorio estilo hospital: una cama blanca como la nieve con un sistema de palancas que habría dejado impotente hasta a Big Peter (en *El sombrero de copa rojo*); cómodas blanqueadas, armarios de cristal, una gráfica de cuadro clínico al pie de la cama, como las que divierten a los humoristas, y una lista de normas en la puerta del cuarto de baño.

—Ahora quítate esa chaqueta —exclamó Dolly con alegría— mientras te desato los cordones de esos zapatos fabulosos (se puso ágilmente una y otra vez en cuclillas frente a mis pies en retirada).

—Estás mal de la cabeza, querida, si piensas que puedo hacer el amor en este sitio espantoso.

—¿Qué pretendes, entonces? —me preguntó irritada, apartándose un mechón de la cara enrojecida e incorporándose—. ¿Dónde podrías encontrar algo tan elegante, tan higiénico, tan...?

Un visitante la interrumpió: un perro viejo, de pelo castaño y bigotes grises, que llevaba horizontalmente un hueso de goma en la boca. Entró desde el cuarto vecino, depositó sobre el linóleo el obsceno objeto rojo y me miró, miró a Dolly, me miró de nuevo a mí, con melancólica esperanza en sus ojos levantados. Una linda muchacha vestida de negro y con los brazos al aire apareció tras él, levantó el animal, dio un puntapié al juguete y dijo:

—¡Hola, Dolly! ¡Si tú y tu amigo queréis unos tragos después, podéis uniros a nosotros! Bridget telefoneó para decir que volverá temprano. Es el cumpleaños de J. B.

—Está bien, Carmen —contestó Dolly y, volviéndose hacia mí, continuó en ruso—: Creo que necesitas un trago ahora mismo. ¡Oh, vamos! Y por Dios, deja aquí esa chaqueta y ese chaleco. Estás empapado de sudor.

Me obligó a salir del cuarto. Avancé rezongando; ella dio una palmada a la cama impoluta y siguió al hombre de nieve, el hombre de sebo, el hombre moribundo a punto de desplomarse.

La fiesta ya había invadido la sala desde el cuarto vecino. Me encogí y traté de ocultar la cara cuando reconocí a Terry Todd, que levantó el vaso en gesto de delicada felicitación. Nunca llegaré a saber qué hizo la puerca de Dolly para asegurarse la complicidad de un amante despechado; pero no debí ponerla en mi *Krasnyy Tsilindr*. Así es como criamos monstruos vivientes... empezando con una pequeña bailarina en un libro. Otra persona a quien ya había visto —un joven actor de agradables rasgos irlandeses que nos pasó varias veces con su coche en algún camino campestre— me puso en la mano un vaso de lo que llamó un Honolulu Cooler, pero en la alborada de mis ataques estoy más allá del alcohol, de modo que solo sentí el gusto de la piña en la mezcla. En un círculo de aduladores, un viejo grandote como un buey, con camisa de manga corta y monograma «J. B.», posaba con un brazo en el talle de Dolly para una foto atrevida que le tomaba su mujer. Carmen se llevó mi vaso pegajoso en una pulcra bandeja con una cajita de píldoras y un termómetro en un ángulo. Como no encontré dónde sentarme, me apoyé contra la pared; mi cabeza hizo oscilar una barata pintura abstracta con marco de material plástico. Terry Todd detuvo el movimiento del cuadro; se había deslizado junto a mí y, bajando la voz, me dijo:

—Todo está arreglado, Prof, para satisfacción de todos. Me he puesto en contacto con la señora Langley. Ella y su esposa van a escribirle. Creo que ya han volado de su casa. Su hija cree que usted se ha ido al cielo... Vamos, vamos, ¿qué le pasa?

No soy bueno en la pelea. No hice más que herirme una mano contra una lámpara de pie y perder ambos zapatos en la refriega. Terry Todd desapareció para siempre. El teléfono sonaba en un cuarto y en el otro. Dolly, retransformada por su furia explosiva —y de nuevo idéntica a aquella niña que me insultó con una palabra francesa de tres letras cuando le dije que era más sensato no seguir aprovechándose de la hospitalidad de su abuelo–, prácticamente partió mi corbata en dos, aullando que podía mandarme a la cárcel por violación, aunque prefería verme arrastrándome de vuelta a los pies de mi consorte y mi harén de *baby-sitters* (por lo visto su nuevo vocabulario no había perdido su riqueza teatral, ni siquiera cuando chillaba).

Me sentí atrapado como una bola plateada en el centro de un laberinto de juguete. Una multitud amenazadora, contenida por J. B., el jefe de sección, me separaba de la salida. Me batí en retirada hacia la salita privada de Bridget y con una sensación de alivio (también «de alborada», por desgracia) vi que más allá de una puerta vidriera entreabierta y hasta entonces inadvertida por mí se extendía prodigiosamente un jardín interior —o por lo menos su parte delantera–, con pacientes circulando en bata por una geometría de canteros y muros o apaciblemente sentados en bancos. Salí a tropezones; cuando a través de los calcetines blancos sentí en los pies la frescura del césped, me di cuenta de que esa mujerzuela vagabunda me había desatado los lazos de mis calzoncillos largos. De algún modo, en alguna parte, había desparramado y perdido el resto de mi indumentaria. Mientras permanecía allí, con la cabeza colmada por la negrura de un dolor increíble, percibí cierta agitación más allá del jardín. Lejos, muy lejos, la enfermera Dolan o Nolan (a semejante distancia ya no importaban esas sutilezas) corrió en mi ayuda desde un ala del hospital. La seguían dos individuos con una camilla. Un paciente servicial recogió la manta que dejaron caer.

—¡No ha debido hacer eso! —exclamó la enfermera, jadeante—. No se mueva, lo ayudarán a levantarse —me había caído sobre el césped—. Si hubiera escapado después de la operación, habría muerto aquí mismo. ¡Y en un día tan lindo como este!

Así fui transportado por dos vigorosos camilleros que apestaban (el primero, con solidez; el segundo, en ráfagas rítmicas). No fuimos hacia el lecho de Bridget, sino hacia una verdadera cama de hospital en una sala para tres, entre dos ancianos que agonizaban de cerebritis.

IV

Rosas Silvestres,
13-4-1946

El paso que he dado, Vadim, no está sujeto a discusión (*ne podlezhit obsuzhdeniyu*). Debes aceptar mi partida como un *fait accompli*.[1] Si te hubiera querido de veras no te habría abandonado; pero nunca te quise de veras y tu aventura —que sin duda no es la primera desde que llegamos a este siniestro (*zloveshchuyu*) país «libre»—[2] quizá sea para mí tan solo un pretexto para abandonarte.

Nunca hemos sido felices durante nuestros doce[3] años

---

1. *En français dans le texte.*
2. Las primeras cuatro o cinco líneas son auténticas, sin duda. Pero varios detalles que siguen me han convencido de que no fue Netty sino Nelly quien lo planeó todo. Solo una mujer soviética podía hablar así de Norteamérica.
3. Primero escribieron «catorce» y después borraron hábilmente la cifra y la reemplazaron por la correcta, «doce». Lo comprobé en la copia hecha con papel carbón («por si acaso»), que encontré sujeta en el

de matrimonio. Desde el principio me consideraste como un animalito de circo[1] bonito y obediente, pero muy torpe, al que procurabas enseñar artimañas inmorales y repugnantes, *condenados como tales* por las últimas luminarias científicas de nuestra patria, según me ha dicho la fiel compañera sin la cual yo no hubiese sobrevivido en la sórdida «Kvirn».[2] Por otro lado, me sentía a tal punto confundida por tu *trenne* (*sic*)[3] *de vie*, tus costumbres, tus amigos *moishe*,[4] tus novelas decadentes y, por qué no admitirlo, tu aversión patológica contra el Arte y el Progreso en la Tierra Soviética (incluyendo la restauración de encantadoras iglesias antiguas),[5] que me habría divorciado de ti si me hubiese atrevido a disgustar[6] a papá y a mamá, tan ansiosos, los pobres, en medio de su candor y su dignidad, de que su hija recibiera el tratamiento –¿por parte de quiénes, santo Dios?– de «Su Serenidad» (*Siyatel'stvo*).

---

secante de mi estudio. Nelly habría sido incapaz de escribir a máquina con tal destreza, sobre todo con la máquina de Nueva Ortografía empleada por su amiga.

1. El término en el texto es *durovskiy zveryok*, que significa un animalito adiestrado por el famoso payaso ruso Durov, referencia menos familiar para mi mujer que para una persona de la generación anterior, a la que pertenecía su amiga.

2. Traducción desdeñosa de «Quirn».

3. Error sintomático por *train*. El francés de Annette era excelente. El francés de Ninette era ridículo, así como su inglés.

4. Mi mujer, que provenía de un medio ruso oscurantista, no era un ejemplo de tolerancia racial. Pero nunca habría usado la vulgar fraseología antisemítica típica del carácter y la educación de su amiga.

5. La interpolación de esas «encantadoras iglesias antiguas» es un lugar común en el repertorio del patriotismo ruso.

6. En realidad, a mi esposa le encantaba disgustar a sus padres cuando se le presentaba la ocasión.

Ahora debo hacerte una seria petición que es una prohibición terminante. Nunca, nunca —al menos, mientras yo tenga vida— trates de comunicarte con la niña. No sé —Nelly está mejor versada que yo en estas cosas— cuál es la situación legal. Pero sé que en algunos sentidos eres un caballero y es al caballero a quien me dirijo e imploro: ¡Por favor, por favor, aléjate de nosotras! Si caigo víctima de alguna espantosa enfermedad norteamericana, recuerda que deseo que Isabel sea educada como cristiana rusa.[1]

Lamento saber que estás en un hospital. Este es tu segundo, y espero que último, ataque de neurastenia[2] desde que cometimos el error de abandonar Europa, en vez de esperar tranquilamente que el Ejército Soviético la liberara de los fascistas. Adiós.

P. D. Nelly quiere agregar unas pocas líneas.

Gracias, Netty. Seré breve, en efecto. La información que nos hicieron llegar el novio de su amiguita y la madre del muchacho,[3] una santa mujer, llena de compasión y buen

1. Lo hubiera hecho de buen grado si hubiera sabido *quién* lo deseaba. Para contrariar a sus padres —extraña pero constante actitud en ella— Annette nunca iba a la iglesia, ni siquiera por Pascua. En cuanto a la señora Langley, el decoro religioso era su lema. La mujer se hacía la señal de la cruz cada vez que el Júpiter norteamericano hendía los negros nubarrones.
2. ¡Ojalá hubiera sido neurastenia!
3. Esta madre es un personaje totalmente nuevo. ¿Mito? ¿Juego teatral? Consulté a Bridget, me dijo que esa persona no existía (la verdadera señora de Todd había muerto mucho antes) y me aconsejó que «olvidara el asunto» con la irritante brusquedad de quien da por concluido un tema por considerarlo el delirio de alguien. Admito que mis recuerdos de la escena ocurrida en su apartamento están influidos por la condición mental en que yo me encontraba, pero la «santa mujer» es todavía un enigma.

sentido, no fue, por suerte, una sorpresa tremenda. Una compañera de cuarto de Berenice Mudie (la que robó el botellón de cristal tallado que me regaló Netty) ya había hecho correr ciertos rumores extraños hace un par de años; traté de proteger a su indefensa esposa impidiendo que llegaran hasta ella los chismes, o al menos llamándole la atención acerca de ellos de manera indirecta y medio en broma, mucho después de que esas prostitutas se fueron. Pero hablemos a calzón quitado.[1]

No creo que haya problema para separar sus posesiones de las de Annette. «Que se lleve los innumerables ejemplares de sus novelas y todos los maltratados diccionarios», dice ella. Pero Annette debe conservar sus tesoros hogareños, tales como los pequeños regalos de cumpleaños que le hice (la fuente para caviar plateada, así como los seis vasos de vino de vidrio soplado verde pálido, etc.).

Comprendo muy bien a Netty en esta catástrofe sentimental porque mi matrimonio se parecía al de ella en muchos, demasiados aspectos. ¡Empezó tan bien! Yo estaba desamparada y perdida en un territorio ocupado por los fascistas estonianos, una pobre chica[2] moscovita vapuleada por la guerra, cuando conocí al profesor Langley en circunstancias muy románticas: trabajaba para él como intérprete (el estudio de las lenguas extranjeras tiene un nivel muy alto en la Rusia Soviética). Pero cuando me embarcaron con otros D. P.* a los Estados Unidos

---

1. *En anglais dans le texte.*
2. La «chica moscovita» tendría unos cuarenta años por la época.
* Sigla equivalente a *displaced person*, que señalaba a la persona deportada o que no podía salir de su país o lugar de residencia habitual a consecuencia de la guerra o de la represión. *(N. del T.)*

y volvimos a encontrarnos y nos casamos, todo anduvo mal. Me ignoraba durante el día y nuestras noches estaban llenas de incompatibilidad.[1] Una buena consecuencia es que heredé, por así decirlo, a un abogado, el señor Horace Peppermill, quien ha consentido en concederle una consulta y ayudarlo a resolver los problemas legales. Sería sensato de su parte que siguiera el ejemplo del profesor Langley y fijara a su esposa una pensión mensual, además de depositar en el banco una «suma de garantía» conveniente a la cual pudiera recurrir Annette en caso de extrema necesidad y, desde luego, después de que usted fallezca o si adquiere usted una enfermedad incurable. No necesitamos recordarle que la señora Blagovo deberá recibir regularmente su cheque hasta nuevo aviso.

La casa de Quirn se pondrá en venta de inmediato; está llena de recuerdos odiosos. Por consiguiente, no bien le den de alta en el hospital, cosa que según espero ocurrirá sin tardar (*bez zamedleniya, sans tarder*), múdese usted de la casa, por favor.[2] No me hablo con la señorita Myrna Soloway —en realidad, simplemente Soloveychik—, que enseña en mi sección de la universidad, pero creo que es muy hábil encontrando alojamientos.

Después de aquella lluvia tenemos muy buen tiempo aquí. ¡El lago es hermoso en esta época del año! Pensamos amueblar de nuevo nuestra pequeña dacha. Su única desventaja es que está un poco alejada de la civilización en algunos aspectos (¡gran ventaja en todos los demás!) o por lo menos del Honeywell College. La policía está siempre atenta contra los que se bañan desnudos, los merodeado-

---

1. *En anglais dans le texte.*
2. Ni se me pasó por la cabeza mudarme antes de que venciera el contrato, el 1 de agosto de 1946.

res, etc. ¡Tenemos la seria intención de comprarnos un perro, un gran pastor alsaciano![1]

Adiós, Netty y Nelly. Adiós, Annette y Ninette. Adiós, Nonna Anna.

---

1. Abstengámonos de todo comentario final.

Cuarta parte

I

Aprender a manejar aquel «Lince» (apodo cariñoso con que llamaba a mi nuevo cupé) tenía su lado cómico y también dramático. Pero después de dos aplazamientos y de algunas composturas, estuve físicamente y legalmente habilitado para emprender una larga excursión en automóvil hacia el oeste. Hubo, en verdad, un momento de tremenda angustia, a medida que las primeras montañas distantes iban perdiendo su parecido con nubes moradas, en que recordé los viajes que hacíamos con Iris a la Riviera en nuestro viejo Ícaro. Si de cuando en cuando ella me permitía tomar el volante, lo hacía por espíritu de diversión, ya que era una muchacha muy deportiva. Con qué sollozos recordaba el día en que me las arreglé para llevarme por delante la bicicleta del cartero, apoyada contra una pared rosa a la entrada de Carnavaux. ¡Cómo se doblaba mi Iris de hermosa risa al ver ese objeto derribado frente a nosotros!

Pasé el resto del verano explorando el increíble lirismo de las Montañas Rocosas, embriagándome con ráfagas de la Rusia Oriental en la zona de las artemisas y con fragancias de la Rusia del Norte tan fielmente reproducidas, más allá del límite de los bosques, por breves pantanos que reflejaban el cielo entre montes de nieve y orquídeas. Pero ¿eso era todo? ¿Qué misteriosa búsqueda me impulsaba a mojarme los pies como un niño, a subir cuestas, a mirar muy de cerca cada flor amarilla o a sobresaltarme cada vez que una mancha de color se deslizaba al borde de mi campo visual? ¿Cómo explicar la sensación onírica de haber llegado con las manos vacías? ¿Vacías de qué? ¿Sin un revólver? ¿Sin una vara? Esto no me atrevía a averiguarlo, por temor a herir la carne viva bajo mi delgada identidad.

Ignoré el principio de las clases y en una prematura «licencia sabática», que dejó perplejas a las autoridades de la universidad, pasé el invierno en Arizona, donde procuré escribir *Los arlequines invisibles*, libro parecido al que tiene el lector en sus manos. Sin duda aún no estaba en condiciones de emprender esa obra y quizá me esforcé demasiado para dar forma a inexpresables matices de emoción. Lo cierto es que asfixié mis *Arlequines* bajo demasiadas capas de sentidos, como una campesina rusa que en su cabaña sofocante cubre (*zaspat'*) a su hijo bajo un pesado olvido después de que su marido borracho la haya apaleado.

Seguí hasta Los Ángeles y me consternó enterarme de que la compañía cinematográfica con la cual contaba estaba a punto de quebrar después de la muerte de Ivor Black. Durante mi regreso, a principios de primavera, volví a encontrarme con los queridos fantasmas de mi niñez en las alturas, entre el verde tierno de los álamos, en laderas cubiertas de coníferas. Durante seis meses seguí vagabundeando de motel en motel; en varias ocasiones algunos conductores cretinos abollaron y rasparon mi coche hasta que lo cambié por un apacible sedán Bellargus de un azul celestial que Bel comparó con el de una mariposa Morpho.

Otro detalle: con patética minucia anotaba en mi diario todas mis paradas, todos mis moteles (*Mes Moteaux*, habría dicho Verlaine), Panorama del lago, Panorama montañés, La serpiente emplumada, en Nuevo México, Hostería Lolita, en Tejas, Álamos solitarios (si los hubieran reclutado, habrían patrullado todo un río), y bastantes crepúsculos como para hacer felices a todos los murciélagos del mundo y a un genio moribundo. ¡Mira, mira los arlequines! Mira ese extraño arrebato febril de tabulación viática que conservé como si hubiera sabido que aquellos moteles prefiguraban las etapas de mis futuros viajes con mi querida hija.

A finales de agosto de 1947, con la piel tostada y más nervioso que nunca, trasladé mis muebles del almacén a mi nuevo alojamiento (1 Larchdell Road), encontrado por la eficaz y bonita señorita Solowa. Era una encantadora casa de piedra gris, de dos pisos, con un gran ventanal y un piano de cola blanco en la extensa sala de estar, tres dormitorios virginales en el primer piso y una biblioteca en el sótano. Había pertenecido al difunto Alden Landover, el refinado escritor de mediados de siglo. Con ayuda de las satisfechas autoridades de la universidad —y sacando partido de su alegría por verme de regreso— resolví comprar esa casa. Me gustaba su olor erudito, placer raras veces concedido a la exquisita sensibilidad de mi membrana de Brunn, y también su pintoresco aislamiento en un tremendo jardín descuidado, sobre una empinada cuesta de alerces y cañas doradas.

Para que Quirn siguiera agradecida, también resolví reorganizar mi contribución a su fama. Suprimí el seminario sobre Joyce, que en 1945 había atraído (si ese es el término adecuado) a cinco oscuros estudiantes avanzados y a un principiante no del todo normal. En compensación, inauguré un tercer curso sobre Obras Maestras (que ahora incluía el *Ulises*) a mi ración semanal. Pero la principal innovación fue mi audacia para transmitir conocimientos. Durante mis primeros cinco años de Quirn había acumulado dos mil páginas de comentarios literarios mecanografiados por mi asistente (advierto que aún no lo he presentado: Waldemar Exkul, un brillante joven báltico, mucho más docto que yo; ¡*dixi*, Ex!). Pedí a la sección Xerox que multiplicara esas páginas para distribuirlas entre por lo menos trescientos estudiantes. Los viernes, cada estudiante recibía una hornada de las cuarenta páginas que yo les había recitado, con algunas adenda, en el salón de conferencias. Esas adenda eran una concesión a las autoridades, que me habían advertido, con razón, que sin ese ardid nadie hubiera necesitado asistir a mis clases. Los lectores debían firmar las trescientas copias de las dos mil páginas mecanografiadas y devolvérmelas antes del examen final. Al principio hubo fallos en el sistema (por ejemplo, en 1948 solo me devolvieron 153 juegos incompletos, muchos de ellos sin firmar), pero en general funcionó bien, o por lo menos debió de funcionar.

Otra decisión que tomé fue la de ponerme a disposición de los demás profesores con más generosidad que antes. La aguja roja de mi escala se detenía ahora en una cifra muy conservadora cuando, enteramente desnudo, con los brazos colgando como los de un torpe troglodita, me subía a la plataforma fatal y con ayuda de mi nueva criada (una encantadora muchacha negra de perfil egipcio), me las arreglaba para distinguir qué había en la bruma entre mis gafas para leer y las que usaba para ver de lejos: gran triunfo que festejé comprando varios trajes nuevos. Iba con frecuencia al Pub, un bar universitario, donde procuraba alternar con muchachos de zapatillas blancas, pero donde acabé enredado con camareras profesionales. Y anoté en mi libreta las direcciones de unos veinte colegas.

El más apreciado entre mis nuevos amigos era un hombre de aire frágil, ojos tristes, cara de mono, pelo negro encanecido por sus cincuenta y cinco años: el talentoso poeta Audace, cuyo antepasado paterno era el elocuente e infortunado girondino del mismo nombre («*Bourreau, fais ton devoir envers la Liberté!*») pero que no sabía una palabra de francés y hablaba norteamericano con vulgar acento del Medio Oeste. Otra interesante imagen de alcurnia era Louise Adamson, la joven esposa del decano de Literatura Inglesa: su abuela, Sybil Lanier, había ganado en Filadelfia el Campeonato Nacional de Golf Femenino en 1896.

La fama literaria de Gerard Adamson era muy superior a la de Audace, modesto, mucho más importante y resentido que su rival. Gerry era un carcamal fofo que debería andar por los sesenta cuando, después de una vida de estético ascetismo, sorprendió a su élite casándose con Louise, chica sin prejuicios y con piel de porcelana. Los famosos ensayos de Adamson —sobre Donne, Villon, Eliot—, su poesía filosófica, sus recientes *Letanías laicas* no significaban nada para mí; pero era un viejo borracho muy espectacular cuyo humor y erudición acababan con la resistencia del individuo menos sociable. Descubrí que me divertían las frecuentes reuniones que para entretenerme y consolarme daban el viejo Noteboke y su hermana Phoneme, los deliciosos King, los Adamson, mi poeta favorito y una docena de personas más que hacían todo lo posible por entretenerme y consolarme.

Louise, que tenía una tía muy chismosa en Honeywell, me mantenía informado, a discretos intervalos, sobre la salud de mi hija Bel. Un día de primavera, en 1949 o 1950, pasé por la tienda de bebidas alcohólicas en Rosedale, después de una reunión de trabajo con Horace Peppermill, y ya salía del aparcamiento cuando vi a Annette inclinada sobre un cochecito, frente a una frutería en el otro extremo del centro comercial. En su cuello inclinado, en su melancólica concentración, en ese fantasma de sonrisa dirigida al niño en el cochecito había algo que estremeció con una sensación de lástima mi sistema nervioso, y no resistí la tentación de acercarme. Annette se volvió y antes de que yo pudiera balbucear algunas palabras frenéticas –de desesperación, de ternura– sacudió la cabeza, prohibiéndome que me acercara aún más. «*Nikogda*», murmuró, «nunca», y no fui capaz de descifrar la expresión de su pálido rostro ojeroso. Una mujer salió de la tienda y le agradeció que hubiera cuidado al pequeño extraño –un niño pálido y flaco, de aire casi tan enfermo como el de Annette–. Volví enseguida al aparcamiento, reprochándome no haber recordado que Bel debía tener ya unos siete u ocho años. La mirada luminosa de su madre me persiguió durante varias noches; hasta me sentí demasiado enfermo como para asistir a una fiesta de Pascua en una de las casas amigas de Quirn.

Durante ese u otro periodo de abatimiento, un día oí que tocaban el timbre de la entrada y mi criada negra –la pequeña Nefertiti, como la llamaba– fue a abrir la puerta. Salí de la cama y apoyé la carne desnuda contra el frío borde de la ventana, pero no llegué a tiempo para ver quiénes habían entrado, a pesar de mis grados de inclinación bajo el ruidoso chaparrón primaveral. Una frescura de flores, ramos y nubes de flores, me recordó otras épocas, otras ventanas. Distinguí parte del brillante coche negro de los Adamson frente a la puerta del jardín. ¿Habrían venido los dos? ¿Solo ella? *Solus rex?* Los dos, por desgracia, a juzgar por las voces que atravesaban desde el vestíbulo mi casa transparente. El viejo Gerry, poco amigo de escaleras prescindibles y aterrado por la posibilidad de contagios, se quedó en la sala. La voz y los pasos de su mujer empezaron a subir. Nos habíamos besado por primera vez pocos días antes, en la cocina de los Noteboke (buscábamos hielo y encontramos fuego). Tenía buenos motivos para esperar que el interludio antes de la escena obligatoria fuera breve.

Louise entró, depositó dos botellas de oporto para el inválido y se quitó el suéter por encima de las clavículas desnudas y los rizos castaños, violados. En un sentido artístico, estrictamente artístico, declaro que era la más hermosa de mis tres principales amantes. Tenía cejas finas, dirigidas hacia arriba, ojos color zafiro que registraban (es el término exacto) con asombro constante el paraíso terrenal (el único que llegaría a conocer, me temo), pómulos sonrosados, boca como un pimpollo, encantador abdomen cóncavo. En menos tiempo del que tomó a su marido, lector rápido, recorrer dos columnas impresas «lo coronamos». Me puse unos pantalones azules, una camisa rosa, y seguí a Louise escaleras abajo.

Su marido estaba sentado en un cómodo sillón, leyendo un semanario inglés comprado en el centro comercial. No se había tomado la molestia de quitarse el horrible impermeable negro –una voluminosa túnica de tela engomada que conjuraba la imagen de un cochero en una noche de copiosa lluvia–. Pero al vernos se quitó los formidables anteojos y se aclaró la garganta con su carraspeo característico. Le tembló la papada cuando se lanzó a la empresa del lenguaje racional.

Gerry: ¿Ha leído usted este periódico, Vadim? *(Acentuando Vadim de manera incorrecta, en la primera sílaba.)* El señor... *(nombró a un criticastro particularmente vivaz)* ha hecho polvo su *Olga (mi novela sobre una* professor-sha; *acababa de aparecer la edición inglesa).*

Vadim: ¿No quiere un trago? Brindaremos por la salud y por la muerte de ese individuo.

Gerry: Pero él tiene razón. Es su peor libro. *Chute complète,* dice el hombre. Sabe francés, además.
LouIse: Nada de tragos. Debemos volver enseguida a casa. Vamos, levántate de ese sillón. Haz otro esfuerzo. No te olvides de los anteojos ni del periódico. Ya está. *Au revoir,* Vadim. Mañana te traeré por la mañana esas píldoras, cuando lo deje *a él* en la facultad.

¡Qué diferente era todo eso, pensé, de los refinados adulterios en los castillos de mi primera juventud! ¿Dónde estaba el romántico estremecimiento de una mirada intercambiada con una amante reciente en presencia de un coloso taciturno, el Marido Celoso? ¿Por qué el recuerdo del último abrazo ya no se fundía como antes con la certeza del siguiente, formando una súbita rosa en una flauta de cristal vacía, un súbito arco iris en el empapelado blanco? ¿Qué fue lo que Emma vio que una mujer elegante dejaba caer en el sombrero de copa de aquel hombre? Escribe de manera legible.

II

El erudito enloquecido de *Esmeralda y su Parandro* mezcla a Shakespeare con Botticelli haciendo que Primavera termine como Ofelia, con todas sus flores. La dama locuaz de mi novela *La doctora Olga Repnin* observa que solo en Norteamérica son sensacionales los tornados y las inundaciones. El 17 de mayo de 1953, varios diarios publicaron la fotografía de toda una familia, con su jaula de pájaros, su fonógrafo y otras valiosas posesiones, navegando en mitad del lago Rosedale sobre el techo de su cabaña. En otros diarios aparecía la foto de un pequeño Ford atrapado por las ramas más altas de un árbol intrépido, con un hombre

—cierto señor Byrd a quien Horace Peppermill conocía— todavía sentado ante el volante, aturdido, magullado, pero vivo. Una destacada personalidad de la Oficina de Informaciones Meteorológicas fue acusada por su demora criminal con los pronósticos. Un grupo de quince escolares, que habían ido a ver una colección de animales disecados donados al Museo Rosedale por la viuda del benefactor, estaban a salvo en la oscuridad de ese sólido edificio cuando pasó el tornado. Pero la cabaña más bonita que había junto al lago fue arrebatada por el vendaval y nunca encontraron los cadáveres ahogados de sus dos ocupantes.

El señor Peppermill, cuyas facultades naturales no estaban en proporción con su perspicacia legal, me advirtió de que si yo deseaba entregar a mi hija a los cuidados de su abuela, en Francia, debía cumplir con determinadas formalidades. Le observé tranquilamente que la señora Blagovo era una inválida idiotizada y que la maestra que amparaba a mi hija debía llevarla a mi casa de inmediato. El señor Peppermill me dijo que él mismo iría a buscarla a principios de la semana siguiente.

Después de examinar una y otra vez cada párrafo de la casa, cada paréntesis de sus muebles, resolví destinar a mi hija el dormitorio que había ocupado la compañera del difunto Landover, a quien él llamaba su enfermera o su novia, según las variaciones de su estado de ánimo. Era un cuarto encantador, al este del mío, con mariposas de color lila que animaban el empapelado, y una cama ancha, baja, adornada con volantes. Poblé los blancos anaqueles con Keats, Yeats, Coleridge, Blake y cuatro poetas rusos (en la Nueva Ortografía). Aunque me dije con un suspiro que sin duda ella preferiría las «historietas» a mis arlequines con lentejuelas y sus varitas mágicas, obedecí en mi elección a lo que los ornitólogos llaman el «instinto ornamental».

Además, sabiendo qué importante es una luz clara y fuerte para leer en la cama, pedí a la señora O'Leary (mi nueva cocinera y encargada de la limpieza, heredada de Louise Adamson, que había dejado a su marido por una larga estancia en Inglaterra) que pusiera dos bombillas de cien vatios en una lámpara alta junto al lecho. Dos diccionaríos, un bloc de papel, un relojito despertador, un estuche para manicura (sugerencia de la señora Noteboke, que tenía una hija de doce años) quedaron atractivamente ubicados en la espaciosa y firme mesa de noche. Todo eso no era más que un borrador, desde luego. La copia en limpio se haría a su debido tiempo.

La enfermera o novia de Landover podía acudir en su ayuda a través de un pasillo o del baño que había entre ambos dormitorios: Landover era un hombre muy grande y su larga, profunda bañera, hacía las delicias de un bañista. Otro cuarto de baño más pequeño seguía, en dirección oriental, al dormitorio de Bel (y aquí eché mucho de menos a mi primorosa Louise cuando me devané los sesos en busca del epíteto correcto entre «bien fregado» y «perfumado»). La señora Noteboke no pudo ayudarme: su hija, que usaba el desaseado cuarto de baño de sus padres, no perdía tiempo con absurdos desodorantes y odiaba la «espuma». La vieja y sensata señora O'Leary, por otro lado, estaba acostumbrada a las cremas y los botes de cristal de Louise, y me hizo anhelar el regreso de su empleadora conjurando con detalles de pintor flamenco esa imagen, que después simplificó, aunque sin vulgarizarla, escogiendo elementos tales como una gran esponja, una pastilla de jabón con perfume de lavanda y una deliciosa pasta dentífrica.

Yendo aún más hacia el oriente llegamos al cuarto de huéspedes (sobre el comedor redondo, en el extremo este del primer piso); lo transformé en un cómodo estudio con ayuda de un factótum, primo de la señora O'Leary. Cuando lo terminamos, ese estudio contenía un diván con almohadones rectangulares, un escritorio de roble con sillón giratorio, un armario de acero, una biblioteca, la *Enciclopedia Ilustrada de Klingsor* en veinte volúmenes, lápices, blocs de papel, mapas estatales y (cito el *Manual de Compras Estudiantiles 1952-1953*) «un globo terráqueo que se desmonta del soporte para que el niño pueda tenerlo en su regazo».

¿Eso era todo? No. Encontré una fotografía de su madre (París, 1934) para el dormitorio de Bel y para el estudio una reproducción en colores de *Nubes sobre un río azul* (el Volga, no lejos de mi Marevo), pintado hacia 1890 por Levitán.

Peppermill me traería a Bel el 21 de mayo a eso de las cuatro de la tarde. Tenía que llenar con algo el vacío de la espera. Ex, mi angelical ayudante, ya había leído y anotado el montón de exámenes, pero pensó que tal vez yo quería ver algunas de las pruebas que había suspendido de mala gana. Pasó por mi casa y dejó los exámenes en la planta baja, en el cuarto redondo adyacente al pasillo en el extremo oeste de la casa. Me temblaban y dolían tanto las pobres manos que apenas podía hojear esos pobres *cahiers*. La ventana redonda daba a la calle. Era un día gris y tibio. «¡Profesor! Estoy perdida si no me aprueba el examen.» «*Ulises* fue escrito en Zúrich y Grecia y por lo tanto tiene demasiadas palabras extranjeras.» «Uno de los personajes de *La muerte de Iván Ilich* de Tolstói es la conocida actriz Sarah Bernard.» «El estilo de Stern es muy sentimental e inculto.» Oí el ruido de una puerta de automóvil. El señor Peppermill apareció con un bolso de ropa tras una chica alta, rubia, en *blue jeans*, que aminoraba el paso para cambiar de mano una pesada maleta.

La boca y los ojos melancólicos de Annette. Graciosa, pero fea.

Fortalecido por una tableta de Serenacin, recibí a mi hija y a mi abogado con dignidad neutral, gracias a la cual los efusivos rusos de París me detestaban. Peppermill aceptó una gota de coñac. Bel, una copa de zumo de durazno y un bizcocho. Indiqué a Bel, que exhibía las palmas de las manos en una cortés alusión rusa, el baño adyacente al comedor, detalle anticuado por parte del arquitecto. Horace Peppermill me entregó una carta de la maestra de Bel, la señorita Emily Ward. Inteligencia fabulosa. Cociente de 180. Menstruaciones ya iniciadas. Una chica extraña, maravillosa. Difícil resolver si era mejor contener o estimular esa precoz vivacidad. Acompañé un trecho a Horace hasta su automóvil, mientras luchaba contra la poderosa tentación de decirle lo sorprendido que estaba ante la cuenta que su oficina me había enviado.

–Te mostraré tu *apartámenty*. ¿Hablas ruso, verdad?

–Desde luego. Pero no sé escribir. Hablo un poco de francés, también.

Ella y su madre (a quien mencionó con tanta naturalidad como si Annette hubiera estado en el cuarto vecino, copiando algo para mí en una máquina de escribir silenciosa) habían pasado casi todo el verano anterior en Carnavaux con *babushka*. Me hubiera gustado saber qué cuarto había ocupado Bel en la villa, pero me impidió preguntárselo un recuerdo que se interpuso: poco antes de su muerte, Iris había soñado una noche que había dado a luz a un niño gordo, de mejillas muy rojas y ojos almendrados, y con la sombra azul de las chuletas de cordero. «Una horrible mariposa Omarus K.»

Oh, sí, me dijo Bel, le había encantado. Sobre todo el sendero que bajaba al mar y el aroma del romero (*chudnyy zapakh rozmarina*). Yo la escuchaba torturado y fascinado por el ruso *émigré* «sin sombra» que hablaba, incontaminado por el empalagoso sovietismo de la señora Langley.

–¿Se acordaba de mí?

Bel me contempló con serios ojos grises.

—Me acuerdo de tus manos y de tu pelo.
—De ahora en adelante, *on se tutoie* en ruso, de acuerdo. Subamos.

Bel aprobó el estudio.
—Un aula en un libro ilustrado.

Abrió el botiquín de su cuarto de baño.
—Vacío... Pero ya sé qué pondré en él.

El dormitorio le «encantó». *Ocharovatel'no!* (El elogio preferido de Annette.) Pero criticó la selección de libros junto a la cama.

—¡Cómo! ¿No está Byron? ¿Ni Browning? ¡Ah, Coleridge! Las pequeñas serpientes de mar doradas. La señorita Ward me regaló una antología para la Pascua rusa. Sé de memoria tu última duquesa... Quiero decir «Mi última duquesa».

Contuve el aliento con un gemido. La besé. Lloré. Me senté, temblando, en una silla frágil que crujió bajo mi encorvado paroxismo. Bel permaneció de pie, mirando hacia otro lado, hacia un reflejo prismático en el cielo raso, hacia su equipaje, que ya había subido la pesada pero voluntariosa señora O'Leary.

Me disculpé por mis lágrimas. Con tono de «cambiemos de tema» socialmente perfecto, Bel preguntó si había televisión en la casa. Le dije que compraría un aparato al día siguiente. Ahora la dejaría para que hiciera lo que le diera la gana. En media hora cenaríamos. Bel me dijo que en el pueblo daban una película que le gustaría ver. Después de cenar fuimos al Strand Theater.

Dice una anotación en mi diario: El pollo hervido no le gusta mucho. *La viuda negra*. Con Gene, Ginger y George. He aprobado a la alumna que considera «sentimental e inculto» a Stern y a todos los demás.

III

Si Bel vive aún, tiene treinta y dos años –exactamente tu edad en el momento en que escribo (15 de febrero de 1974). La última vez que la vi, en 1959, tenía apenas diecisiete años y entre los once y medio y los diecisiete y medio ha cambiado muy poco en el ámbito de la memoria, donde la sangre del tiempo inmóvil no corre tan deprisa como percibimos en el presente. La visión que conservo de Bel entre 1953 y 1955, los tres años en que fue totalmente, únicamente mía, no ha sido alterada por el crecimiento lineal. Hoy la veo como una imagen compuesta y extática, en la cual una montaña de Colorado, mi traducción al inglés de *Tamara*, los triunfos de Bel en la escuela secundaria y un bosque de Oregón se funden en diseños de tiempo traspuesto y espacios concurrentes que desafían la cronología y los mapas.

Sin embargo, debo registrar un cambio, una línea evolutiva. Se relaciona con la conciencia cada vez mayor que fui adquiriendo de su belleza. Apenas un mes después de su llegada, ya no podía entender cómo me había parecido «fea». Al cabo de otro mes, el perfil élfico de su nariz y su labio superior se presentaron como una «esperada revelación», por utilizar una fórmula que he aplicado a algunos milagros prosódicos de Blake y de Blok. A causa del contraste entre las pupilas color gris pálido y las pestañas muy negras, sus ojos parecían delineados con kohl. Sus mejillas hundidas, su largo cuello eran como los de Annette, pero su pelo rubio, que usaba más bien corto, tenía un brillo más suntuoso, como si las hebras leonadas se mezclaran con otras de un dorado oliváceo en espesos mechones de matices alternos. Me resulta fácil describir todo esto –así como esas estrías regulares de lozanía en sus brazos y piernas–; además, al hacerlo caigo en una forma de autoplagio, ya que he atribuido esos rasgos a Tamara y a Esmeralda, sin contar a otras muchachas que aparecen en mis cuentos (véase, por ejemplo, la página 537 de *Exilio de Mayda*, Goodminton, Nueva York, 1947). Pero no puedo emprender la descripción de su figura general y de su estructura ósea durante su resplandor pubescente con el brío de un gran tenista de saque arrollador. Estoy obligado –¡triste confesión!– a emplear un recurso que ya he usado antes, incluso en este libro: el método harto conocido que consiste en degradar una forma de arte acudiendo a otra. Pienso en *Lila de cinco pétalos*, óleo de Serov que muestra a una niña rubia de unos doce años sentada ante una mesa iluminada por el sol y que hurga en un racimo de lilas buscando esa flor de la suerte. La niña no es otra que Ada Bredow, prima hermana mía a quien cortejé sin fortuna ese mismo verano, cuyo sol aviva con manchas de luz la mesa verde y sus brazos desnudos. Eso que los criticastros llaman «el interés humano» de una novela abrumará a mi lector, el amable turista, cuando visite el Museo del Hermitage en Leningrado, donde he visto con mis ojos legañosos, durante la visita que hice a Sovietlandia hace pocos años, ese cuadro que pertenecía a la abuela de Ada antes de ser donado al Pueblo por un concienzudo ladrón. Creo que esa niña encantadora era el modelo de otra que se me aparecía en un reiterado sueño mío, con un tramo de parqué entre dos camas, en un demoniaco cuarto de huéspedes improvisado. El parecido de Bel con la niña –los mismos pómulos, el mismo mentón, las mismas muñecas nudosas, la misma suave flor– solo puede insinuarse, nunca detallarse. Pero basta de todo esto. He procurado hacer algo muy difícil y romperé estas páginas si me dicen que lo he logrado muy bien, porque no deseo ni deseé nunca lucirme al evocar esta desdichada relación con Isabel Lee (aunque al mismo tiempo era intolerablemente feliz).

Cuando le pregunté –¡al fin!– si había querido a su madre, pues no podía entender la aparente indiferencia de Bel con respecto a la horrible muerte de Annette, lo pensó durante tanto tiempo que supuse que había olvidado mi pregunta. Pero al fin, como un jugador de ajedrez que se da por vencido después de un abismo de meditación, sacudió la cabeza. ¿Y qué pensaba de Nelly Langley? Contestó enseguida: Langley era mezquina y cruel, y la odiaba. El año anterior la había azotado: tenía el cuerpo lleno de marcas (para demostrarlo se descubrió el muslo derecho, que ya estaba impecablemente blanco y terso).

Las enseñanzas que adquirió en la mejor escuela privada para niñas de Quirn (tú, su coetánea, pasaste unas cuantas semanas en su mismo curso, pero nunca llegaste a hacerte amiga de ella) se enriquecieron con los dos veranos que pasamos vagabundeando por los estados del oeste. Qué recuerdos, qué aromas encantadores, qué espejismos, cuasi-espejismos, espejismos concretos se acumularon a lo largo de la Ruta 138 –Sterling, Fort Morgan (El. 4325), Greeley, llamada con acierto Loveland– mientras nos acercábamos al paraíso de Colorado.

Desde el hotel Lupine, Estes Park, donde pasamos todo un mes, un sendero bordeado de flores azules llevaba entre alamedas hacia lo que Bel llamaba, de manera extravagante, El Pie de la Cara. También existía El Pulgar de la Cara, en su extremo sur. Tengo una gran fotografía brillante tomada por William Garrell, que fue el primero, según creo, en subir a El Pulgar en 1940 o por entonces: en ella se ve la cara este de Longs Peak, con las líneas entrecruzadas de la subida sobreimpresas en un diseño sinuoso. En el reverso de esa fotografía –y tan inmortal por sus méritos como el tema de la foto– hay un poema de Bel, cuidadosamente copiado con tinta violeta y dedicado a Addie Alexander, «la primera mujer que subió al Peak, hace ochenta años». Conmemora nuestras modestas excursiones:

> El Lago Pavo Real de Long:
> la Choza y su Vieja Marmota;
> Boulderfield y su Mariposa Negra;
> y el sendero inteligente.

Lo compuso mientras compartíamos un pícnic en algún sitio entre esas grandes rocas y el principio de El Cable. Después de juzgar el resultado mentalmente, en ceñudo silencio, lo escribió en una servilleta de papel que me entregó con mi lápiz. Le dije qué hermoso y artístico era, sobre todo el último verso. ¿Qué es «artístico»?, me preguntó. «Tu poema, tú misma, tu manera de usar las palabras», le dije.

Durante aquel paseo, o quizá en otra ocasión, pero sin duda en la misma zona, una repentina tormenta barrió la gloria de aquel día de verano. Nuestras camisas, pantalones cortos, zapatillas, parecían inexistentes en la bruma helada. Una primera piedra de granizo dio contra un envase de lata; otra contra mi coronilla. Buscamos refugio en una cavidad bajo una roca saliente. Las tempestades son una tortura para mí. Su presión demoniaca me destruye; los relámpagos me atraviesan el pecho y el cerebro. Bel lo sabía. Acurrucada contra mí (¡más para mi consuelo que para el de ella!), me besaba levemente en la sien ante cada trueno, como diciéndome: «Este ya ha pasado, todavía estás a salvo». Empecé a desear que esos estallidos no cesaran nunca, pero al fin se convirtieron en un rumor sordo y el sol descubrió esmeraldas en un tramo de hierba mojada. Bel no podía contener su temblor y deslicé las manos bajo la camisa y le froté el delgado cuerpo hasta que ardió, para alejar el peligro de la «neumonía», palabra que la hizo reír y que asoció con «nuevo» y con «luna» y con «luna nueva», y con «quejido» y con «quejido nuevo».*

Después hubo un momento que en mi recuerdo es nebuloso. Pero debió ocurrir poco después, en el mismo motel o en el siguiente, durante el viaje de regreso cuando Bel se deslizó en mi cuarto al amanecer, se sentó en mi cama —aparta las piernas— con la parte superior de su pijama para leerme otro poema:

> En el oscuro sótano acaricié
> la sedosa cabeza de un zorro.
> Cuando la luz volvió
> y todos exclamaron «¡Ah!»,
> vi que solo era
> Médor, un perro muerto.

Volví a elogiar su talento y la besé con más ternura, quizá, que la merecida por el poema, ya que, a decir verdad, me pareció bastante hermético. Pero no se lo dije. Al fin Bel bostezó y se quedó dormida en mi cama, costumbre que por lo general yo no toleraba. Hoy, sin embargo, al releer esos versos extraños, veo a través de su cristal refulgente el tremendo comentario que escribiría acerca de ellos, con galaxias de anotaciones y notas al pie, semejante a los reflejos de puentes iluminados tendidos sobre aguas oscuras. Pero el alma de mi hija le pertenece a ella y mi alma es mía, y que Hamlet Godman se pudra en paz.

---

* Por asociación fónica entre *neu-monía* y, en inglés, *new-moon* («nueva luna») o *new-moan* («nuevo quejido»), en línea con los juegos creacionistas de palabras que aparecen en el *Ulises* de Joyce y que tanto apreciaba Nabokov. *(N. del T.)*

IV

A principios del periodo académico 1954-1955, cuando se acercaba el decimotercer cumpleaños de Bel, yo persistía en un delirio de felicidad, aún sin ver nada malo, o peligroso, o absurdo, o lisa y llanamente cretino en las relaciones con mi hija. Salvo por algunos deslices insignificantes —unas pocas gotas calientes de ternura desbordante, un jadeo disfrazado de tos y cosas por el estilo—, mis relaciones con ella eran esencialmente inocentes. Pero sean cuales fueren mis virtudes como profesor de literatura, hoy solo veo incompetencia, excesiva falta de disciplina en el reflejo de aquel dulce pasado depositado en mi memoria.

Otras personas me ganaban en perspicacia. Mi primera crítica fue la señora Noteboke, robusta dama morena vestida con *tweeds* de sufragista, que en vez de impedir que su Marion, una nínfula depravada y vulgar, husmeara en la vida hogareña de una compañera de escuela, me sermoneó sobre la educación de Bel y me aconsejó enérgicamente que empleara a una institutriz con experiencia, preferiblemente alemana, para que la cuidara día y noche. Mi segunda crítica —mucho más comprensiva y discreta— fue mi secretaria, Myrna Soloway, quien se quejó de que no podía seguir el rastro de las revistas literarias y recortes que yo recibía por correo, ya que las interceptaba una pequeña lectora inescrupulosa y ávida. Agregó suavemente que la escuela secundaria de Quirn, último refugio de buen sentido en mi increíble situación, estaba asombrada tanto por los modales de Bel como por su inteligencia y su conocimiento de «Proust y Prévost». Hablé con la señorita Lowe, la directora, bastante bonita, y ella me mencionó una «residencia» que sonaba como una especie de cárcel de madera, y un «curso de verano» aún más sórdido («con todos esos murmullos de pájaros y relinchos en los bosques... ¡en los bosques, señorita Lowe!»), para reemplazar las «excentricidades del hogar de un creador, "De un gran artista, profesor"». Señaló, ante la risa nerviosa del creador, que una hija tan joven debía educarse como un futuro integrante de nuestra sociedad, y no como un cachorro divertido. Durante esa conversación no logré quitarme de encima la sensación de que todo eso era una pesadilla que había tenido o tendría en alguna otra existencia, en alguna otra serie de sueños numerados.

Empezaban a amontonarse nubes de vaga inquietud (para describir con frases hechas una situación que es un lugar común) en torno a mi cabeza metafórica cuando se me ocurrió una solución sencilla y hábil para todos mis problemas y confusiones.

El espejo de pie frente al cual habían ondulado muchas huríes de Landover en su fugaz y moreno resplandor me servía ahora para contemplar la imagen de un aspirante a atleta leonino, de cincuenta y cinco años, que para reducir la cintura y ensanchar el pecho hacía ejercicios con ayuda de un «Elmago» («Combina las ventajas técnicas de Occidente con la magia de Mitra»). Era una buena imagen. Un viejo telegrama (que encontré sin abrir en un número de *Artisan*, revista literaria hurtada por Bel de la mesa del vestíbulo) enviado por un suplemento dominical de Londres me pedía opinión sobre los rumores –que también yo había oído– de que yo era el primer candidato entre la abstracta competencia para lo que nuestros hermanos norteamericanos llamaban «el premio más importante del mundo». Eso podía impresionar a la persona, bastante sensible al éxito, en quien yo pensaba. Al fin supe que durante las vacaciones de 1955 el pobre Gerry Adamson murió en Londres tras una serie de ataques y Louise estaba libre. Demasiado libre. Le escribí una carta urgente para conminarla a que regresara de inmediato a Quirn para que habláramos seriamente de algo relacionado con nosotros dos. La carta llegó hasta Louise después de describir un círculo cómico por cuatro lugares de moda en Europa. Nunca vi el telegrama que, según ella, me había enviado desde Nueva York el 1 de octubre.

El 2 de octubre, día de calor anormal, el primero de una larga serie, la señora King telefoneó por la tarde para invitarme entre risas enigmáticas a una «*soirée* improvisada, al cabo de pocas horas, a eso de las nueve de la noche, cuando haya metido en cama a su adorable hija». Acepté porque la señora King era un alma pura, la más bondadosa de la universidad.

Tenía un dolor de cabeza atroz y resolví que caminar tres kilómetros en la noche clara y fresca me haría bien. Mis relaciones con el espacio y los traslados espaciales son tan diabólicamente complicados que no recuerdo si realmente caminé, o si fui en automóvil, o si me limité a ir y venir por la galería abierta que corría frente a nuestro primer piso, o qué.

La primera persona que me presentó mi anfitriona –en una digna ceremonia de júbilo social– fue la prima «inglesa» que había alojado a Louise en su casa de Devonshire: lady Morgain, «hija de nuestro anterior embajador y viuda del medievalista de Oxford», figuras borrosas en una pantalla apenas iluminada. Era una cincuentona medio sorda y decididamente idiota, con un peinado cómico y un vestido imperdonable; ella y su vientre avanzaron hacia mí con tal ímpetu que apenas tuve tiempo de esquivar ese ataque amistoso antes de verme acorralado «entre los libros y las botellas», como solía decir el pobre Gerry de los *cocktails* universitarios. Pasé a un mundo diferente, más refinado, cuando me incliné para besar la fresca mano de Louise, diestramente tendida como el cuello de un cisne. Mi querido, viejo Audace, me recibió con el abrazo latino que practicaba para señalar el grado más alto de afinidad espiritual y estima mutua. John King, con quien me había encontrado poco antes en un pasillo de la universidad, me saludó con los brazos levantados, como si las cincuenta horas transcurridas desde nuestra última charla se hubieran convertido por arte de magia en medio siglo. Éramos solo seis personas en una sala amplia, sin contar dos niñas pintadas, con trajes tiroleses, cuya presencia, identidad y existencia misma son hasta el día de hoy un misterio familiar –familiar porque esas grietas zigzagueantes en el yeso son típicas de las prisiones o palacios a que me lleva un alegre desvarío cada vez que me dispongo a hacer, como en esa ocasión, un anuncio climático que requiere absoluta claridad mental–. Éramos, como he dicho, solo seis personas animales (y dos pequeños fantasmas) en aquel cuarto, pero a través de las desagradables paredes traslúcidas podía distinguir –¡sin mirar!– filas y palcos de borrosos espectadores, con la sensación de tener en la mente un cartel que en el lenguaje de la locura significaba «Solo quedan entradas de pie».

Nos sentamos en torno a una mesa como la esfera de un reloj (totalmente indiscernible de la que había en el Cuarto Ópalo de mi casa, al este del Stein albino): Louise a las doce, el profesor King a las dos, la señora Morgain a las cuatro, la señora King –vestida de seda verde– a las ocho, Audace a las diez y yo a las seis, o quizá un minuto después, ya que Louise no estaba exactamente frente a mí, o tal vez había acercado su silla unos sesenta segundos hacia la de Audace, aunque me había jurado sobre la *Guía social* y un ejemplar del *Quién es quién* que él nunca se había tomado libertades con ella, si bien un magnífico poema del propio Audace en *Artisan* sugería lo contrario:

> Ah, recuerdo esa noche,
> amada mía,
> cuando estuvimos el uno junto al otro
> (oyendo los murmullos de la fiesta
> que nos llegaban desde abajo)
> en el amplio lecho de mi anfitrión
> cubierto con los abrigos de tus invitados:
> viejos impermeables, falsos armiños,
> una bufanda a rayas (mía),
> las pieles de otra amante que tuve
> (más conejo que foca);
> sí, una montaña de inviernos
> como esa contra la cual se recuestan
> los lacayos en el vestíbulo de la Ópera,
> Canto Primero de *Oneguin*,
> donde, bajo las arañas de cristal
> de una sala repleta, tú, amor mío,
> podrías haber sido la bailarina
> que vuela como una pluma en un decorado
> de álamos y fuentes.

Empecé a hablar con aquella voz alta, clara, insolente (aprendida de Ivor en la playa de Cannice), mediante la cual infundía el temor de Febo al inaugurar un seminario recalcitrante en los primeros años que enseñé en Quirn:

—Quiero contarles el curioso caso de un íntimo amigo mío a quien llamaré...

La señora Morgain depositó su vaso de whisky sobre la mesa y se inclinó confidencialmente hacia mí:

—¿Sabe usted? Conocí a la pequeña Iris Black en Londres, creo que alrededor de 1919. Su padre tenía cierta vinculación con el mío, el embajador. Yo era una norteamericana muy romántica. Ella, una belleza deslumbrante, *muy* sofisticada.

¡Recuerdo cuánto me impresionó cuando me enteré de que se había ido y se había casado con un príncipe ruso!
—Fay —exclamó Louise—. ¡Fay! Su Alteza está hablando desde el trono.

Todos rieron y las dos niñas tirolesas de piernas al aire que se perseguían en torno a la mesa saltaron por encima de mis rodillas y siguieron corriendo.

—Haré referencia a este amigo mío cuyo caso examinaremos a continuación llamándolo Twidower. Este nombre tiene ciertas connotaciones, como advertirán quienes recuerden el cuento que da título a mi libro *Exilio de Mayda*.

(Tres personas, los Kings y Audace, levantaron tres manos mirándose mutuamente con orgullo compartido.)

—Ese hombre, ya en su poderosa madurez, piensa casarse por tercera vez. Está profundamente enamorado de una mujer joven. Antes de proponerle matrimonio, la honradez exige que la ponga al corriente de cierta enfermedad que padece. Desearía que estas niñas no me sacudieran la silla cada vez que pasan corriendo. «Enfermedad» es, quizá, una palabra demasiado fuerte. Digámoslo de este modo: hay ciertos fallos en el mecanismo de su mente. Él mismo me describió una de ellas que no parece muy grave, pero es muy perturbadora e insólita, y puede ser síntoma de una afección inminente y más seria. Consiste en lo siguiente: cuando este hombre está acostado en la cama e imagina un tramo de calle, por ejemplo la acera a mano derecha yendo desde la biblioteca a...

—La tienda de bebidas alcohólicas —contribuyó King, bromista inexorable.

—Está bien, la tienda de Recht. Queda a unos cuatrocientos metros...

Nueva interrupción, esta vez de Louise (la única a quien, en verdad, me dirigía). Se volvió hacia Audace y le informó de que era incapaz de visualizar cualquier distancia en metros, a menos que la dividiera por la extensión de una cama o un balcón.

—Qué romántico —dijo la señora King—. Siga usted, Vadim.

—... unos cuatrocientos metros de la biblioteca de la universidad, del mismo lado. Y el problema de mi amigo es este: puede ir mentalmente hasta allí y hacer el camino de regreso, pero es incapaz de girar mentalmente y transformar ese «allí» en el «regreso».

—Tengo que telefonear a Roma —murmuró Louise; estaba a punto de levantarse de la silla, pero le supliqué que siguiera escuchándome. Louise se resignó, aunque me advirtió que no entendía una sola palabra de mi perorata.

—Repite eso de «girar mentalmente» —dijo King—. Nadie ha entendido.

—Yo he entendido —dijo Audace—. Supongamos que la tienda de bebidas está cerrada y el señor Twidower, que también es amigo mío, gira sobre sus talones para regresar a la biblioteca. En la realidad de la vida, lo hace sin dudas ni problemas, con la naturalidad e inconsciencia con que lo hacemos todos, aun cuando la mirada crítica del escritor ve... *À toi*, Vadim.

—... ve —continué, aceptando el bastón de la carrera de relevos— que, según la velocidad con que giremos, cercas y toldos dan la vuelta a nuestro alrededor con el pesado movimiento de un tiovivo o (saludé a Audace) con el rápido vuelo del extremo de una bufanda a rayas (Audace sonrió, registrando el audacianismo) que nos pasamos por encima del hombro. Pero si estamos inmóviles, acostados en la cama, y ensayamos o repetimos mentalmente el proceso de volvernos tal como lo hemos descrito, no es tanto el giro total lo que resulta difícil de percibir con la mente, cuanto su resultado, la inversión de lo que vemos, el cambio de dirección.

Eso es lo que procuramos imaginar en vano. La dirección en que está la tienda de bebidas alcohólicas no se convierte sencillamente en la opuesta, como sucede cuando caminamos en la realidad. El pobre Twidower se queda perplejo.

Era fatal que ocurriera, pero tenía la esperanza de que me dejaran terminar la frase. No fue así. Con el movimiento lento y silencioso de un gato gris —al que se parecía por sus bigotes enhiestos y su espalda encorvada—, King se levantó de la silla y fue con un vaso en cada mano hacia el dorado resplandor de un aparador densamente poblado. Con ambas manos di contra el borde de la mesa un golpe teatral que sobresaltó a la señora Morgain (medio dormida o prodigiosamente envejecida en los últimos minutos) y paré en seco a King, que se volvió en silencio como un autómata (ejemplificando mi relato) y con el mismo sigilo se deslizó en su silla con los vasos vacíos.

—Como decía, mi amigo está confundido por algo muy irritante en la maquinaria del cambio de una posición a la otra, del este al oeste o del oeste al este, de una maldita nínfula a la otra... Oh, pierdo el hilo de mi relato, se ha atascado el cierre relámpago de mi pensamiento, es absurdo...

Absurdo y embarazoso: esas dos chiquillas de muslos frescos y cuellos cremosos habían iniciado una disputa para decidir cuál de ellas se sentaría en mi rodilla izquierda, ese lado de mi regazo donde estaba la miel. Procuraban montar en el Corcel Izquierdo, gorjeando en tirolés, empujándose mutuamente, mientras la prima Fay se inclinaba hacia mí y decía en tono macabro: «*Elles vous aiment tant!*». Al fin pellizqué la nalga que tenía a mano y con un chillido ambas reanudaron sus correteos, como aquel eterno trenecito del parque de diversiones, rozando las zarzas.

No lograba ordenar mis pensamientos, pero Audace acudió en mi ayuda:

—Para terminar —dijo (y la cruel Louise emitió un audible «¡Uf!»)–, la perturbación de nuestro paciente no se relaciona con un acto físico, sino con el intento de imaginarlo. Lo único que puede hacer mentalmente es omitir el giro y pasar de un plano visual al otro con el blanco neutral en un cambio de diapositivas en una linterna mágica, después del cual se encontrará en una nueva dirección que habrá perdido o no habrá contenido nunca la idea de lo «opuesto». ¿Alguien quiere agregar algo?

Después de la pausa que suele seguir a esa pregunta, John King dijo:

—Yo aconsejaría a ese señor Twidower que olvide semejante disparate. Un disparate encantador, pintoresco, pero también inocente. ¿Quieres decir algo, Jane?

—Mi padre, que era profesor de botánica —dijo la señora King—, tenía una característica bastante graciosa: solo podía memorizar los números primos de las fechas históricas y los números telefónicos. El nuestro, por ejemplo, es 9743: solo recordaba dos cifras, la segunda y la última, combinación inútil. Las otras dos cifras eran como huecos entre dientes.

—Oh, qué curioso —exclamó Audace sinceramente divertido.

Hice notar que no era lo mismo. La afección de mi amigo le provocaba náuseas, mareos, dolor de cabeza como un juego de bolos.

—Sí, comprendo, pero la característica de mi padre también tenía consecuencias. No era tan solo su incapacidad para memorizar, por ejemplo, el número de su casa en Boston, el 68, aunque lo veía todos los días. El problema es que no podía superar esa incapacidad. Y nadie, absolutamente nadie, podía explicar *por qué* solo podía ver en su mente un agujero sin fondo en lugar del 68.

Nuestro anfitrión reinició su mutis por el foro con más

decisión que antes. Audace tapó con la palma de la mano su vaso vacío. Aunque borracho como una cuba, esperé que volvieran a llenar el mío, pero me esquivaron. Las paredes del cuarto redondo estaban de nuevo más bien opacas, gracias a Dios, y las pequeñas dolomitas ya no trotaban alrededor de la mesa.

—Cuando yo soñaba con ser bailarina —dijo Louise— y era la preferida de Blanc, hacía ejercicios mentales acostada en la cama y no tenía la menor dificultad para imaginar vueltas y revueltas. Es cuestión de práctica, Vadim. ¿Por qué no te vuelves en la cama cuando quieres imaginarte regresando a esa biblioteca? Tenemos que irnos, Fay, ya es más de medianoche.

Audace echó una mirada a su reloj pulsera, murmuró la exclamación que el Tiempo debe de estar harto de oír y me agradeció la estupenda velada. La boca de lady Morgain imitó la abertura rosada de la trompa de un elefante cuando formó sin sonido la palabra «baño», ante lo cual la señora King la guio en un remolino de seda verde. Permanecí a solas frente a la mesa redonda, me puse con esfuerzo de pie, apuré el resto del daiquiri de Louise y me reuní con ella en el vestíbulo.

Nunca se entregó a mi abrazo ni se estremeció con tanta ternura como en ese momento.

—¿Cuántos críticos cuadrúpedos —preguntó después de una dulce pausa en el jardín a oscuras— te acusarían de tomarles el pelo si publicaras la descripción de esa extraña enfermedad? ¿Tres, diez, una manada?

—No es una «enfermedad». Tampoco es «extraña». Solo quería prevenirte que si alguna vez me vuelvo loco, será un resultado de mis juegos con la idea del espacio. «Volverme» en la cama sería una trampa, y tú no me ayudarías.

—Te llevaré al consultorio de un psicoanalista que es divino.

—¿Es lo único que se te ocurre?

—¡Claro! ¿Por qué no?
—Piensa, Louise.
—Ah, además voy a casarme contigo. Sí, tonto.
Se fue antes de que abrazara de nuevo su esbeltez. El cielo estrellado, causa habitual de desasosiego, ahora me divertía vagamente: pertenecía, junto con la *fadeur* otoñal de las flores apenas visibles, al mismo ejemplar de alguna revista femenina que Louise. Oriné sobre un susurro de margaritas y miré hacia la ventana de Bel, en posición c2. Estaba iluminada, como la que ocupaba la posición e1: el Cuarto Ópalo. Entré en él y advertí con alivio que manos bondadosas habían despejado y limpiado la mesa, la mesa redonda con el borde opalescente, frente a la cual había dado una de mis conferencias más brillantes. Oí que Bel me llamaba desde su cuarto, tomé un puñado de almendras saladas y subí la escalera.

V

El día siguiente era domingo. Me levanté bastante temprano. Envuelto en mi albornoz vigilaba los cuatro huevos que se agitaban en su infierno, cuando alguien entró en el salón por una puerta lateral que nunca me tomaba la molestia de cerrar.

¡Louise! Louise, vestida de color malva colibrí para la iglesia. Louise, en un dorado resplandor de sol otoñal. Louise apoyada contra el piano de cola, como a punto de cantar y mirando a su alrededor con una sonrisa lírica. Fui el primero en interrumpir el abrazo.

Vadim: No, querida, no. Mi hija puede aparecer de un momento a otro. Siéntate.

Louise (*Examina un sillón y luego se sienta en él*): Qué lástima. ¡No sabes cuántas veces estuve en este cuarto! A decir verdad, a los dieciocho años me acostaron sobre este piano de cola. Aldy Landover era feo, sucio, brutal... y totalmente irresistible.

Vadim: Oye, Louise. Tu estilo libre y frívolo siempre me ha parecido encantador. Pero muy pronto te mudarás a esta casa. Habrá que conducirse con un poco más de dignidad, ¿no te parece?

Louise: Tendremos que cambiar esa alfombra azul. Sobre ella, el Stein parece un iceberg. Y pondremos montones de flores. ¡Tantos floreros y ni una sola *strelitzia*! Antes había allí todo un arbusto de lilas.

Vadim: Recuerda que es otoño. Oye, maldita la gracia que me hace recordártelo, pero tu prima debe de estar esperándote en el coche. No sería muy correcto.

Louise: No me hagas reír. No se levantará de la cama hasta la hora de almorzar. Ah, Segunda Escena.

(*Bel aparece por el otro lado del piano, solo con zapatillas y un collar barato de cuentas iridiscentes, un souvenir de la Riviera. Ya se ha vuelto hacia la cocina, exhibiendo su nuca de paje y sus delicados omóplatos, cuando advierte nuestra presencia y vuelve sobre sus pasos.*)

Bel (*Dirigiéndose a mí y echando una mirada indiferente a nuestra sorprendida visitante*): Ya bezumno golodnaya. (*Tengo un hambre feroz.*)

Vadim: Querida Louise, te presento a mi hija Bel. Camina como sonámbula, por eso está... sin ropa.

Louise: Hola, Annabel. Andar sin ropa te sienta bien.

Bel (*Corrigiendo a Louise*): Isa.

Vadim: Isabel, te presento a Louise Adamson, una gran

amiga mía que acaba de volver de Roma. Espero que nos visite con frecuencia.

Bel: Cómo le va (*sin signos de interrogación*).

Vadim: Bueno, ve a ponerte algo, Bel. El desayuno está listo. (*A Louise.*) ¿No quieres desayunar con nosotros? ¿Huevos duros? ¿Una coca-cola con pajita? (*Pálido violín sube las escaleras.*)

Louise: *Non, merci.* Me he quedado estupefacta.

Vadim: Sí, las cosas se han puesto algo raras aquí. Pero ya verás, Bel es una niña muy especial, no hay otra como ella. Lo que hace falta es tu presencia, tu influjo. Ha heredado de mí la costumbre de andar como vino al mundo. Un gen edénico. Curioso.

Louise: ¿Es un campamento nudista de dos, o la señora O'Leary también forma parte de él?

Vadim (*Riendo*): No, no viene aquí los domingos. Todo es normal, te lo aseguro. Bel es un ángel muy dócil. Ella...

Louise: (*Poniéndose de pie para irse*): Ya vuelve para que la alimenten. (*Bel baja las escaleras con una bata roja muy corta.*) Ve a mi casa a la hora del té. Jane King llevará a Fay a ver un partido de hockey en Rosedale. (*Mutis.*)

Bel: ¿Quién es? ¿Una estudiante tuya? ¿Teatro? ¿Elocución?

Vadim (*Precipitándose*): Bozhe moy! (*¡Dios Santo!*) ¡Los huevos! Ya estarán tan duros como el jade. Vamos. Te pondré al corriente de la situación, como dice tu maestra.

VI

Lo primero que salió de mi casa fue el piano de cola. Una cuadrilla de obreros tambaleantes transportó el iceberg a la escuela de Bel, a la cual lo había donado en un intento de adulación. No me dejo asustar fácilmente, pero cuando me asusto me asusto de veras, y durante una segunda entrevista con la directora de esa escuela mi representación de un indignado Charles Dogson se salvó del fracaso solo gracias a la sensacional noticia de que me casaría con una irreprochable mundana, viuda de uno de nuestros filósofos más decorosos. Louise, por otro lado, consideró el despilfarro de un símbolo de lujo como una afrenta personal y un crimen: un piano de concierto de esa marca cuesta, dijo, por lo menos tanto como su viejo Hécate convertible, y ella no era tan rica como sin duda yo imaginaba. Esa declaración era el ejemplo de un nudo lógico: dos mentiras entrelazadas no forman una verdad. La apacigüé llenando poco a poco el Cuarto de Música (si es que una serie en el tiempo puede transformarse en un súbito espacio) con los melancólicos aparatos que la fascinaban: muebles canoros, aparatos de televisión en miniatura, estéreos, orquestas portátiles, nuevos aparatos de TV cada vez mejores, instrumentos de control remoto para encender y apagar esas cosas y un marcador telefónico automático. Louise regaló a Bel para su cumpleaños una máquina que facilita el sueño produciendo ruido de lluvia y para celebrar *mi* cumpleaños asesinó la noche de un neurótico comprándome un reloj. Pantomima de mil dólares, con doce radios amarillos en su esfera negra en vez de cifras, que me cegaba o me hacía parecer como un mendigo repulsivo que finge ceguera en una sórdida ciudad tropical. En compensación, ese objeto terrible poseía un rayo secreto que proyectaba números arábigos (2,00; 2,05; 2,10; 2,15, y así sucesivamente) en el cielo raso de mi nuevo dormitorio, anulando así la sagrada, completa, laboriosa oclusión de su ventana ovalada. Le dije que me compraría un revólver y le pegaría un tiro al careto del reloj si no lo devolvía al enemigo que se lo había vendido. Lo reemplazó por «algo especialmente creado para los amantes de la originalidad»: un paragüero plateado en forma de bota gigantesca («en la lluvia había algo que la atraía de manera extraña», me escribió su «analista» en una de las cartas más imbéciles que se hayan escrito nunca). También le gustaban los animales pequeños, pero en eso me mantuve firme y Louise nunca tuvo el chihuahua de pelo largo que me suplicó.

Nunca esperé demasiado de Louise, la Intelectual. La única vez que la vi derramar gruesas lágrimas, con interesantes quejidos de verdadero pesar, fue el primer domingo de nuestro matrimonio, cuando todos los diarios publicaron fotografías de dos autores albaneses (un viejo calvo autor de poemas épicos y una mujer de pelo muy largo, compiladora de libros infantiles) que compartían el Premio Prestigioso para el cual yo era el candidato más seguro, según informó Louise a todo el mundo. Por otro lado, apenas si había hojeado mis novelas (aunque después leería con más atención *Un reino junto al mar*, que empecé a extraer lentamente de mi cabeza en 1957, como una larga lombriz cerebral, esperando que no se rompiera), mientras consumía todos los best sellers «serios» de que hablaban sus camaradas de consumo en el Grupo Literario donde le gustaba pavonearse como esposa de un escritor.

También descubrí que se consideraba una experta en Arte Moderno. Se puso furiosa cuando le dije que una raya verde contra un fondo azul no tenía para mí *la menor* relación con la exégesis de un catálogo, donde se la describía como «una atmósfera oriental de tiempo sin espacio y espacio sin tiempo». Me acusó de que intentaba trastornar su visión del mundo —en broma, suponía—, sosteniendo que solo un filisteo embobado por los solemnes imbéciles que escribían sobre exposiciones podía tolerar los trapos y los papeles sucios rescatados en cubos de basura y alabados como tibias «manchas de color» y «tierna ironía». Pero quizá lo más conmovedor y terrible era su genuina creencia de que los pintores «pintan lo que sienten», que un tosco paisaje garabateado en Provenza podía ser interpretado con orgullo por los estudiantes de pintura, si un psiquiatra les explicaba que un nubarrón amenazador representaba la ruptura del pintor con su padre y un trigal ondulante aludía a la muerte de su madre durante un naufragio.

No podía evitar que Louise comprara muestras del arte pictórico en boga, pero logré confinar algunos de los objetos más repulsivos (como la colección de cuadros pintados por convictos naíf) al comedor redondo, donde se sumergían en la bruma cuando cenábamos con invitados a la luz de las velas. Nuestras comidas habituales tenían lugar en un recodo entre la cocina y el cuarto de servicio. Allí instaló Louise su Máquina Expreso Cappuccino, mientras yo alojé en el extremo opuesto de la casa, el Cuarto Ópalo, un lecho imponente, hedónicamente vestido y con cabezal acolchado. El cuarto de baño adyacente tenía una bañera menos cómoda que la usada hasta entonces y ciertas incomodidades perturbaban mis excursiones, dos o tres noches por semana, a la cámara nupcial (a través de la sala, escaleras crujientes, corredor del primer piso, y el inescrutable hilo de luz bajo la puerta de Bel). Pero mi intimidad me importaba mucho más que sus desventajas. Tenía el «*toupet* turco», como decía Louise, de prohibirle que se comunicara conmigo golpeando en su suelo. Al fin hice instalar un teléfono interior en mi cuarto solo para usarlo en alguna emergencia: pensaba en estados de nerviosismo tales como la sensación de derrumbe inminente que tenía a veces, durante mis ataques nocturnos con obsesiones escatológicas. Y siempre estaba la caja semillena de píldoras para dormir que solo ella podía quitarme.

Decidimos, pues, dejar a Bel en su apartamento, con Louise como única vecina, en vez de reamueblar un espacio en espiral para adjudicar a Louise esos dos cuartos del este («¿No crees que también yo necesito un estudio?») y trasladar a Bel, con cama y libros, al Cuarto Ópalo, en la planta baja, y dejarme a mí en el primer piso, en mi antiguo dormitorio. Tomé esa decisión con firmeza, a pesar de las enconadas sugerencias de Louise en el sentido de que sacara del sótano mis instrumentos de trabajo y desterrara a Bel con todas sus pertenencias a ese cubil tibio, seco, acogedor. Aunque estaba seguro de que nunca cedería, el proceso de transformar mentalmente cuartos y trasladar sus accesorios me enfermaba. No estaba arrepentido de haberme casado, reconocía los encantos y la eficacia funcional de Louise, pero mi adoración por Bel era el único esplendor, la única montaña majestuosa en la planicie de mi vida emocional. No bien me despertaba —o más bien, en cuanto resolvía levantarme para acabar con mi insomnio de la madrugada—, empezaba a preguntarme qué proyecto urdiría Louise para hostigar a mi hija. Dos años después, cuando el gris e imbécil autor de estas páginas y su voluble mujer llevaron a Bel a un tedioso viaje por Suiza y la dejaron en Larive, entre Hex y Trex, en una escuela donde «terminaría sus estudios» (donde terminaría con su niñez y la inocencia de la imaginación joven), fue el periodo entre 1955 y 1957 de nuestra vida *à troix* en la casa de Quirn, y no mis errores anteriores, el que recordaría entre sollozos y maldiciones.

Bel y su madrastra dejaron de hablarse; cuando era necesario, se comunicaban por señas: Louise, por ejemplo, apuntaba dramáticamente hacia el inexorable reloj y Bel negaba dando ligeros golpes en la esfera del suyo, fiel, de pulsera. Perdió todo su afecto hacia mí, esquivándome cuando intentaba una leve caricia. Adoptó de nuevo la expresión ausente que desdibujaba sus rasgos cuando llegó de Rosedale. Camus reemplazó a Keats. Sus notas empeoraron.

Dejó de escribir poesía. Un día en que Louise y yo preparábamos las maletas para nuestro próximo viaje a Europa (Londres, París, Pisa, Stresa y, en letras más chicas, Larive), tomé unos viejos mapas –Colorado, Oregón– de la «mejilla» de seda interior de una maleta y en el momento en que mi secreto apuntador murmuró ese «*shcheka*»,* encontré un poema de Bel escrito mucho antes de la intrusión de Louise en su confiada juventud. Pensé que a ella le haría bien leerlo y le tendí esa página de cuaderno (con los bordes desgarrados, pero aún mía) donde había estos versos escritos a lápiz:

> A los sesenta, cuando mire hacia atrás,
> bosques y colinas ocultarán
> el valle, la fuente, la arena
> y las huellas de un pájaro sobre ella.
> Ya nada veré con mis ojos viejos,
> pero sabré que la fuente allá estaba.
>
> ¿Cómo es posible, entonces,
> que cuando miro hacia atrás, a los doce
> (¡un quinto del lapso!),
> sin duda con vista más aguda
> y sin obstáculos en medio,
> no pueda siquiera imaginar
> aquel tramo de arena húmeda
> y el pájaro caminando sobre ella
> y el brillo de mi fuente?

---

* Nuevo juego de palabras a partir de la similitud fonética entre la forma inglesa (*sheek*) y rusa (*shcheka*) de decir «mejilla». *(N. del T.)*

—Es de una pureza que casi recuerda a Pound —observó Louise, cosa que me disgustó porque consideraba a Pound un farsante.

VII

Una dama suiza que enseñaba en el Departamento de Literatura Francesa de Quirn recomendó a Louise en el otoño de 1957 el Château Vignedor, la encantadora escuela de Bel, en una encantadora colina a trescientos metros sobre la encantadora Larive, junto al Ródano. Había otras dos escuelas de la misma índole que convenían a Bel, pero Louise se decidió por Vignedor a causa de una observación dicha al paso no por su amiga suiza, sino por una muchacha en una agencia de viajes, quien resumió las características de la escuela en una frase: «Muchas princesas tunecinas».

Vignedor ofrecía cinco asignaturas principales (Francés, Psicología, *Savoir-vivre*, *Couture*, *Cuisine*), varios deportes (bajo la dirección de Christine Dupraz, famosa esquiadora) y una docena de materias más, a demanda (capaces de retener allí hasta el momento del matrimonio a la más fea de las muchachas) que incluían Ballet y Bridge. Otro *supplément* —muy apropiado para huérfanos y niñas que nadie echaba de menos— era un trimestre estival, que llenaba la última parte del año con excursiones y estudios de la naturaleza. Algunas chicas afortunadas podían seguir ese curso alojándose en casa de la directora, madame de Turm. Era un chalet alpino a unos mil doscientos metros sobre Vignedor. «Su luz solitaria, titilante en un negro repliegue de las montañas —decía el prospecto en cuatro idiomas— puede verse desde el Château en las noches claras.» También había una especie de campamento para niños locales con diferentes clases de discapacidades, dirigido por la directora de deportes, que tenía aficiones médicas.

1957, 1958, 1959. A veces, en raras ocasiones, ocultándome de Louise —que se oponía a los veinte monosílabos espaciados de Bel por los que pagábamos cincuenta dólares—, la llamaba desde Quirn. Pero después de unas cuantas llamadas recibí una breve nota de madame de Turm en que me pedía que no perturbara a mi hija telefoneándola. Entonces me aislé en mi oscuro caparazón. ¡Oscuro caparazón, oscuros años de mi corazón! Por curiosa coincidencia, esa fue la época en que escribí *Un reino junto al mar*, mi novela más intensa, más regocijante, de más éxito comercial. Sus exigencias, su fantasía, la complicada elaboración de sus imágenes compensaron en cierto modo la ausencia de mi adorada Bel. Además, hizo que redujera mi correspondencia con ella (cartas llenas de afecto y de chismes, terriblemente artificiales, que Bel apenas se tomaba la molestia de contestar). Más asombroso, desde luego, más incomprensible para mí en la dolorosa perspectiva del recuerdo fue el efecto que ese entretenimiento mío tuvo en el número y extensión de nuestras visitas, entre 1957 y 1960, año en que Bel se escapó con un joven norteamericano progresista y de barba rubia. No hace pocos días, al examinar estas notas, me asombró comprobar que solo vi a «mi adorada Bel» cuatro veces en tres veranos, y que solo dos de nuestras visitas duraron tanto como un par de semanas. Debo agregar, sin embargo, que ella se negó resueltamente a pasar sus vacaciones en casa. Es evidente que nunca debí mandarla a Europa. Hubiera sido mejor calcinarme en mi casa infernal, entre una mujer pueril y una niña sombría.

El trabajo en mi novela también afectó mis costumbres conyugales, convirtiéndome en un marido menos apasionado y más indulgente: permití a Louise que hiciera viajes de sospechosa frecuencia para consultar fuera de la ciudad a oculistas desconocidos y la desatendí por culpa de Rose Brown, nuestra bonita criada, que se daba tres baños por día y pensaba que las braguitas con volantes negros «estimulaban a los tipos».

Pero lo peor de todo fueron los estragos que mi trabajo causó en mis clases. Como Caín, sacrifiqué a mi novela las flores de mis veranos y como Abel las ovejas de mi universidad. A causa de ella, llegó a su última etapa el proceso de mi desencarnación. Corté los últimos vestigios de comunicación interhumana: no solo desaparecí de las aulas, sino que grabé todo mi curso para que el Circuito Cerrado de la Universidad lo hiciera llegar a los cuartos de los estudiantes con auriculares. Corrió el rumor de que estaba a punto de renunciar. Un anónimo aficionado a los juegos de palabras escribió en 1959 en la revista de la universidad: «Con júbilo hemos sabido que antes de jubilarse ha pedido un aumento de sueldo».

En el verano de ese año, mi tercera mujer y yo vimos a Bel por última vez. Allan Garden (con cuyo nombre debió bautizarse la especie del jazmín del Cabo: tan grande y triunfante era la flor que llevaba en la solapa) acababa de casarse con su joven Virginia, después de varios años de concubinato sin nubes. Vivirían hasta la edad combinada de ciento setenta años gozando de una felicidad absoluta, pero aún faltaba un capítulo terrible. Trabajé en las primeras páginas sentado ante un pésimo escritorio, en un pésimo hotel, junto a un pésimo lago, con la vista de la pésima *isoletta* a mi izquierda. Lo único bueno era una botella con perfil de mujer embarazada que tenía frente a mí. En mitad de una frase intrincada, Louise regresó desde Pisa, donde supuse –con divertida indiferencia– que había reanudado relaciones con un antiguo amante. Pulsando las cuerdas de su dócil inquietud la llevé a Suiza, país que ella detestaba. Nos citamos con Bel para una cena a hora temprana en el Larive Grand Hotel. Llegó acompañada por su joven con melena de Cristo, ambos con pantalones color púrpura. El *maître d'hôtel* murmuró algo a mi mujer por encima del menú. Louise subió a nuestra habitación y volvió con mi corbata más vieja para que el tosco joven se la pusiera en torno a la nuez de Adán y el cuello escuálido. Durante la conversación descubrimos que la abuela del muchacho se había emparentado, por su casamiento, con un primo tercero del abuelo de Louise, un banquero de Boston de reputación no del todo inmaculada. Tomamos café y kirsh en el salón, y Charlie Everett nos mostró fotografías del campamento de verano para niños ciegos (por suerte, incapaces de ver las tristes acacias y los montones de basura cenicienta junto al río) que él y Bella (¡Bella!) dirigían. Charlie tenía veinticinco años. Había pasado cinco estudiando ruso y lo hablaba con tanta fluidez como una foca amaestrada, según dijo. Era un empecinado «revolucionario» y un imbécil irredento, ignorante, loco por el jazz, el existencialismo, el leninismo, el pacifismo, el arte africano. Consideraba que los panfletos valientes y los catálogos eran mucho más «significativos» que los viejos libracos. El pobre tipo emanaba un olor rancio, dulzón, insalubre. Durante toda la cena y la tortura del café no miré ni siquiera una vez (¡ni una sola vez, lector!) a mi Bel. Pero cuando estábamos a punto de despedirnos (para siempre) la miré: tenía dos arrugas gemelas que bajaban desde la nariz hasta las comisuras de los labios, usaba gafas de abuela, iba peinada con raya al medio y había perdido toda su belleza pubescente, cuyos restos todavía eran visibles durante la visita que le había hecho una primavera y un invierno antes. Ella y Charlie debían regresar a las ocho y media, por desgracia. («Por desgracia» no era la frase adecuada.)

—¡Ven a visitarnos muy pronto a Quirn, Dolly! —dije cuando todos estuvimos en la acera, frente a la negra silueta de las montañas contra el cielo aguamarina y entre bandadas de cuervos que se alejaban.

No sé cómo explicar el error, pero nunca vi a Bel tan furiosa como en ese momento.

—¡Qué está diciendo! —exclamó, mirando a Louise, a su amigo y de nuevo a Louise—. ¿Qué quiere decirme con eso? ¿Por qué me llama Dolly? ¿Quién diablos es esa Dolly? ¿Por qué, por qué (volviéndose hacia mí) me has dicho eso?

—*Obmolvka, prosti* (*lapsus linguae*, perdón) —contesté, agonizando, procurando convertir todo eso en un sueño, en una pesadilla sobre nuestra despedida.

Se dirigieron rápidamente hacia su automóvil, un pequeño Klop; él unos pasos más adelante, ya taladrando el aire con la llave del coche, a la izquierda, a la derecha de Bel. El cielo aguamarina ya estaba silencioso, oscuro y vacío, con excepción de esa estrella en forma de estrella acerca de la cual escribí una elegía rusa siglos antes, en otro mundo.

—Qué encantador, bondadoso, civilizado y atractivo es ese muchacho —dijo Louise cuando entramos en el ascensor—. ¿Tienes ganas esta noche? ¿Aquí mismo, Vad?

Quinta parte

I

Esta antepenúltima parte de *¡Mira los arlequines!*, este animado episodio en mi existencia, por lo general algo pasiva, es terriblemente difícil de escribir y me recuerda las penitencias que me infligía la más cruel de mis institutrices francesas –copiar *cent fois* (siseo baboso) algún viejo refrán–, porque había añadido ilustraciones marginales a las que ya existían en su *Pétit Larousse* o porque había examinado bajo la mesa del aula las piernas de Lalage L., una primita que compartía mis lecciones durante aquel verano inolvidable.

A decir verdad, he repetido la historia de mi viaje a Leningrado a finales de 1960 innumerables veces en mi mente, frente a un nutrido público ávido de mis obras y mis sucesivos yos, y sigo teniendo dudas sobre la necesidad y las ventajas de una tarea tan tediosa. Sin embargo, el lector ha debatido mis razones, es tiernamente terco y ordena que narre mi aventura para otorgar una pizca de importancia al fútil destino de mi hija.

En el verano de 1960, Christine Dupraz, que dirigía el campamento para niños inválidos entre montaña y carretera, al este de Larive, me comunicó que Charlie Everett, uno de sus ayudantes, se había escapado con mi Bel después de quemar —en una grotesca ceremonia que ella visualizaba con más claridad que yo— su pasaporte y una banderita norteamericana (comprada con ese fin en una tienda de souvenirs), «en medio del jardín del cónsul soviético». Después de eso, el nuevo «Karl Ivanovich Vetrov» y la joven Isabella, de dieciocho años, hija de este servidor, habían celebrado una simulación de matrimonio en Berna y se habían largado de inmediato a Rusia.

El mismo correo me trajo una invitación para una entrevista en Nueva York con un famoso *compère* para que habláramos de mi repentino primer puesto en la lista de best sellers. También me llegaron propuestas de editores japoneses, griegos, turcos, y una postal de Parma que decía: «¡Bravo por *Un reino junto al mar*! De: Louise y Victor». Entre paréntesis, nunca supe quién era Victor.

Rechacé todos mis compromisos y después de unos pocos años de abstinencia me entregué al placer de las investigaciones secretas. El espionaje había sido mi *clystère de Tchékhov* ya antes de casarme con Iris Black, cuya posterior obsesión por escribir una interminable novela policiaca alimenté con algunas alusiones (que dejaba caer al pasar, como la lustrosa pluma de un pájaro) a mis experiencias en el vasto y brumoso ámbito del Servicio Secreto. En la modesta medida de mis posibilidades, había colaborado en la lucha librada por mis superiores. El fresno de flores azules en cuya corteza herida los dos «diplomáticos», Tomikovski y Kalikakov, depositaban su correspondencia secreta aún permanece, cubierto de cicatrices, en la cumbre sobre San Bernardino. Por economía estructural he suprimido de este relato de amor y prosa esas acciones que me divertían tanto. Pero su existencia me ayudó —al menos durante algún tiempo— a combatir la locura y la angustia de un dolor sin consuelo.

Fue un juego de niños encontrar a unas parientas de Karl en los Estados Unidos: dos tías atroces que se odiaban mutuamente pero que detestaban aún más al sobrino. La Tía Número Uno me aseguró que el muchacho nunca había salido de Suiza (todavía seguían reexpidiendo a la casa de ella, en Boston, la correspondencia publicitaria dirigida al sobrino). La Tía Número Dos, el Terror de Filadelfia, me dijo que al muchacho le gustaba la música y que vegetaba en Viena.

Había sobrestimado mis fuerzas. Una seria recaída me confinó en un hospital casi durante un año. Interrumpí el descanso absoluto ordenado por todos mis médicos para acompañar a mi editor en una larga lucha legal contra los cargos de obscenidad hechos a mi novela por censores pudibundos. Volví a enfermar. La presión de las alucinaciones que me acosaban aumentó cuando mis pesquisas sobre Bel se mezclaron con las controversias sobre mi novela. Veía con la claridad con que se ven las montañas o las naves un gran edificio con todas las ventanas iluminadas que procuraba avanzar sobre mí, más allá de las paredes del hospital, buscando un punto débil para derribarlas y precipitarse sobre mi cama.

A finales de 1960 averigüé que Bel ya estaba casada legalmente con Karl Ivanovich Vetrov, pero que él había sido destinado a un lugar remoto para un trabajo de índole desconocida. Entonces recibí una carta.

Me la hizo llegar un viejo y respetable hombre de negocios (lo llamaré A. B.), con una nota donde me explicaba que se dedicaba a la industria textil, aunque era ingeniero; que representaba a «una compañía soviética en los Estados Unidos y viceversa»; que la carta adjunta era de una dama, empleada en su oficina de Leningrado (la llamaré Dora), y se refería a mi hija, «a quien no tenía el honor de conocer pero que, según creía, necesitaba mi ayuda». Agregaba que volaría de regreso a Leningrado dentro de un mes y le alegraría «ponerse en contacto conmigo». La carta de Dora estaba escrita en ruso:

> ¡Admirado Vadim Vadimovich!
> Sin duda recibirá usted muchas cartas de habitantes de nuestro país que se las arreglan –¡empresa nada fácil!– para obtener sus libros. Pero esta carta no es tan solo de una admiradora, sino también de una amiga de Isabella Vadimovna Vetrov, con quien comparto un cuarto desde hace más de un año.
> Isabella Vadimovna está enferma, no tiene noticias de su marido y ni un solo kopek.
> Por favor, comuníquese con la persona que le entregará estas líneas. Es mi patrón y también un pariente lejano mío, y acepta traernos una carta suya y también algún dinero, si es posible. Pero lo principal, lo principal (*glavnoe, glavnoe*) es que venga usted personalmente (*lichno*). Dígale si puede venir y dónde y cuándo podríamos hablar de la situación en que estamos. Todo en la vida es urgente (*speshno*, «apremiante», «impostergable») pero algunas cosas son terriblemente urgentes. Esta es una de ellas.
> Para convencerlo de que ella está aquí, conmigo, pidiéndome que le escriba, ya que ella misma es incapaz de hacerlo, incluyo una clave que solo ustedes pueden interpretar: «... y el sendero inteligente (*i umnitsa tropka*)».

Durante un minuto permanecí sentado ante la mesa del desayuno, bajo la mirada compasiva de Rose Brown, en la actitud de un habitante de las cavernas que toma su cabeza con ambas manos al oír un derrumbe de piedras (las mujeres hacen el mismo ademán cuando algo se cae en un cuarto vecino). Desde luego, me decidí de inmediato. Palmeé al pasar las jóvenes nalgas de Rose Brown a través de su ligero vestido y fui al teléfono.

Pocas horas después cenaba con A. B. en Nueva York (en el transcurso de los meses siguientes, le hice varias llamadas de larga distancia desde Londres). Era un hombrecito soberbio, de forma perfectamente oval, calva reluciente y pies minúsculos calzados con esplendor (el resto de su envoltura era menos refinada). Hablaba un frágil inglés con acento ruso y un ruso natal con signos de interrogación judíos. Me aconsejó que empezara por ver a Dora. Me indicó el lugar exacto donde podíamos encontrarnos. Me advirtió que al preparar mi viaje al sombrío País de las Maravillas de la Unión Soviética debía cumplir con un primer requisito: la gestión filistea para que me asignaran un *nomer* (habitación de hotel). Solo después podía solicitar el visado. Sobre una montaña pardusca de *blinis* pecosos, empapados en manteca y acompañados de caviar (que A. B. me prohibió pagar, aunque me había forrado con la recaudación de *Un reino junto al mar*) habló poéticamente y con cierta extensión de su viaje a Tel Aviv.

El episodio que siguió en mi aventura (una visita a Londres) habría sido delicioso si no me hubieran abrumado sin cesar la ansiedad, la impaciencia, el tormento de los presagios. Por intermedio de varios caballeros azarosos (un antiguo amante de Allan Andoverton y dos de los misteriosos compinches de mi difunto benefactor) conservaba vínculos con el BINT, sigla mediante la cual los agentes soviéticos acronimizan el conocido, demasiado conocido, British Intelligence Service. Fue así como pude obtener un pasaporte falso, o casi falso. Puesto que quizá vuelva a emplear este recurso en otra ocasión, no revelaré el alias que usé. Baste decir que cierta burlona semejanza entre mi verdadero apellido y el que adopté podía muy bien pasar, si me pescaban, por el error de un cónsul distraído y por indiferencia del perturbado viajero ante los documentos oficiales. Supongamos que mi verdadero apellido fuera «Oblonsky» (invención tolstoiana); el falso podría ser, por ejemplo, «O. B. Long», una *borronski* oblonga, por así decirlo. Ese alias podía desarrollarse como, digamos, «Oberon Bernard Long», de Dublín o Dumberton, y yo podía vivir usando ese nombre durante años en cinco o seis continentes.

Había escapado de Rusia antes de cumplir los diecinueve años, dejando en mi peligroso camino por el bosque la huella del cuerpo derribado de un soldado rojo. Después había dedicado medio siglo a criticar, escarnecer, caricaturizar, retorcer como una toalla empapada en sangre, patear en el sitio más hediondo y atormentar de mil otras maneras al régimen soviético en cuanta ocasión se me presentaba al escribir mis obras. A decir verdad, durante el periodo y en el nivel literario a que pertenecían mis libros no hubo crítica más sostenida que la mía contra la brutalidad y la esencial estupidez bolchevique. Tenía, pues, clara conciencia de dos hechos: por un lado, con mi verdadero nombre jamás lograría que me asignaran una habitación en el Evropeyskaya o el Astoria o cualquier otro hotel de Leningrado, a menos que presentara excusas extraordinarias y me retractara con abyecta exuberancia; por el otro, si al registrarme en el alojamiento como señor Long o Blong me interrumpían para alguna averiguación, podían surgir infinitas dificultades.

Por lo tanto, decidí evitar las interrupciones.

«¿Me dejaré crecer la barba para cruzar la frontera?», se pregunta el nostálgico general Gurko en el capítulo sexto de *Esmeralda y su Parandro*.

—No estaría de más —me dijo Harley Q., uno de mis alegres consejeros—. Pero hazlo antes de que peguemos y sellemos el retrato de O. B., y después trata de no adelgazar.

Me dejé crecer la barba durante la atroz espera del cuarto que no podía inventar y del visado que no podía falsificar. Resultó una gran barba victoriana, de un agradable matiz leonado con estrías plateadas. Empezaba en mis rojos pómulos y me llegaba hasta el chaleco, confraternizando en el descenso con mis rizos laterales, amarillentos y entrecanos. Unas lentes de contacto especiales no solo daban una expresión diferente, aturdida, a mis ojos, sino que además transformaban su forma, que pasó de leonina a jupiteriana. Solo a mi regreso me di cuenta de que mis pantalones hechos a medida, los que llevaba puestos y en la maleta, exhibían mi verdadero nombre en el interior de la cintura.

Mi viejo y buen pasaporte británico, apenas revisado por tantos funcionarios que nunca habían abierto mis libros (únicos documentos de identidad genuinos de su ocasional portador), después de un procedimiento que tanto el pudor como la incapacidad me impiden describir, permaneció físicamente inalterado en muchos aspectos. Pero otros de sus rasgos —detalles de sustancia, pormenores de información— quedaron «modificados», por así decirlo, mediante un nuevo método, un tratamiento alquimisterioso, una técnica genial «todavía ignorada en el resto del mundo», según dijeron con discreción los tipos del laboratorio para referirse a la falta de trascendencia de un descubrimiento que pudo salvar a incontables fugitivos y agentes secretos. En otras palabras, nadie, ningún químico forense que no estuviera al tanto era capaz de sospechar, y menos aún de probar, que mi pasaporte era falso. No sé por qué me demoro en este tema con persistencia tan tediosa. Quizá porque *otlynivayu* —«esquivo»— la tarea de describir mi visita a Leningrado. Pero ya no puedo evitarla.

II

Al cabo de casi tres meses de inquietud, estuve en condiciones de partir. Me sentía barnizado de la cabeza a los pies, como aquel efebo desnudo, el brillante *clou* de una procesión pagana que murió de asfixia dérmica bajo su revestimiento de esmalte dorado. Pocos días antes de mi partida hubo un cambio que entonces pareció insignificante. Mi vuelo desde París estaba fijado para un jueves. El lunes, una melodiosa voz femenina me llamó a mi hotel de la rue Rivoli, cargado de nostalgias, para decirme que algo —quizá un accidente mantenido tras un velo de bruma soviética— había alterado los horarios y que yo podía tomar el turbohélice a Moscú ese miércoles o el siguiente. Elegí el primero, desde luego, ya que así no debía modificar la fecha de mi cita.

Mis compañeros de viaje eran unos cuantos turistas ingleses y franceses, y un correcto grupo de tristes funcionarios soviéticos que regresaban de una misión comercial. Una vez dentro del avión me envolvió cierta ilusión de barata irrealidad que fluctuó sobre mí durante el resto del viaje. Era un día de verano muy caliente y el absurdo sistema acondicionador de aire no superaba las vaharadas de sudor y la invasión del *Krasnaya Moskva*, un perfume insidioso que impregnaba hasta los caramelos duros (denominados en la envoltura *Ledenets vzlyotnyy*, «caramelos de despegue») generosamente distribuidos antes de la partida. Otro rasgo de cuento de hadas eran las brillantes viñetas —rúbricas amarillas y motas violetas— que adornaban las ventanillas. Frente a mí, un bolso imperdonable en el respaldo del asiento llevaba un rótulo siniestro: «Para depositar desperdicios»... tales como el depósito de mi identidad en ese país de hadas.

Mi estado de ánimo y mi condición mental exigían un vaso de bebida fuerte, más que otra ración de *vzlyotnyy* o alguna lectura liviana. Sin embargo, acepté la revista de propaganda que me ofreció una azafata robusta, de expresión austera y brazos al aire, y me interesó enterarme de que (en contraste con los triunfos habituales) Rusia no había hecho buen papel en las Olimpiadas de Fútbol de 1912, cuando el «equipo zarista» (sin duda compuesto por diez boyardos y un oso) perdió por 12 a 0 contra los alemanes. Había tomado un sedante y me disponía a dormir al menos durante parte del trayecto. Pero el primero y único intento de conciliar el sueño fracasó gracias a una azafata aún más robusta y con un aura de sudor y cebolla, quien me ordenó ásperamente que recogiera la pierna, demasiado estirada hacia el pasillo por donde ella circulaba cada vez con más materiales de propaganda. Envidié furiosamente a mi vecino del lado de la ventanilla, un anciano francés —o en todo caso, apenas compatriota mío— de desordenada barba entrecana y corbata abominable, que durmió durante las cinco horas del viaje, desdeñando las sardinas y el vodka que yo no pude resistir, aunque llevaba un frasco de algo mejor en el bolsillo del pantalón. Quizá los historiadores de la fotografía me ayuden alguna vez a explicar qué índices hacen que el recuerdo de una cara anónima e inubicable me retrotraiga al periodo de 1930-1935, por ejemplo, y no hasta 1945-1950. Mi hermano era como el gemelo de una persona que yo había conocido en París. Pero ¿quién? ¿Otro escritor? ¿Un portero? ¿Un zapatero remendón? La dificultad de determinarlo era menos ardua que el enigma de los límites apenas sugeridos por el «sombreado» y la «calidad» de la imagen.

Tuve una visión más inmediata y divertida del francés cuando, hacia el fin de nuestro viaje, mi impermeable cayó del portaequipajes y aterrizó sobre él, que me sonrió con bastante amabilidad al emerger del repentino alud. Volví a atisbar su perfil carnoso y sus cejas hirsutas mientras sometía a la inspección mi única maleta y contenía la tentación demencial de criticar el estilo de la versión inglesa en la declaración de aduana: «... gráficos en miniatura, aves sacrificadas y animales y pájaros vivos».

Lo vi de nuevo, aunque con menos claridad, mientras nos trasladaban en autobús de un aeropuerto a otro por los míseros alrededores de Moscú, ciudad que no había visto en mi vida y que me interesaba tanto como, por ejemplo, Birmingham. Pero en el avión a Leningrado volvió a sentarse junto a mí, esta vez del lado del pasillo. Olores mezclados a austera azafata y Moscú Rojo, con gradual preeminencia del primer ingrediente, a medida que nuestros ángeles de brazos al aire multiplicaban sus últimas ofertas, nos acompañaron desde las 21.18 hasta las 22.33. Para identificar a mi vecino antes de que él y su enigma se desvanecieran, le pregunté en francés si sabía algo sobre un pintoresco grupo que había abordado nuestro avión en Moscú. Me contestó, con *grasseyement* parisino, que debían de ser los integrantes de un circo iraní de gira por Europa. Los hombres parecían arlequines en traje de paisano; las mujeres, aves del paraíso; los niños, medallones de oro. Y había una pálida belleza de pelo negro que me recordó a Iris o un prototipo de Iris.

—Espero que actúen en Leningrado —dije.

—¡Bah! —contestó—. No pueden competir con nuestros circos soviéticos.

Reparé en ese instintivo «nuestros».

A ambos nos habían asignado el Astoria, un horrible bloque construido en épocas de la primera guerra mundial, según creo. El cuarto *de luxe*, lleno de micrófonos ocultos

(Guy Gayley me había enseñado a descubrirlos en un abrir y cerrar de ojos) y por lo tanto con aspecto inocente, con cortinas anaranjadas y colgaduras también anaranjadas en la cama, dentro del nicho estilo viejo mundo, tenía baño privado, según lo convenido, pero me llevó algún tiempo entendérmelas con un convulso torrente de agua color tiza. Encontré la última versión de Moscú Rojo en la pastilla de jabón color carne. Por puro masoquismo pedí la cena; nada ocurrió y pasé otra hambrienta hora en un restaurante inamistoso. La Cortina de Hierro es en verdad una pantalla de lámpara: allí su variante estaba adornada con incrustaciones de vidrio en un rompecabezas de pétalos. La *kotleta po kievski* que pedí tardó cuarenta y cuatro minutos en llegar desde Kiev y dos minutos en ser devuelta por su desemejanza con una chuleta, con una minúscula palabrota (murmurada en ruso) que dejó boquiabierta a la camarera ante mí y mi *Daily Worker*. El vino caucásico era imbebible.

Mientras me precipitaba hacia el ascensor procurando recordar dónde había puesto mis píldoras para la digestión ocurrió una breve, encantadora escena. Una *liftyorsha* atlética y de mejillas encendidas, con varios collares de cuentas, fue reemplazada por una mujer mucho mayor con aire de jubilada a quien gritó, mientras salía del ascensor como una tromba: «*Ya tebe eto popomnyu, sterva!*» («¡Ya te ajustaré las cuentas, vieja bruja!»). Y procedió a atropellarme y casi derribarme (soy un viejo corpulento, pero de poca consistencia). «*Shtoy-ty suyoshsya pod nogi?*» («¿Por qué te metes entre los pies?»), exclamó en el mismo tono insolente, que hizo mover suavemente la gris cabeza a la ascensorista nocturna mientras subíamos.

Entre dos noches, dos partes de una pesadilla en etapas durante la cual procuré en vano localizar la calle de Bel (cuyo nombre preferí que no me dijeran, obedeciendo a una secular superstición en los círculos de conspiradores), sabiendo muy bien que ella yacía, sangrando y riendo, en otra cama de mi cuarto, a pocos pasos descalzos de distancia, vagabundeé por la ciudad, intentando obtener algún beneficio emocional del hecho de haber nacido allí casi tres cuartos de siglo antes. Quizá porque nunca podría superar la existencia del pantano sobre el cual la había construido un famoso valentón (por motivos nunca descubiertos, según Gógol), San Petersburgo no era un lugar para niños. Debí pasar allí partes insignificantes de unos pocos diciembres y sin duda uno o dos abriles; pero estuve por lo menos doce inviernos en las costas del Mediterráneo o del mar Negro en mis diecinueve años previos a Cambridge. En cuanto a los veranos, mis veranos jóvenes, todos ellos habían florecido en las grandes fincas campestres de mi familia. Comprendí, pues, con necio asombro, que nunca había visto mi ciudad natal en junio o julio, salvo en tarjetas postales (fotos convencionales de parques públicos con tilos que parecían robles y un palacio color pistacho, en lugar de los rosados que recordaba, y cúpulas implacablemente doradas bajo un cielo italiano). Su aspecto, por lo tanto, no me producía la emoción del reconocimiento; era una ciudad desconocida, si no totalmente extranjera, que permanecía en otra época: una época indefinible, no remota, pero sin duda previa a la invención de los desodorantes.

Había empezado la temporada de calor y en todas partes, en las agencias de viajes, en los vestíbulos, en las salas de espera, en los colmados, en los trolebuses, en los ascensores, en las escaleras, en todos los malditos corredores, en todas partes, en especial donde trabajaban o habían trabajado las mujeres, se cocinaban invisibles sopas de cebolla en fogones invisibles. Estaría solo un par de días en Leningrado y no tenía tiempo para acostumbrarme a esas tristes emanaciones. Sabía por otros viajeros que nuestra mansión ancestral ya no existía, que el terreno mismo donde se alzaba, entre dos calles en la zona de Fontanka, había desaparecido como un tejido conector en un proceso de degeneración orgánica. ¿Qué fue, pues, lo que logró traspasar mi memoria? Aquel crepúsculo, con un triunfo de nubes broncíneas y tonalidades carmesíes tras la arcada del Puente de Invierno, quizá lo había visto antes en Venecia. ¿Qué otra cosa? ¿La sombra de las rejas sobre el granito? A decir verdad, solamente los perros, las palomas, los caballos, los viejos, sumisos encargados de los guardarropas me parecían conocidos. Ellos, y quizá la fachada de una casa en la calle Gertsen. Quizá fui a ella para alguna fiesta infantil, siglos antes. El adorno floral sobre sus ventanas superiores hizo correr un misterioso estremecimiento por la base de esas alas que nos crecen en momentos de recuerdos involuntarios.

Debía encontrarme con Dora un viernes por la mañana, en la Plaza de las Artes, frente al Museo Ruso, junto a la estatua de Pushkin erigida unos diez años atrás por un comité de meteorólogos. Un folleto turístico exhibe una fotografía en colores del lugar. Las connotaciones meteorológicas del monumento predominan sobre las culturales. De levita, con la solapa derecha siempre agitada por la brisa del Neva, más que por el soplo lírico, Pushkin está de pie, mirando hacia arriba y hacia la izquierda, con la mano derecha extendida hacia el otro lado, de costado, para comprobar la intensidad de la lluvia (actitud muy habitual en los parques de Leningrado cuando florecen las lilas). Cuando llegué, había menguado hasta convertirse en tibia llovizna, un simple murmullo en los tilos sobre los largos bancos del jardín. Dora debía esperarme sentada a la izquierda de Pushkin, *id est* a mi derecha. El banco estaba vacío y parecía mojado. Al otro lado del pedestal podían verse tres o cuatro niños, con el aire hosco, triste, anticuado, que tienen todos los niños soviéticos. Por lo demás, yo estaba a solas, con un ejemplar de *L'Humanité* en la mano, en lugar del *Worker* que debía señalarme discretamente, pero que no había conseguido ese día. En el momento en que desplegaba el diario, sentado en el banco, ella avanzó hacia mí por un sendero del jardín con la renquera prevista. Llevaba el abrigo rosado también previsto, tenía un pie contrahecho y caminaba con ayuda de un grueso bastón. También llevaba un paraguas diáfano que no figuraba en la lista de atributos. Me deshice en lágrimas de inmediato (aunque estaba atiborrado de píldoras). También ella tenía húmedos los ojos dulces y hermosos.

¿Había recibido el telegrama de A. B.? ¿Enviado dos días antes a mi dirección de París? ¿El Hotel Moritz?

—El nombre no es así —dije—. Además, salí antes de París. No importa. ¿Bel está mucho peor?

—No, no, al contrario. Yo sabía que de todos modos, usted vendría. Pero ha ocurrido algo. Karl apareció el martes, mientras yo estaba en la oficina, y se la llevó. También se llevó mi maleta nueva. No tiene sentido de la propiedad. Algún día le pegarán un tiro como a un vulgar ladrón. La primera vez que se metió en líos fue cuando empezó con la manía de que Lincoln y Lenin eran hermanos. Y la última vez...

Dama simpática y conversadora, esa Dora. ¿De qué estaba enferma Bel, por favor?

—Anemia esplénica. Y la última vez, Karl dijo a su mejor estudiante en el instituto de lenguas vivas que lo único que deberían hacer los hombres es amarse los unos a los otros y perdonar a sus enemigos.

—Un espíritu muy original. ¿Dónde cree usted que...?

—Sí, pero el estudiante era un delator y Karl se pasó un año en una Casa de Descanso *tundrovyy*. No sé dónde se la habrá llevado ahora. Ni siquiera sé a quién preguntar.

—Pero tiene que haber *algún* medio... Debo llevármela de este agujero, de este infierno.

—Eso es imposible. Su hija adora, venera a Karlusha. *C'est la vie*, como dicen los alemanes. Es una lástima que A. B. se quede en Riga hasta fin de mes. Usted lo conoce muy poco. Sí, es una lástima. A. B. es un chiflado adorable (*chudak i dushka*) con cuatro sobrinos en Israel. Él mismo dice que eso suena como «los personajes de un drama seudoclásico». Uno de ellos era mi marido. A veces la vida es muy complicada. Uno pensaría que cuanto más complicada, tanto más feliz. Pero en realidad, «complicada» siempre ha significado, por un motivo u otro, *grust' i toska* (dolor y angustia).

—Pero óigame usted, ¿no puedo *yo* hacer algo? ¿No puedo quedarme aquí y hacer averiguaciones? ¿Quizá pedir consejo a la Embajada...?

—Su hija ya no es inglesa y nunca fue norteamericana. No hay nada que hacer, se lo aseguro. Las dos hemos sido muy amigas durante mi vida, tan complicada. Pero Karl no le permitió que me dejara por lo menos unas líneas. Y ni una palabra de despedida para usted, desde luego. Por desgracia, Isabella le anunció que usted estaba a punto de llegar. Karl no podía soportar la idea, a pesar de la simpatía que procura sentir hacia quienes no resultan simpáticos. ¿Sabe una cosa? El año pasado, o quizá hace dos... sí, fue hace dos años, vi su cara en una revista holandesa o danesa. Lo habría reconocido de inmediato en cualquier parte.

—¿Con la barba?

—Oh, no lo cambia en lo más mínimo. Es como las pelucas o los anteojos verdes en las viejas comedias. De chica, soñaba con llegar a ser payasa de un circo. «Madame Brown» o «Trek Trek». Pero dígame una cosa, Vadim Vadimovich... quiero decir, Gospodin Long, ¿no han descubierto que ha venido a Rusia? ¿No piensan aprovechar su presencia? Después de todo, usted es el orgullo secreto de Rusia. ¿Tiene que irse enseguida?

Me levanté del banco —con algunas virutas de *L'Humanité* empeñadas en acompañarme— y le dije que sí: era mejor que me fuera antes de que el orgullo venciera a la prudencia. Le besé la mano y ella observó que solo había visto hacer eso en una película llamada *Guerra y paz*. También le supliqué, bajo las lilas que goteaban, que aceptara un fajo de billetes y los usara en lo que quisiera. Hasta para comprarse la maleta que necesitaba para viajar a Sochi.

—También se llevó mis alfileres de gancho —murmuró Dora con aquella sonrisa que le iluminaba la cara.

III

No estoy seguro de si era mi compañero de viaje (el del sombrero negro) un hombre a quien vi alejarse mientras me despedía de Dora y de Nuestro Poeta Nacional, dejando a este último para siempre preocupado por el despilfarro de agua (compárese con la estatua de Tsarskoselski en que se ve a la doncella cavernícola de uno de sus poemas lamentándose por su cántaro roto, aunque aún rebosante). Pero estoy seguro de que vi a monsieur Pouf por lo menos dos veces en el restaurante del Astoria, así como en el pasillo del vagón dormitorio, en el tren nocturno que tomé para alcanzar el primer avión de Moscú a París. En ese avión le impidió sentarse junto a mí la presencia de una anciana norteamericana con arrugas de un color entre rosa y violeta y pelo amarillento. La dama y yo conversamos, dormitamos, bebimos Bloody Marshas!: una broma *de ella* que no festejó nuestra celestial azafata.* Me divirtió observar el asombro de la vieja señorita Havemeyer (apellido casi increíble) cuando le dije que había rechazado la invitación de la Oficina de Turismo para una excursión por Leningrado; que no había echado un vistazo al cuarto de Lenin en el Smolny; que no había visitado una sola catedral; que no había comido algo llamado «pollo tabaka»; que había partido de esa ciudad hermosa, *hermosa* sin ver siquiera un ballet o un espectáculo de variedades.

—Es que soy un triple agente —expliqué—, y ya sabe usted cómo son esas cosas...

—¡Oh! —exclamó la señorita Havemeyer, apartándose un poco como para observarme desde una perspectiva más noble—. ¡Oh! ¡Eso es formidable!

Tuve que esperar algún tiempo la partida de mi *jet* a Nueva York, medio borracho y bastante complacido con mi valiente travesía (después de todo, Bel no estaba demasiado enferma ni su matrimonio era tan desgraciado); Rosabel estaría sin duda en mi salón, leyendo una revista de Hollywood y comprobando en ella las medidas ideales de sus piernas (tobillos: 18 cm; pantorrillas: 30 cm; muslos lechosos: 44 cm); Louise estaría en Florencia o en Florida. Con una vaga sonrisa descubrí y recogí un libro en rústica que alguien había dejado sobre un asiento junto al mío, en la sala para pasajeros en tránsito del aeropuerto de Orly. Fue obra del destino en una agradable tarde de junio, entre un quiosco de bebidas alcohólicas y otro de perfumes libres de impuestos.

---

* Juego de palabras entre Bloody Mary, el cóctel de zumo de tomate con vodka, y Bloody Marshas («pantanos sangrientos»). *(N. del T.)*

Tenía entre manos una edición en rústica hecha en Formosa (!) que reproducía la edición norteamericana de *Un reino junto al mar*. Aún no la había visto y preferí no revisar la sífilis de erratas que, sin duda, desfiguraba el texto pirateado. En la cubierta, una fotografía publicitaria de la actriz infantil que había hecho el papel de mi Virginia en la reciente versión cinematográfica hacía más justicia a la bonita Lola Sloan y a su piruleta que al sentido de mi novela. Aunque torpemente redactado por un gacetillero que no tenía la menor idea de la importancia del libro, el texto de la contraportada resumía con bastante fidelidad el argumento de mi *Reino*:

> Bertram, un muchacho desequilibrado y condenado a morir muy pronto en un hospital para criminales dementes, vende por diez dólares a su hija Ginny, de diez años de edad, al solterón Al Garden, un poeta adinerado que vagabundea con la hermosa niña de hotel en hotel por Norteamérica y otros países. Una situación que, vista desde fuera —¡habría que decir espiada por el ojo de la cerradura!—, es de una irresponsable perversidad (descrita con una viveza de detalles nunca vista hasta hoy) y que va convirtiéndose poco a poco en un verdadero diálogo de tierno camor (*errata*). Los sentimientos de Garden encuentran eco en los de Ginny, la «víctima» inicial que, a los dieciocho años, cuando ya es una ninfa normal, se casa con él en una ceremonia religiosa descrita con emoción. Todo parece acabar a pedir de boca (*¡sic!*) en una eterna felicidad en la cual podrían encontrar satisfacción para sus necesidades sexuales los amantes más rígidos o frígidos o caritativos. Sin embargo, más allá de la dichosa intimidad en que vive nuestra pareja, se precipita en caótica carrera el trágico destono (*¿destino?*) de los inconsolables padres de la ninfa, Oliver y (*?*), a quienes el

astuto narrador impide por todos los medios posibles que sigan las huellas de su ovejita descartlada (*¡sic!*). Libro elegido por el club «Las mejores novelas de la década».

Me puse el libro en el bolsillo al advertir que mi compañero de viaje, con su barba de chivo y su sombrero negro, volvía del baño o del bar. ¿Me seguiría hasta Nueva York o ese sería nuestro último encuentro? El último. Se traicionó a sí mismo: cuando se me acercó y sacudiendo con tristeza la cabeza de arriba abajo abrió la boca y estiró el labio inferior para lanzar la exclamación «*Ekh!*» supe de inmediato no solo que era tan ruso como yo, sino también a quién se parecía tanto: al padre de un joven poeta, Oleg Orlov, que coincidió conmigo en París por los años veinte. Oleg escribía «poemas en prosa» (largos, a la manera de Turguéniev) sin el menor interés, que su padre, un viudo medio loco, procuraba «ubicar» acosando con las fruslerías de su hijo a los periódicos *émigrés*. Solía vérselo en las salas de espera, adulando con abyección a alguna irritada y brusca secretaria, o saliendo al paso de un asesor literario entre baño y oficina, o escribiendo con estoica desdicha, en el ángulo de una mesa atestada, una carta para defender la causa de algún horrible poemita ya rechazado. Murió en la misma Residencia para Ancianos donde la madre de Annette pasó sus últimos años. En el ínterin, Oleg se había sumado al corto número de *littérateurs* que resolvieron vender la triste libertad del exilio por el tentador plato de lentejas soviético. Sus años primaverales habían mantenido su promesa. Lo mejor que Oleg había producido durante los cuarenta o cincuenta años anteriores era un popurrí de artículos propagandísticos, traducciones comerciales, denuncias perversas y –en el ámbito del arte– una asombrosa semejanza con el aspecto físico, la voz, la afectación, el descaro obsecuente de su padre.

—¡*Ekh*! —exclamó—. ¡*Ekh, dorogoy* (querido) Vadim Vadimovich! ¿No te avergüenza engañar con trucos tan pueriles a nuestro bondadoso país, a nuestro crédulo gobierno, a nuestra Oficina de Turismo abrumada de trabajo? ¡Un escritor ruso! ¡Espiando! ¡De incógnito! A propósito: me llamo Oleg Igorevich Orlov y nos conocimos en París cuando éramos jóvenes.

—¿Qué quieres, *merzavetz* (odioso)? —pregunté con frialdad mientras él se desplomaba en la silla a mi izquierda.

Oleg levantó ambas manos en el gesto de «Estoy desarmado»:

—Nada, nada, salvo sacudir (*potormoshit'*) tu conciencia. Podíamos tomar dos decisiones. Había que elegir. Era el propio Fiódor Mihaylovich (?) quien debía elegir. Podíamos darte la bienvenida *po amerikanski* (a la norteamericana), con periodistas, reportajes, fotografías, muchachas, guirnaldas y, desde luego, Fiódor Mihaylovich (¿Presidente del Sindicato de Escritores? ¿Jefe de Policía?). O bien podíamos ignorarte. Eso fue lo que hicimos. Entre paréntesis: los pasaportes falsos son divertidos en las novelas policiales, pero a nosotros no nos interesan. ¿No te arrepientes, ahora?

Hice un movimiento como para trasladarme a la otra silla, pero pareció dispuesto a acompañarme. Me quedé, pues, donde estaba y arrebaté algo para leer: el libro que me había metido en el bolsillo del abrigo.

—*Et ce n'est pas tout!* —siguió—. En vez de escribir para nosotros, tus compatriotas, tú, un escritor ruso de genio, nos traicionas fabricando *esto* para tus amos. (Señaló con un dramático temblor del índice el ejemplar de *Un reino junto al mar* que yo tenía en las manos.) Esta novelucha obscena sobre Lolita o Lotte, la chica que un judío austriaco o un pederasta reformado viola después de asesinar a su madre...

No, perdón, después de *casarse* con la madre, antes de asesinarla. En el oeste nos gusta legalizarlo todo, ¿no es cierto, Vadim Vadimovich?

Aunque consciente de la incontrolable nube de negra furia que crecía en mi mente, me dominé y dije:

—Estás equivocado. Eres un imbécil sin remedio. La novela que escribí, la novela que tengo en las manos, es *Un reino junto al mar*. Tú hablas de no sé qué otro libro.

—*Vraiment?* ¿Y acaso visitaste Leningrado solo para charlar con una dama vestida de rosa bajo las lilas? Deberías saber que tus amigos son increíblemente cándidos. El motivo por el cual míster Vetrov ha podido salir de un campo de concentración en Vadim (extraña coincidencia) para reunirse con su mujer es que se ha curado de la manía mística. Curado por loqueros y psicoanalistas totalmente desconocidos en la filosofía de tu *sharlatany* occidental. Oh, sí, mi ponderado (*dragotsennyy*) Vadim Vadimovich...

El puñetazo que di al viejo Oleg con la izquierda fue bastante fuerte, sobre todo teniendo en cuenta —cosa que recordé al golpearlo— que nuestras edades sumaban ciento cuarenta años.

Hubo una pausa mientras procuraba ponerme de pie (mi insólito ímpetu me había derribado al suelo).

—*Nu, dali v mordu. Nu, tak chtozh?* (Bueno, me has dado en la jeta. Bueno, ¿qué importa?) —murmuró Oleg.

El pañuelo que se aplicó contra la gorda nariz de mujik se empapó de sangre.

—*Nu, dali* —repitió antes de alejarse.

Me miré los nudillos. Estaban rojos pero intactos. Me llevé el reloj de pulsera al oído. Sus tictacs eran enloquecidos.

Sexta parte

I

Hablando de filosofía, cuando empecé a readaptarme, muy transitoriamente, a los recovecos de Quirn recordé que en algún sitio de mi despacho conservaba una serie de notas (sobre la Sustancia del Espacio) preparadas mucho antes para el relato de mis años y mis pesadillas juveniles (obra que ahora se conoce con el título de *Ardis*). Además, debía ordenar y retirar de mi despacho, o destruir implacablemente, toda la miscelánea acumulada desde que me inicié en la enseñanza.

Aquella tarde –una tarde de septiembre soleada y ventosa– había decidido, con la inexplicable rapidez de la inspiración genuina, que el periodo 1969-1970 sería el último que enseñaría en la Universidad de Quirn. Interrumpí mi siesta para solicitar una entrevista inmediata con el decano. Me pareció que su secretaria sonaba un tanto malhumorada en el teléfono. No quise explicarle nada de antemano y me limité a confiarle, en tono de broma, que el número 7 me había recordado siempre la bandera que el explorador clava en el cráneo del Polo Norte.

Salí de casa resuelto a ir a pie a la universidad; cuando llegué al séptimo álamo, pensé que quizá debería retirar un montón de papeles de mi despacho y regresé en busca de mi automóvil. Después me costó trabajo encontrar un sitio donde estacionar cerca de la biblioteca, a la cual pensaba devolver muchos libros pedidos meses, si no años, antes. Lo cierto es que llegué con algún retraso a mi cita con el decano, hombre nuevo en el puesto y lector nada asiduo de mis obras. Consultó ostentosamente su reloj y murmuró que tenía una entrevista al cabo de pocos minutos en otro lugar, sin duda inventada.

Me produjo más gracia que sorpresa la vulgar alegría que el decano no se tomó la molestia de ocultar ante la noticia de mi renuncia. Apenas escuchó los motivos que una elemental cortesía me obligaba a darle (los frecuentes dolores de cabeza, el aburrimiento, la eficacia de las grabaciones modernas, los buenos ingresos que me procuraba mi novela, etcétera). Todas sus formas cambiaron, por utilizar una expresión acorde con el individuo. Fue y vino por su despacho, radiante de satisfacción. Me tomó la mano en un estallido de brutal efusión. Algunos animales de sangre azul prefieren desprenderse de un miembro frente al animal de rapiña antes que sufrir un contacto innoble. Dejé al decano cargado con un brazo de mármol que llevó en sus idas y venidas como un trofeo en bandeja, sin saber dónde ponerlo.

Salí con paso majestuoso rumbo a mi despacho, felizmente amputado, más deseoso que nunca de ordenar cajones y estantes. Pero lo primero que hice fue escribir una nota al presidente de la universidad, también nuevo en el cargo, para informarle con un toque de *malice* francesa, más que de malevolencia, que estaba a punto de vender la serie entera de mis cien clases sobre Obras Maestras Europeas a un generoso editor que me ofrecía un anticipo de medio millón de dólares (saludable exageración); por lo tanto, quedaban prohibidas las futuras transmisiones de mis cursos a los estudiantes, lo saluda con respeto, lamento no haberlo conocido personalmente.

En nombre de la higiene moral me había librado mucho tiempo antes de mi escritorio Bechstein. Su sustituto, mucho menor, contenía papel de escribir, papel borrador, sobres con membrete, copias xerografiadas de mis clases, un ejemplar encuadernado de *La doctora Olga Repnin*, prometido a un colega y arruinado por el error que cometí al escribir mal el nombre del destinatario, y un par de guantes de piel pertenecientes a Exkul, mi ayudante (y sucesor). Además, tres cajas de clips y una botella semivacía de whisky. Arrojé desde los estantes al cesto de papeles y al suelo, en sus alrededores, montones de circulares, separatas, una monografía de un ecólogo refugiado acerca de los estragos cometidos por un ave, el *Ozimaya Sovda* («¿Pequeño búho de las siembras invernales?») y las pruebas de imprenta encuadernadas con esmero (las mías me llegaban siempre como largas serpientes torpes y horriblemente resbalosas) de cierta basura pícara, plagada de collas y poños, que me endosaron los orgullosos editores con la esperanza de despertar mi mayor elogio. Metí un montón de correspondencia comercial y mis notas sobre el Espacio en una gran carpeta maltrecha. ¡Adiós, antro del saber!

La coincidencia es un rufián y un fullero en las novelas corrientes, pero un artista maravilloso en el diseño que forman los hechos recordados por un insólito autor de memorias. Solo los asnos y los gansos creen que en las memorias se omiten algunos hechos del pasado porque son aburridos o vulgares (por ejemplo, episodios como mi entrevista con el decano, que he registrado con tanta escrupulosidad). Me dirigía hacia el aparcamiento cuando estalló la goma de la abultada carpeta que llevaba bajo el brazo

—reemplazándola, por así decirlo— y su contenido cayó sobre la grava y el césped. Tú regresabas de la biblioteca por el mismo sendero y los dos nos pusimos en cuclillas para recoger los papeles. Te apenó, me dijiste después (*zhalostno bylo*), el tufo alcohólico de mi aliento. El aliento de un gran escritor.

Digo «tú» retroconscientemente, aunque en la lógica de la vida tú no eras «tú» aún, porque no nos conocíamos y solo llegaste a ser «tú» cuando dijiste, mientras atrapabas una hoja amarilla que una ráfaga aprovechó para escabullirse con falsa despreocupación:

No, tú no te escaparás.

En cuclillas, sonriendo, me ayudaste a meter todo de nuevo en la carpeta y después me preguntaste cómo estaba mi hija. Tú y ella habíais sido compañeras de escuela unos quince años antes y mi mujer te había llevado varias veces en su coche. Entonces recordé tu nombre y en una súbita imagen de tono celestial te vi a ti y a Bel parecidas como gemelas, odiándose en silencio la una a la otra, ambas con abrigos azules y sombreros blancos, esperando que Louise las llevara a alguna parte. Tú y Bel tendríais unos veintiocho años el 1 de enero de 1970.

Una mariposa amarilla se posó fugazmente en un trébol y después huyó en el viento.

—*Metamorphoza* –dijiste en tu delicioso, elegante ruso.

¿Me gustaría tener algunas fotos (fotos adicionales) de Bel? ¿Bel dando de comer a una ardilla? ¿Bel en un baile escolar? (Oh, recuerdo aquel baile. Había elegido como acompañante a un triste y gordo muchacho húngaro cuyo padre era ayudante del gerente del Hotel Quilton. ¡Vuelvo a oír el bufido desdeñoso de Louise!)

Nos encontramos a la mañana siguiente en mi cubículo de la biblioteca. Después seguí viéndote todos los días. No quiero sugerir —¡*Mira los arlequines!* no se propone sugerir— que los pétalos y plumas de mis amores previos empalidecen o se marchitan comparados con la pureza de tu ser, con la magia, la altivez, la realidad de tu esplendor. Sin embargo, «realidad» es aquí la palabra clave; y la percepción gradual de esa realidad fue fatal para mí.

Solo conseguiría adulterar la realidad si me pusiera a contar lo que tú sabes, lo que yo sé, lo que ningún otro sabe, lo que nunca logrará descubrir un biógrafo aficionado a hurgar en estercoleros. ¿Y cómo resultaron esos amores, señor Blong? ¡Cállate, espía! ¿Y cuándo resolvieron irse juntos a Europa? ¡Vete al basurero de donde has salido!

Véase «Realidad»: ¡mi primera novela escrita en inglés, hace treinta y cinco años!

Sin embargo, puedo revelar un solo detalle de interés subhumano en esta entrevista con la posteridad. Es una fruslería que me avergüenza un poco y nunca te la he dicho. Aquí va. Ocurrió la víspera de nuestra partida, el 15 de marzo de 1970, en un hotel de Nueva York. Habías salido de compras. («Creo que he comprado una hermosa maleta azul con un cierre de cremallera que no sirve para nada», me dijiste en el preciso instante en que yo probaba ese detalle sin decirte por qué.) Estaba de pie frente al espejo del ropero en mi dormitorio, al extremo norte de nuestra linda suite, y me resolví a tomar una decisión fundamental. Inútil ocultármelo: no podía vivir sin ti. Pero ¿era digno de ti? ¿En cuerpo y espíritu? Te llevaba cuarenta y tres años. El Ceño de la Vejez, dos profundos surcos que formaban una lambda mayúscula, ascendía entre mis cejas. Mi frente, con sus tres arrugas horizontales no demasiado profundas en los últimos treinta años, todavía era combada, amplia y lisa, a la espera del tostado estival que esfumaría, estaba seguro de ello, las manchas biliosas de las sienes. En conjunto, una frente para ser acariciada con ternura filial. Un enérgico corte de pelo había acabado con mi melena leonina; el resto era de un neutro gris parduzco. Mis gafas grandes y distinguidas aumentaban las pequeñas excrecencias semejantes a verrugas que tenía bajo los párpados inferiores. La nariz, heredada de una sucesión de boyardos rusos, barones alemanes y quizá (si el conde Starov, que alardeaba de sangre inglesa, había sido mi verdadero padre) por lo menos un Par del Reino, conservaba su perfil aguileño, pero había desarrollado al frente un obstinado pelo gris que crecía cada vez más rápido entre una y otra depilación. Mi dentadura postiza no hacía justicia a mis antiguos dientes agradablemente irregulares y además «parecía ignorar mi sonrisa», como dije a un dentista muy caro y obtuso que no entendió mi comentario. Dos surcos bajaban a cada ala de la nariz y un ablandamiento de los músculos a ambos lados del mentón borroneaba mis rasgos, como a todos los viejos de todas las razas, clases y profesiones. Me pregunté si había hecho bien en afeitarme la gloriosa barba y el bigote que había conservado durante una o dos semanas a mi regreso de Leningrado. A pesar de todo, aprobé mi cara, aunque no con una nota sobresaliente.

Como nunca había sido atleta, el deterioro de mi cuerpo no era muy espectacular ni interesante. Le otorgué una calificación algo más alta, sobre todo por el empeño que había puesto en eliminar la grasa del vientre durante una guerra contra la obesidad iniciada veinte años atrás y apenas interrumpida por intervalos de retirada y descanso. Dejando de lado mi incipiente locura (problema del que prefiero ocuparme por separado), había gozado de excelente salud desde que fui adulto.

¿Qué decir sobre mi literatura? ¿Qué podía ofrecerte en este ámbito? Habías estudiado –y espero que lo recuerdes– a Turguéniev en Oxford y a Bergson en Ginebra, pero gracias a tus vínculos familiares con la vieja Quirn y la Nueva York rusa (donde un último periódico *émigré* aún seguía deplorando, con insinuaciones imbéciles, mi «apostasía»), habías seguido muy de cerca, según pude descubrir, la procesión de mis arlequines rusos e ingleses, seguidos por uno o dos tigres de lengua escarlata y una muchacha como una libélula sobre un elefante. También habías estudiado aquellas fotocopias obsoletas –lo cual demostraba que mi método *avait du bon*, después de todo–, *pese* a las monstruosas acusaciones dirigidas contra ellas por un grupo de profesores envidiosos.

Totalmente desnudo y atravesado por rayos opalinos, clavé la mirada en otro espejo mucho más profundo y contemplé todo el paisaje de mis libros rusos. Quedé satisfecho y hasta conmovido por lo que vi: *Tamara*, mi primera novela (1925), una muchacha al amanecer en la bruma de un huerto. Un gran maestro traicionado en *El peón se come a la reina*. *Plenilunio*, un poema argénteo. *Camera Lucida*, la burlona mirada del espía ante la sumisa ceguera. *El sombrero de copa rojo* de la decapitación en un país de injusticia total. Y lo mejor de la serie: un joven poeta escribe prosa en *El audaz*.

La serie de mis libros en ruso estaba terminada, firmada y archivada en la mente que los había producido. Todos ellos habían sido traducidos al inglés por mí mismo o bajo mi dirección, siempre con revisiones mías. Esas versiones inglesas definitivas, así como los originales reimpresos, te los dedicaría a ti. Eso estaba bien. Eso estaba resuelto. La etapa siguiente:

Mis originales ingleses, encabezados por el vehemente *Véase «Realidad»* (1940), se orientaban bajo la luz cambiante de *Esmeralda y su Parandro* hacia la diversión de *La doctora Olga Repnin* y el sueño de *Un reino junto al mar*. También existía la colección de cuentos titulada *Exilio de Mayda*, una isla remota, y *Ardis*, el libro en que había vuelto a trabajar cuando nos conocimos... que fue también la época de un diluvio de tarjetas postales enviadas por Louise: en todas ellas me sugería algo cuya iniciativa preferí concederle.

Si la segunda serie de mis libros me parecía inferior a la primera no era solo por una desconfianza que algunos llamarán timidez, otros modestia y yo mismo tragedia, sino también porque las características de mi producción norteamericana me resultaban confusas. Siempre conservaría la esperanza de que mi *próximo* libro —y no simplemente el que tenía entre manos en un momento dado, como por ejemplo *Ardis*—, una obra aún no intentada, algo milagroso y único, al fin saciaría los anhelos, la sed ardiente que unos pocos párrafos aislados de *Esmeralda* y de *Un reino* no lograban aliviar. Creía que podía contar con tu paciencia.

II

No tenía el menor deseo de compensar a Louise por haberla obligado a separarse de mí. Por otro lado, no deseaba ponerla en apuros suministrando a mi abogado la lista de sus traiciones. Eran imbéciles y sórdidas, y se remontaban a la época en que yo le era razonablemente fiel. El «diálogo del divorcio», por usar la horrible expresión con que lo llamó Horace Peppermill, hijo, se prolongó durante toda la primavera. Tú y yo pasamos parte de ella en Londres, y el resto en Taormina. Durante ese lapso evité toda conversación sobre *nuestro* matrimonio (demora que contemplabas con majestuosa indiferencia). Lo que en verdad me preocupaba era posponer al mismo tiempo la tediosa confesión (que repetiría por cuarta vez en mi vida) previa a esas conversaciones.

La coincidencia, ángel con alas de mariposa que ya he mencionado en páginas anteriores, me ahorró la humillante revelación que consideré inevitable antes de declararme a cada una de mis tres mujeres anteriores. El 15 de junio, en Gandora, junto al Tesino, recibí una carta del joven Horace con noticias excelentes: Louise había descubierto (*cómo*, no importa) que en varios periodos de nuestro matrimonio había hecho que la siguiera, en toda clase de ciudades antiguas y fascinantes, un detective privado (Dick Cockburn, incondicional amigo mío); que las cintas magnetofónicas de sus llamadas amorosas y otros documentos estaban en manos de mi abogado; que ella misma estaba dispuesta a hacer cualquier concesión para apurar los trámites, en su deseo de volver a casarse: esta vez con el hijo de un conde. En ese mismo, fatídico día, a las cinco y cuarto de la tarde, terminé de copiar en 733 tarjetas brístol de tamaño mediano (con capacidad para cien palabras cada una), con pluma de punta fina y la letra minúscula que empleaba para mis copias en limpio, *Ardis*, unas memorias estilizadas donde evocaba la niñez arbolada y la ardiente juventud de un gran pensador que hacia el final del libro enfrenta el más sobrecogedor de todos los misterios del noúmeno. Uno de los primeros capítulos contenía el relato (escrito en tono muy personal e insoportablemente atormentado) de mis propias luchas contra el Espectro del Espacio y el mito de los Puntos Cardinales.

A las cinco y media ya había consumido, en un ímpetu de festejo privado, casi todo el caviar y todo el champán que había en la amistosa nevera de nuestra cabaña, en los verdes jardines del Gandora Palace Hotel. Te encontré en la galería y te supliqué que dedicaras una hora a leer con atención...

—Todo lo leo con atención.

—... este fajo de treinta tarjetas de mi *Ardis*.

Pensé que después de esa lectura te encontraría en alguna parte al regresar de mi paseo al atardecer, siempre el mismo: hacia la fuente *spartitraffico* (diez minutos) y desde allí hacia una plantación de pinos (otros diez minutos). Te dejé tendida en una tumbona. El sol reproducía sobre el suelo los losanges color amatista de las ventanas de la galería y atravesaba con franjas de luz las piernas y los empeines (el pulgar derecho de un pie giraba de cuando en cuando, en misteriosa relación con el ritmo en que asimilabas un giro del texto). Pocos minutos te llevaría adivinar (como solo Iris lo había hecho: las demás no eran águilas) lo que deseaba que supieras antes de casarte conmigo.

—Por favor, ten cuidado al cruzar —dijiste sin levantar los ojos. Pero después me miraste y arrugaste los labios en un mensaje de ternura antes de volver a *Ardis*.

¡Ah! Tambaleaba un poco. ¿Era de veras yo, el príncipe Vadim Blosky, que en 1815 habría podido vencer en una competencia alcohólica a Kaverin, el mentor de Pushkin? Bajo la luz dorada de apenas un cuarto de sol todos los árboles en el parque del hotel parecían araucarias. Me felicité por la astucia de mi estratagema, aunque sin saber si se relacionaba con las travesuras de mi tercera mujer o con la revelación de mi enfermedad, atribuida a un personaje en mi libro. Poco a poco, el aire suave y fragante me hizo bien: pisé con más seguridad la arena y la grava, la arcilla y los guijarros. Me di cuenta de que había salido en zapatillas, con unos pantalones y una descolorida camisa de algodón a juego. Paradójicamente, en un bolsillo de la camisa llevaba mi pasaporte y en el otro un fajo de billetes suizos. Los habitantes de Gandara o Gandino o como se llame el lugar conocían la cara del autor de *Un regno sul mare* o *Ein Königreich an der See* o *Un Royaume au Bord de la Mer*. Habría resultado, pues, presuntuoso por mi parte haber dado pistas al lector en caso de que me atropellara un automóvil.

Pronto me sentí tan feliz y alegre que al pasar frente a un café en la acera, antes de llegar a la plaza, me pareció buena idea estabilizar la efervescencia que aún subía en mi interior por medio de un trago. Pero vacilé y seguí de largo con la mirada impasible, sabiendo la dulzura y a la vez la firmeza con que desaprobabas hasta la bebida más inocente.

Una de las calles que partía de la isla de peatones atravesaba el Corso Orsini, avanzaba hacia el oeste y enseguida, como después de cumplir una hazaña agotadora, degeneraba en un viejo camino polvoriento con trazas de gramíneas a ambos lados, pero sin residuos de pavimento.

En ese momento podía decir algo que durante años nunca había surgido de mí: mi felicidad era completa. Mientras caminaba leía contigo esas tarjetas, siguiendo tu ritmo, con tu diáfano índice en una áspera sien y mi dedo arrugado en la vena turquesa de la misma. Acariciaba las facetas del lápiz Blachving que hacías girar lentamente entre los dedos; sentía contra mis rodillas levantadas el tablero de ajedrez plegado que Nikifor Starov me había regalado cincuenta años antes (¡casi todos los nobles estaban muy maltrechos en su estuche de caoba con forro de paño!), apoyado sobre tu falda con dibujo de lirios. Mis ojos se movían con los tuyos, mi lápiz señalaba al margen con tus tenues crucecitas un solecismo que yo no lograba distinguir entre las lágrimas del espacio. ¡Lágrimas radiantes, de una felicidad que no se avergonzaba de sí misma!

Pensé que un imbécil con gafas montado en su motocicleta me había visto y reduciría la velocidad para permitirme cruzar en paz el Corso Orsini, pero se desvió con tanta torpeza para no matarme que patinó y acabó en el suelo, después de un ignominioso tambaleo. Ignoré sus rugidos de odio y seguí avanzando con paso firme hacia el oeste, en ese ambiente transformado de que ya he hablado. La calle, que ya era un viejo camino rural, se deslizaba con pereza entre villas modestas, cada una en su nido de flores altas y árboles frondosos. Un rectángulo de cartón en una de las puertas a la izquierda decía «Habitaciones» en alemán; a la derecha, un viejo pino tenía clavado el cartel «En venta», en italiano. De nuevo a la izquierda, un propietario más refinado ofrecía «Meriendas». Todavía bastante lejos se extendía el panorama verde de la *pineta*.

Mis pensamientos volvieron a *Ardis*. Sabía que la extraña tara mental que ahora leías te apenaría; también sabía que revelártela era una simple formalidad que no perturbaría el curso natural de nuestro destino en común. Un gesto caballeresco. Más aún, compensaría lo que aún ignorabas, lo que también hubiese debido contarte, lo que –imaginaba– llamarías un método no del todo correcto (*gnusnovaten'kiy sposob*) para «desquitarme» de Louise. De acuerdo. Pero ¿qué opinabas de *Ardis*? Dejando de lado mi mente tortuosa, ¿te gustaba o te parecía abominable?

Como tengo la costumbre de componer mentalmente libros enteros antes de poner en libertad la palabra interior y escribirla con lápiz o pluma, el texto definitivo permanece algún tiempo encerrado en mi memoria, nítido y perfecto como la huella flotante que una bombilla eléctrica deja en la retina. Por lo tanto, estaba en condiciones de recorrer las imágenes concretas de esas tarjetas que estabas leyendo: se proyectaban en la pantalla de mi fantasía junto con el resplandor de tu anillo de topacio y tus parpadeos, y podía calcular hasta dónde había avanzado tu lectura sin consultar mi reloj y siguiendo hasta el margen derecho, línea tras línea, en cada tarjeta. La lucidez de la imagen correspondía a mi estilo. Tú conocías demasiado bien mi obra para escandalizarte ante un detalle erótico demasiado vehemente o para irritarte ante una alusión literaria demasiado recóndita. Era maravilloso leer *Ardis* de ese modo, junto a ti, triunfando del espacio colorido que separaba mi camino de tu tumbona. ¿Era yo un escritor excelente? Yo era un escritor excelente. Un artista de mérito perdurable visualizaba y recreaba aquella avenida de estatuas y lilas donde Ada y yo trazábamos nuestros primeros círculos sobre la arena salpicada. La horrible sospecha de que hasta *Ardis* —mi libro más íntimo, empapado de realidad, saturado de reflejos de sol— pudiera ser la imitación inconsciente del arte sobrenatural de otro escritor podía presentárseme después; por el momento —las seis y dieciocho del 15 de junio de 1970, junto al Tesino—, nada alteraría el brillo de mi felicidad.

Llegaba al final de mi paseo previo a la cena. El *ra-ta-ta, ta-ta, tac* de una mecanógrafa que terminaba una última página me llegaba desde una ventana a través del follaje inmóvil, recordándome agradablemente cuánto hacía que había evitado la interminable tarea de hacer copiar mis manuscritos, ahora que podían reproducirse fotográficamente en un instante. Era el editor quien asumía el engorro de transformar mi escritura en caracteres impresos. Y sabía que los editores desaprobaban ese procedimiento, como un culto entomólogo a quien repugna la conducta de un insecto irregular que se salta una etapa consabida de su metamorfosis.

Me quedaban unos pocos pasos —doce, diez— antes de iniciar el camino de regreso: sentía que tú lo veías en una inversión de percepción distante, así como una especie de relajamiento mental me indicaba que habías terminado de leer esas treinta tarjetas, las reordenabas, golpeabas ligeramente contra la mesa la base del fajo para uniformar sus bordes, tomabas la banda elástica que aguardaba en forma de corazón, sujetabas con ella las tarjetas, las llevabas a la seguridad de mi escritorio y te disponías a encontrarte conmigo durante mi regreso al Gandara Palace.

Un muro bajo de piedra gris, hasta la altura de la cintura, panzón, construido como un parapeto transversal, ponía fin a la vida que aún conservaba ese camino como calle aldeana. Un estrecho pasaje para peatones y ciclistas dividía por la mitad el parapeto; la extensión de esa abertura se prolongaba en un sendero que, tras uno o dos recodos, se internaba en un denso pinar joven. Tú y yo habíamos paseado por allí muchas veces, en mañanas grises, cuando el lago o la piscina perdían todo interés. Pero esa tarde, como de costumbre, terminé mi paseo ante el parapeto y permanecí en perfecto reposo, de cara al poniente, deslizando las manos por la lisura de la piedra a ambos lados del pasaje. Una sensación táctil o el reciente *ra-ta-tac* me devolvió la imagen, completa, de mis 733 tarjetas brístol –doce centímetros por diez y medio–, que acabarías leyendo capítulo a capítulo, tras lo cual un gran placer, un parapeto de placer, perfeccionaría mi tarea. En mi imaginación surgió algo muy grande y de nítida solidez –¡un altar, una meseta!–: la brillante fotocopiadora en una de las oficinas de nuestro hotel. Seguía con las confiadas manos extendidas, pero mis pies ya no sentían la blandura del suelo. Quería volver hacia ti, hacia la vida, hacia los losanges color amatista, hacia el lápiz que estaba sobre la mesa de la galería, pero no podía. Lo que solía ocurrirme tantas veces en la mente, ya era realidad. No podía volverme. Ese movimiento habría significado hacer girar el mundo sobre su eje y eso era tan imposible como regresar físicamente desde un instante actual hasta el anterior. Quizá no debí entregarme al pánico, quizá debí esperar con calma que la piedra de mis miembros readquiriera la elasticidad de la carne. En cambio, di con el cuerpo —o creí dar— un violento tirón sin que el globo se moviera. Debí permanecer algún tiempo con los brazos abiertos antes de caer boca abajo al suelo intangible.

Séptima parte

I

Existe una regla tan vieja y trillada que me avergüenza repetirla. Permítaseme estilizarla en dos versos para diluir su herrumbre:

El yo que nace en un libro
no muere antes que el libro.

Hablo de novelas serias, desde luego. En lo que suele llamarse *novela del más allá*, el imperturbable narrador, después de describir su propia disolución puede continuar así: «Me encontré en una escalinata de ónix, ante un inmenso portal de oro, entre una multitud de otros ángeles calvos...».

¡Tonterías de dibujos animados, basura folclórica, cómico respeto atávico hacia los minerales preciosos!

Y sin embargo...

Sin embargo, siento que durante tres meses de parálisis general (si eso es lo que he tenido) he adquirido cierta experiencia y cuando llegue de veras mi noche no me encontrará desprevenido. Aunque no solucionados, los problemas de mi identidad ya no me hostigarán. Se habrán confirmado mis intuiciones artísticas. Podré llevarme la paleta hasta los confines remotos del ser dudoso y ambiguo.

¡Velocidad! Si hubiese tenido que definir la muerte al asombrado pescador; al segador que dejó de limpiar su guadaña con un puñado de hierba; al ciclista que abrazaba aterrorizado un sauce joven en una orilla y acabó subido a la copa de un árbol más alto en la orilla opuesta, con su máquina y novia; a los caballos negros, boquiabiertos como gente con dentadura postiza ante mi desvanecimiento, habría exclamado una sola palabra: ¡velocidad! No es que hayan existido esos testigos rurales. Mi sensación de una velocidad prodigiosa, inexplicable y, a decir verdad, bastante absurda y degradante (la muerte es absurda, degradante) se habría transformado en un vacío perfecto, sin ningún pescador estupefacto, sin ninguna hoja de hierba ensangrentada por la mano que la sostenía, sin ningún punto de referencia. Imaginen ustedes a un viejo caballero, un autor distinguido cayendo velozmente de espaldas, más allá de sus pies separados y muertos, primero a través de esa abertura en el granito, después sobre un pinar, después entre brumosos regadíos, después entre márgenes de niebla infinita. ¡Imaginen ese espectáculo!

La locura me había acechado desde la infancia, tras un aliso o un guijarro. Fui habituándome a la mirada de esos vigilantes ojos color sepia que seguían mi rumbo imperturbablemente. Pero no solo he conocido la muerte como una mala sombra. También la he visto en un relámpago de goce tan intenso y estremecedor que la ausencia de un objeto inmediato sobre el cual pudiera posarse era para mí una forma de evasión.

Por motivos prácticos —tales como mantener mente y cuerpo en equilibrio para no arriesgar mi vida o convertirme en una carga para amigos o gobiernos— prefería la variedad latente, el horror de ese acecho que por lo común provocaba la puñalada de la neuralgia, la angustia del insomnio, la lucha contra cosas inanimadas que nunca ocultaban su odio hacia mí (el botón huidizo que *condesciende* en dejarse encontrar, el clip para papeles, el esclavo ladrón que, insatisfecho con el par de cartas aburridas ya hurtadas, se las arregla para apoderarse de una hoja preciosa entre mis escritos), y que en el peor de los casos me producía un repentino espasmo de espacio, como esas visitas al dentista que se convierten en una fiesta inverosímil. Prefería el caos de esos ataques al vértigo de la locura que, fingiendo adornar mi existencia con formas especiales de inspiración, éxtasis mental y cosas parecidas, dejaría de bailar y revolotear a mi alrededor y se precipitaría sobre mí para mutilarme y, supongo, destruirme.

II

Al principio del ataque debí de estar totalmente paralizado, de la cabeza a los pies, aunque mi mente, las imágenes que corrían a través de mí, el sabor del pensamiento, el genio del insomnio, permanecían tan activos e intensos como siempre (salvo durante lapsos de vaguedad que alternaban con ellos). Cuando me llevaron al Hospital Lecouchant, en la costa de Francia, muy recomendado por el doctor Genfer, pariente suizo de su director, adquirí conciencia de algunos detalles: a partir de la cabeza estaba paralizado en zonas simétricas, separadas por una geografía de escasa sensibilidad. Durante esas primeras semanas, cuando mis dedos «despertaron» (circunstancia que asombró y enfureció a los sabios de Lecouchant, expertos en parálisis generalizada que te aconsejaron que me trasladaras a otro sanatorio más exótico y de ideas más avanzadas: lo hiciste), me divertí trazando el mapa de mis zonas sensibles, siempre situadas en oposición exacta, por ejemplo a ambos lados de la frente, en las mandíbulas, en las órbitas, los pechos, los testículos, las rodillas, los costados. Después de una observación prolongada, el término medio de cada granito de vida no superaba la extensión de Australia (a veces me sentía un gigante) y nunca era inferior al diámetro (cuando yo mismo mermaba) de una medalla intermedia, y en ese nivel percibía toda mi piel como la de un leopardo pintado por un loco minucioso en un hospicio en ruinas.

En cierta relación con esas «simetrías táctiles» (acerca de las cuales aún intento mantener correspondencia con una revista médica no del todo receptiva y llena de freudianos), desearía ubicar las primeras composiciones pictóricas, imágenes chatas, primitivas, que se presentaban en duplicado, a derecha e izquierda de mi cuerpo ambulante, en las pantallas opuestas de mis alucinaciones. Si, por ejemplo, Annette tomaba un autobús a la izquierda de mi ser con una cesta vacía, bajaba de ese autobús a mi derecha con la cesta llena de verduras, una majestuosa coliflor presidiendo los pepinos. A medida que pasaban los días, las simetrías eran reemplazadas por interrelaciones más complicadas o reaparecían en miniatura dentro de los límites de una determinada imagen. Empezaron a ocurrir episodios pintorescos durante mi misterioso viaje. Vislumbré a Bel afanándose entre niños desnudos en el dispensario comunal, buscando frenéticamente a su primogénito, ya de diez meses, reconocible por unas manchas simétricas de eccema rojo en el tronco y las piernas. Un nadador de espalda reluciente se apartaba de la cara mechones mojados y con la otra mano (al *otro* lado de mi mente) empujaba la balsa en que yo estaba tendido: un anciano con un harapo en torno a su mástil, deslizándose boca arriba hacia una luna llena cuyos reflejos serpeaban entre los lirios acuáticos. Un largo túnel me devoraba, me prometía a medias un círculo de luz en su extremo, cumplía a medias su promesa revelando un sol de anuncio publicitario, pero nunca llegaba hasta él, el túnel se desvanecía y la niebla habitual volvía a rodearme. Ese verano yo estaba «listo»; grupos de elegantes ociosos visitaban mi cama, trasladada a una sala de exposición donde Ivor Black, en el papel de joven médico de moda, explicaba mi caso a tres actrices que representaban el papel de niñas de sociedad: sus faldas se ahuecaban al sentarse en sillas blancas y una dama, señalando mis ingles, las habría tocado con su frío abanico si el doctor moro no lo hubiera desviado con su puntero de marfil,* tras lo cual mi balsa empezaba de nuevo a deslizarse.

Quien trazó el rumbo de mi destino tuvo momentos de vulgaridad. A veces, mi rápido avance se transformaba en una experiencia celestial a una altitud alegórica de ingratas connotaciones religiosas (a menos que fuera tan solo un reflejo del transporte de cadáveres por aviones comerciales). Cierta noción del día y la noche, en alternancia más o menos regular, fue estableciéndose poco a poco en mi mente, mientras mi grotesca aventura se acercaba al final. Al principio, las enfermeras y otros tramoyistas obtenían indirectamente efectos diurnos y nocturnos extremando el uso de aparatos tales como superficies brillantes que proyectaban una falsa luz estelar, o creando penumbras de amanecer a intervalos convenientes. Nunca se me había ocurrido hasta entonces que, históricamente, el arte, o al menos los artefactos, han

---

* El paisaje juega con el apellido del personaje, Black («negro»), y su nombre, Ivor (parecido al inglés *ivory*, «marfil»), asociados al «doctor moro» (esto es, de piel oscura, como Otelo) y su «puntero de marfil». *(N. del T.)*

precedido a la naturaleza, en vez de seguirla. Eso es precisamente lo que ocurrió en mi caso. Así, en la muda lejanía que me circundaba se producían sonidos reconocibles, al principio ópticamente, en el pálido margen de la película, durante la filmación de la escena real (por ejemplo, la ceremonia de la alimentación científica); después, algo en la película sugería al oído que cediera su lugar a la vista; al fin, el oído volvía con una venganza. El primer crujido del uniforme de la enfermera era un trueno; el primer gorgoteo de mis entrañas, un estallido de címbalos.

Debo una explicación clínica a los necrologistas frustrados y a los amantes de la ciencia médica. Mis pulmones y mi corazón funcionaban o los obligaban a funcionar normalmente; lo mismo ocurría con mis intestinos, esos bufones entre los actores de nuestros autos sacramentales íntimos. Mi cuerpo yacía como en una Lección de Anatomía de un pintor antiguo. La prevención de úlceras provocadas por la cama, sobre todo en el Hospital Lecouchant, era considerada una simple manía, explicable, quizá, por la vehemente urgencia de reemplazar almohadones y otros recursos mecánicos por el tratamiento racional de una enfermedad insondable. Mi cuerpo «dormía» como podría dormir el pie de un gigante; por decirlo con más exactitud, mi condición era una forma espantosa de insomnio prolongado (¡veinte días!), con la inalterable lucidez del eslavo insomne de un circo que una vez anunció un periódico. Ni siquiera era una momia; era –por lo menos al principio– el corte longitudinal de una momia o más bien la abstracción del corte más delgado. ¿Qué decir de la cabeza?, se preguntarán los lectores que son pura cabeza. Y bien: mi ceño era como un cristal ahumado (antes de que se aclararan dos zonas laterales); mi boca permaneció muda y entumecida hasta que pude sentir la lengua (sentirla como algo fantasmal, semejante a la vejiga de aire que puede ayudar al pez en sus problemas respiratorios, pero inútil para mí). Tenía cierto sentido de la duración y la dirección (dos cosas que en el otro mundo son fases separadas de un fenómeno único, según me dijo una adorable criatura que procuraba ayudar a un mísero demente con la más pura de las mentiras). La mayor parte de mi acueducto cerebral (esto se está poniendo demasiado técnico) parecía descender hacia el desagüe, tras algún desvío o inundación, uniéndose de ese modo con su aliado más íntimo, que inexplicablemente es también nuestro sentido más humilde, el que podemos ignorar con más facilidad. Oh, cómo lo maldecía cuando no podía cerrarlo al éter o los excrementos. Oh (¡salud al viejo «oh»!), cómo le agradecía que gritara «¡Café!» o «¡Playa!» (porque una droga anónima olía como la crema con que Iris me restregaba la espalda, medio siglo antes).

Ahora surge un problema: ignoro si tuve siempre los ojos abiertos «con una mirada vidriosa de arrogante estupor», como imaginó un periodista que no avanzó más allá de la recepción del hospital. Pero dudo que pudiera parpadear; y sin el lubricante del parpadeo, el motor de la vista no funciona bien. Sin embargo, durante mi descenso por esos canales ilusorios y al llegar a otro continente vislumbré alguna vez, en espejismos bajo los párpados, la sombra de una mano o el destello de un instrumento. En cuanto al mundo del sonido, fue siempre una fantasía concreta. Oía a extraños hablando con voces monótonas de todos los libros que yo había escrito o creía haber escrito, pues todo lo que mencionaban, los títulos, los nombres de los personajes, cada frase que repetían, estaba absurdamente deformado por el delirio de la erudición demoniaca. Louise divirtió al grupo con una de sus mejores anécdotas –a las que llamaba «perchas para nombres» porque solo *parecían* proponerse algo (por ejemplo, un *quid pro quo* en una fiesta)–, pero en realidad no tenían más objeto que mencionar a algunos «viejos amigos» de alcurnia, o algún político de prestigio, o un primo de ese político. Doctas monografías se leían en simposios fantásticos. En el año de gracia de 1798, Gavrila Petrovich Kamenev, joven poeta de gran talento, reía entre dientes mientras componía su imitación osiánica *Slovo o polku Igoreve*. En algún lugar de Abisinia Rimbaud recitaba borracho ante un sorprendido viajero ruso el poema *Le Tramway ivre* (... *En blouse rouge, à face en pis de vache, le bourreau me trancha la tête ausi...*). ¿O bien oía el reloj de repetición zumbando en un bolsillo de mi cerebro y diciendo la hora, la rima, el metro que ya nunca volvería a oír?

Debo aclarar también que mi carne se mantenía en buenas condiciones: no había ligamentos desgarrados ni músculos agarrotados. La médula espinal, quizá apenas afectada por la absurda caída que precipitó mi viaje, siempre estaba ahí, envolviéndome, resguardando mi ser, tan útil como la estructura primitiva de algún animal acuático transparente. Pero el tratamiento médico a que estaba sujeto (sobre todo en el Lecouchant y en la medida en que puedo reconstruirlo) suponía que todas mis heridas eran físicas, solo físicas, y podían curarse con medios físicos. No hablo de la alquimia moderna, de los filtros mágicos que me inyectaron: estos, quizá, produjeron cierto efecto no solo en mi cuerpo, sino también en la divinidad instalada en mi interior, como ocurre con las sugestiones que los chamanes ambiciosos o los consejeros hacen a un emperador demente. Pero no puedo omitir algunas imágenes que no se me han borrado de la mente: las malditas correas que me mantenían tendido sobre la espalda (impidiéndome huir con mi balsa de goma bajo el brazo, cosa de que me sentía capaz) o, peor aún, las sanguijuelas eléctricas que verdugos enmascarados me aplicaron en la cabeza y los miembros hasta que las ahuyentó un santo de Catapult, California: el profesor H. P. Sloan, que estuvo a punto de comprender, cuando empezaba a reponerme, que podría curarme –¡podría *haberme curado*!– en un abrir y cerrar de ojos mediante la hipnosis y con un poco de humor por parte del hipnotizador.

III

Según tengo entendido, mi nombre de pila es Vadim. También el de mi padre. El pasaporte norteamericano que me otorgaron hace poco –un elegante librito con un dibujo dorado en la tapa verde, perforada con el número 00678638– no menciona mi título ancestral que, sin embargo, figura en las varias ediciones de mi pasaporte británico. Juventud, Edad Adulta, Vejez, antes de que la última fuera mutilada hasta quedar irreconocible por falsificadores amigos, que en el fondo eran unos bromistas pesados. Recorrí esas etapas una noche, a medida que ciertas células cerebrales que habían estado heladas florecían de nuevo. Pero había otras que seguían contraídas como pimpollos demorados y aunque podía hacer girar los pulgares de los pies bajo las sábanas (por primera vez después del ataque), no lograba discernir en ese oscuro rincón de mi mente qué apellido seguía a mi patronímico ruso. Lo imaginaba empezando con *N*, como la palabra que designa un hermoso y espontáneo giro de palabras en momentos de inspiración, semejante al fluir de corpúsculos rojos en la sangre recién extraída y vista bajo el microscopio. Había utilizado esa palabra una vez en *Véase «Realidad»*, pero no recordaba si tenía algo que ver con un rodar de monedas (metáfora capitalista, ¿no es cierto, amigos marxistas?). Sí, estaba seguro de que mi apellido empezaba con *N* y tenía un odioso parecido con el sobrenombre o seudónimo de un escritor de supuesta fama (¿Notorov? No), búlgaro o babilónico o quizá de Betelgeuse, con quien me confundían siempre algunos *émigrés* de otra galaxia. Pero si era un apellido parecido a Nebesnyy o Nabedrin o Nablidze, no podía recordarlo. Preferí no exigir demasiado de mi fuerza de voluntad (vete, Naborcroft) y me rendí. ¿O quizá mi apellido empezaba con B y la n se adhería a él como un parásito desesperado? (¿Bonidze? ¿Blonsky? No, eso era obra del BINT.) ¿Tendría gotas de sangre caucasiana y principesca en las venas? ¿Por qué habían surgido alusiones a Nabarro, político británico, en los recortes que recibía de Inglaterra acerca de la edición londinense de *Un reino junto al mar*? (*A Kingdom by the Sea*: título de ritmo encantador.) ¿Por qué Ivor me llamaba «MacNab»?

Sin apellido, permanecía irreal en mi conciencia reconquistada. Pobre Vivian, pobre Vadim Vadimovich... No era más que una quimera de alguna imaginación, ni siquiera la mía. Un detalle espantoso: en el ruso hablado con rapidez, las combinaciones de nombres y patronímicos más largos sufren alteraciones frecuentes: así, «Pavel Pavlovich», Pablo hijo de Pablo, dicho a la ligera suena como «Papalich», y el difícil, interminable «Vladimir Vladimirovich» se parece coloquialmente a «Vadim Vadimych».

Me rendí. Y cuando me rendí totalmente, mi sonoro apellido saltó desde atrás, como un niño travieso que asusta con un chillido a su institutriz amodorrada.

Quedaban otros problemas. ¿Dónde estaba yo? ¿Por qué no dejaban un poco de luz? ¿Cómo distinguir en la oscuridad entre el botón de un timbre y el de una lámpara? ¿Quién era, aparte de mi propia identidad, esa otra persona, prometida a mí, perteneciente a mí? Podía discernir las cortinas azuladas de dos ventanas gemelas. ¿Por qué no las corrían?

Tak, vdol' naklónnogo luchá
Ya výshel iz paralichá.

Por un rayo inclinado como este
me deslicé de la parálisis...

...siempre que «parálisis» no sea palabra demasiado fuerte para designar el estado que la imitaba (con cierta colaboración del paciente): una alteración psicológica bastante rara, pero no demasiado grave. Eso era lo que parecía, al menos, en alegre perspectiva.

Me habían prevenido ráfagas de mareos y náuseas, pero no suponía que las piernas me fallaran a tal punto cuando –a solas y sin correas– bajé de la cama lleno de entusiasmo la primera noche de mi restablecimiento. La gravedad me humilló cruelmente: las piernas se retrajeron debajo de mí. El ruido convocó a la enfermera, que me ayudó a volver a la cama. Después dormí. Nunca, ni antes ni después, dormí de manera tan deliciosa.

Una de las ventanas estaba abierta de par en par cuando desperté. Tenía la mente y los ojos lo bastante aguzados como para distinguir los medicamentos sobre la mesa, junto a mi cama. Entre su mísera población advertí la presencia de unos pocos viajeros emigrados de otro mundo: un sobre transparente con un pañuelo masculino encontrado y lavado por las enfermeras; un diminuto lápiz dorado perteneciente al ojal de una tumultuosa agenda en un neceser; un par de gafas de sol de arlequín que por algún motivo no parecían proteger contra la luz intensa, sino enmascarar párpados hinchados. La combinación de esos ingredientes estalló en una deslumbrante pirotecnia de sensaciones; un instante después (la conciencia seguía de mi parte) se movió la puerta de la habitación: un breve movimiento silencioso que se detuvo fugazmente y continuó en una serie lenta, infinitamente lenta, de puntos de suspensión estrellados. Grité de alegría y entró la Realidad.

IV

Propongo terminar esta autobiografía con la apacible escena que sigue:
Me habían llevado en silla de ruedas a la galería para Convalecientes Especiales, llena de rosales trepadores, en el segundo y último de mis dos hospitales. Tú estabas reclinada en una tumbona junto a mí, en la misma actitud en que te había dejado aquella tarde del 15 de junio, en Gandora. Te quejabas alegremente de que tu vecina de cuarto, en el anexo, se pasaba el tiempo poniendo en el fonógrafo un disco con reclamos de pájaros mediante el cual esperaba que los colibrís del hospital imitaran a los ruiseñores y zorzales de su jardín, en Devon o Dorset. Sabías muy bien que yo deseaba averiguar algo. Los dos evitábamos la pregunta directa. Te señalé la belleza de los rosales.

—Todo es hermoso contra el cielo (*na fone neba*) —me dijiste, y te disculpaste por el «aforismo».

Al fin, como de pasada, te pregunté qué opinabas del fragmento de *Ardis* que te había dado a leer, antes de iniciar aquel paseo del que volví, tres semanas después, para encontrarme en Catapult, California.

Desviaste la mirada. Contemplaste las montañas violadas. Te aclaraste la garganta y me respondiste con valentía que no te había gustado.

¿Significaba eso que no te casarías con un loco?

Significaba que te casarías con un hombre cuerdo capaz de discernir la diferencia entre tiempo y espacio.

Debías explicármelo. Estabas muy impaciente por leer el resto del manuscrito, pero *ese* fragmento debía eliminarse. Estaba escrito con la elegancia de todas mis obras, pero lo estropeaba un grave error filosófico.

Joven, graciosa, de un encanto irresistible, increíblemente familiar, Mary Middle se me acercó para decirme que debía regresar cuando sonara la campana del té. Faltaban cinco minutos. Otra enfermera le hizo señas desde el extremo de la galería, entre rayos de sol, y Mary revoloteó hacia ella.

Ese hospital (me dijiste) estaba lleno de banqueros norteamericanos moribundos e ingleses de salud perfecta. Yo había descrito a una persona en el acto de imaginar un reciente paseo al atardecer. Un paseo desde el punto H (Hotel) hasta el punto P (Parapeto, Pinar). Una fluida sucesión de hechos marginales: un niño que se columpia en el jardín de una villa, el chorro giratorio de una manguera, un perro que persigue una pelota. El narrador llega mentalmente al punto O, se detiene, se confunde, se queda perplejo (por motivos irrazonables, como ha de verse). Es incapaz de ejecutar con la mente esa media vuelta que transformaría la dirección HP en la dirección PH.

—Su error, su morboso error es muy simple —continuaste—. Ha confundido la dirección con la duración. Habla de espacio, pero se refiere al tiempo. Sus impresiones durante el recorrido HP (el perro atrapa la pelota, un coche se detiene ante la próxima casa) se relacionan con una serie temporal y no con un espacio dividido en fragmentos de colores que un niño podría recomponer como un rompecabezas. Al narrador le ha llevado cierto tiempo, siquiera unos pocos minutos, cubrir con el pensamiento la distancia HP. Cuando llega a P, ha acumulado duración, está cargado de ella. ¿Qué tiene de extraordi-

nario, pues, no poder imaginarse girando sobre sus talones? Nadie puede imaginar en términos físicos el acto de invertir el orden temporal. El tiempo es irreversible. La inversión temporal solo se emplea para efectos cómicos en las películas: la resurrección de una botella de cerveza hecha pedazos...
   –O de ron –contribuí, y en ese instante sonó la campana–. Todo lo que has dicho está muy bien –agregué.
   Tomé los brazos de mi silla de ruedas y me llevaste a mi habitación.
   –Me siento agradecido. ¡Estoy conmovido, estoy curado! Sin embargo, tu explicación no es más que un elegante sofisma... y lo sabes muy bien. Pero no importa: la idea de intentar invertir el tiempo es una *trouvaille*. Se parece (*besé la mano que ella apoyaba sobre mi manga*) a la límpida fórmula que un físico descubre para mantener en paz a la gente hasta que (*bostecé, me tendí en la cama*) otro físico le arrebata la tiza. Me habían prometido un poco de ron en el té... De Ceilán y Jamaica, las islas hermanas (*balbucía de puro agrado, me hundía en el sueño, el balbuceo iba muriendo...*).

ÍNDICE

Primera parte 11
Segunda parte 83
Tercera parte 141
Cuarta parte 167
Quinta parte 211
Sexta parte 235
Séptima parte 253